Suche Vegetarier zum Anbeißen

Gofferjé, Cora:
Suche Vegetarier zum Anbeißen
Ein Veggie-Roman
ISBN 978 3 522 50150 7

Einbandgestaltung: Zero Werbeagentur
Innentypografie: Kadja Gericke
Schrift: Adobe Caslon Pro
Satz: KCS GmbH, Buchholz/Hamburg
Reproduktionen: HKS-Artmedia GmbH, Leinfelden-Echterdingen
Druck und Bindung: Friedrich Pustet, Regensburg

5 4 3 2 1° 13 14 15 16

Cora Gofferjé

Suche Vegetarier zum Anbeißen

Ein Veggie-Roman

Planet Girl

Für
Mutzemann!

VERTRAUEN IST GUT, KONTROLLE IST BESSER

Gerade als ich mit meiner Vespa in unsere Einfahrt einbiege, höre ich Papa bis auf die Straße hinaus wettern. »Junger Mann, Ihre Anrufe sind hier unerwünscht!«

Schnell stelle ich den Motor aus und schiebe den Roller in die Garage. Am besten schleiche ich mich ins Haus, ich habe keinen Bock, ihm zu begegnen, wenn er in so einer Laune ist.

Vorsichtig drehe ich den Schlüssel im Schloss herum und öffne sachte die Haustür. Durch den Spalt kann ich sehen, wie er den Telefonhörer auf die Station knallt, die Hände in die Hüften stemmt und weitermeckernd durchs Wohnzimmer Richtung Garten marschiert. »Unerhört, diese jungen Männer heutzutage!«

Unbemerkt husche ich die Treppe hinauf. Als ich an der Zimmertür meiner Schwester vorbeikomme, raune ich ihr durch den halb geöffneten Türspalt zu: »Wer hat den denn schon wieder gebissen?«

»Ach, der hat sie doch nicht alle!«, kommt es wütend zurück.

Neugierig öffne ich die Tür und linse hinein. Im selben Moment wirft Ava die Schublade ihrer Kommode mit einer derartigen Wucht zu, dass die Frontklappe jetzt schief herunterhängt.

Huh, die ist ja hochexplosiv. Ich quetsche mich an der Kommode vorbei in ihr Zimmer. »Was is'n los?«, frage ich und versuche, die Schublade provisorisch zu reparieren.

»Papa hat mich beim Rauchen erwischt.« Ava fletscht die

Zähne. «Und jetzt tut der fast so, als wäre ich Lindsay Lohan und er hätte mich aus einer Ausnüchterungszelle holen müssen!«

»Du rauchst?«, frage ich verblüfft.

»Boah, nee, Lara, wir haben uns zwar die Plazenta geteilt, aber wahrscheinlich hat die wesentliche Prägung unserer Charaktere in den getrennten Fruchtblasen stattgefunden«, blafft sie mich unfairerweise an.

»Jetzt mach mich doch nicht so an, ich kann ja schließlich nichts dafür, dass du Stress hast!«, meckere ich zurück.

»Ts, das muss sich mal einer vorstellen«, Ava schlägt sich mit der flachen Hand vor die Stirn, »das ist so ein alter Fuchs, unser Vater. Wie der dahintergekommen ist, war richtig fies, um nicht zu sagen hinterlistig.«

Arme verschränkend hocke ich mich aufs Bett.

»Erzähl!«

»Da putze ich mir bei Jan extra noch drei Mal die Zähne. Drei Mal!« Zur Verdeutlichung hält sie Daumen, Mittel- und Zeigefinger der rechten Hand in die Luft. »Und als ich nach Hause komme, lasse ich Papa siegessicher an meinem perlweiß-reinen Atem schnuppern, sogar noch *bevor* er mir befiehlt: *Hauch mich mal an!*«

Jetzt muss ich doch grinsen, denn sie imitiert Papas strengen Tonfall eins zu eins.

»Ich hauche. Er riecht …« Mit einer künstlichen Pause spannt sie mich absichtlich auf die Folter.

»Ja, und dann?«, will ich ungeduldig wissen.

»Nimmt der doch glatt meine Hand und schnüffelt wie so ein Drogenhund an meinen Fingerkuppen!« Demonstrativ hält sie mir diese jetzt direkt unter die Nase.

»Aha!« Mir ist immer noch schleierhaft, worauf sie hinauswill.

»Und?« Sie reckt ihr Kinn ruckartig vor. »Wonach rochen die wohl?«

»Phhhh …« Ahnungslos hebe und senke ich die Schultern. »Woher soll ich das wissen!«

»Nach NIKOTIN, du Schaf!«

Aufgebracht kickt sie mit dem Fuß gegen die Kommode, was der angeknacksten Schublade den Rest gibt – die vordere Platte knallt mit voller Wucht auf den Boden.

»*Die* hatte ich natürlich nicht vorher geschrubbt, wer kann das auch ahnen?« Ava wedelt mit den Händen in der Luft herum.

»Und was glaubst du wohl, was er dann gesagt hat?«

»War das eine rhetorische Frage?«, antworte ich mit einer Gegenfrage, bevor ich den Standardspruch unseres Vaters zitiere. Dabei hebe ich den ermahnenden Zeigefinger in die Luft, so wie er es immer macht. »Vertrauen ist gut, Kontrolle ist besser!«

»Es gibt Essen«, brüllt Papa im selben Moment von unten hoch.

Ich zucke zusammen, weil ich mich ertappt fühle.

»Er hat den Grill angeschmissen«, stellt Ava mit genervtem Gesichtsausdruck fest. »Wir sollen Vorkoster sein für die toskanischen Rostbratwürstchen, die er neu im Sortiment hat. Aber die kann er von mir aus alleine essen, oder sich sonst wo hinstecken. Ist mir scheißegal, ob die gut sind oder nicht …«

Schnüffelnd recke ich die Nase in die Luft. »Riechen tun sie jedenfalls genial!«

Ava stößt mir säuerlich ihren Ellenbogen in die Rippen. »Du erkennst wohl gar nicht den Ernst meiner Lage, was?«

»Doch, klar. Sorry«, entschuldige ich mich, »aber ich hab grad Hunger bis hier!« Mit der Handkante deute ich an meine Nasenspitze.

Ava ziert sich beleidigt und verschränkt ablehnend die Arme vor der Brust.

»Dann geh' doch! Ich bleib jedenfalls hier.«

»Komm schon, das ist doch albern und Papa kriegt sich sicher gleich wieder ein. Wenn der Magen voll ist, dann fällt die Strafe bestimmt weniger heftig aus«, versuche ich sie zu locken.

»Zu spät«, sie zieht die Mundwinkel nach unten. »Einen Monat Unkraut-pflück-Dienst hat er mir bereits aufs Auge gedrückt.«

»Blöd!« Mitleidig verziehe ich den Mund. »Na ja, von dem einen Monat sind wir ja jetzt zwei Wochen im Urlaub.«

»Die Strafe geht nach den Ferien weiter!«

Ich rümpfe die Nase. »Das ist jetzt echt fies von ihm. Aber ich hatte ehrlich gesagt noch viel Schlimmeres befürchtet«, sage ich halbwegs erleichtert.

»Und in der Fabrik muss ich ab sofort *jeden* Samstag zum Dienst antreten!«, schiebt sie daraufhin hinterher.

»Scheiße!«

»Genau«, bestätigt sie schniefend, »ich bin so froh, wenn Mama wieder da ist.«

»Ich auch«, sage ich nickend und hake sie unter, um mit ihr die Treppe hinunterzugehen. »Komm schon, vielleicht können wir ihn doch noch auf eine Woche runterhandeln.«

Ava stößt einen verzweifelten Laut aus.

»Wir müssen ihn bei Laune halten.«

Daraufhin beuge ich mich aus dem Flurfenster und brülle zu ihm hinunter: »Ich nehme dreihei!«

»Aye, aye«, ruft Papa aus dem aufsteigenden dichten Qualm und winkt mir freudig mit der Grillzange zu, bevor er noch ein paar Würstchen nachlegt.

Mir läuft das Wasser im Mund zusammen und ich schlucke vernehmlich.

»Das nennt man vermehrten Speichelfluss«, stellt Ava trocken fest.

»Jo«, bestätige ich und deute mit dem Finger auf Papa. »Der ist doch anscheinend wieder ganz gut drauf.«

»Schön für ihn«, murrt Ava immer noch unversöhnlich. »Trotzdem habe ich die Gartenarbeit und die Wursttheke an den Hacken.«

»Ich kann dir ja helfen«, biete ich dumme Nuss ihr spontan an, damit hier gleich wieder gute Stimmung herrscht, denn mir schlägt Streit immer auf den Magen, und prompt erwidert sie: »Lieb von dir!«

Ein zufriedenes Lächeln umspielt ihren Mund, als sie jetzt an mir vorbei die Treppe hinuntertänzelt.

Ich mit meiner sozialen Ader. Warum kann ich nicht ein Mal die Klappe halten? Mein liebes Schwesterherz hätte mir doch nie im Leben ihre Hilfe angeboten.

»Hast du eigentlich mitbekommen, wer da gerade angerufen hat?«, will ich von ihr wissen.

»Das war Jan. Wetten?«, verkündet sie überzeugt.

»Da hat so ein Paul für dich angerufen, Lana«, sagt Papa mit zusammengezogenen Augenbrauen, als wir auf die Terrasse treten, und mustert mich kritisch.

»Paul? Ach ja, der ist neu in meiner Klasse«, lasse ich so gleichgültig wie möglich verlauten, dabei sterbe ich gerade vor Anspannung, »wollte bestimmt die Hausaufgaben wissen.«

Ava beobachtet jede meiner Regungen, sie weiß genau, dass ich seit Monaten wie wahnsinnig hinter Paul her bin.

»Aha, und warum ausgerechnet von dir?«, hakt Papa misstrauisch nach und legt mir eine Wurst auf den Teller.

Wie eine Geistesgestörte warte ich täglich auf einen Anruf von Paul und renne bei jedem Klingeln an den Apparat. Nur heute, ausgerechnet dann, wenn es passiert, geht Papa dran.

Hoffentlich ist das hier nur ein Traum, testend kneife ich mir in einem Anflug von Verzweiflung in den Arm.

»Autsch«, quietsche ich und reibe mir die gequetschte Stelle.

»Lana, träumst du? Ich warte auf eine Antwort. Wieso ruft der ausgerechnet bei dir an?«, bohrt Papa weiter nach.

»Keine Ahnung …«, antworte ich und blicke Hilfe suchend zu Ava.

»Vielleicht weil sie Klassenbeste ist«, steht die mir prompt mit einem schlagenden Argument bei.

Ich werfe ihr einen dankbaren Blick zu, wenn es um Papa geht, halten wir zwei immer zusammen.

»Na, wenigstens eine von euch, die sich auf das Wesentliche im Leben zu konzentrieren scheint. Löblich, löblich, Lana.«

Ups, wie gut, dass er jetzt Avas Blick nicht sehen kann, denn der durchbohrt soeben sein Rückenmark.

Plötzlich dreht er sich um und mustert uns eindringlich. »Ich weiß, dass ihr das nicht hören wollt, ich weiß auch, dass ihr meint, ihr wärt alt genug, und sicher denkt ihr, euer Vater sei altmodisch und spießig, aber glaubt mir … ich will wirklich nur euer Bestes! Drogen können …«

»Papa, ich habe *eine* Zigarette geraucht«, jammert Ava, »mehr nicht!«

»Ja, aber das ist eine Einstiegsdroge!«

»Das ist jetzt nicht dein Ernst!« Stöhnend verdreht sie die Augen.

»Doch! Und das mit den Jungs und so … also, was da alles passieren kann …«, er stottert unsicher herum. »Ihr wollt doch nicht euer ganzes Leben versauen.«

»Ich fasse es nicht!« Ava greift sich an den Kopf.

»Vielleicht solltet ihr besser mal mit Mama … also wenn sie wieder da ist, dann müsst ihr unbedingt mit ihr reden.«

»Jo, machen wir.« Ava klingt gespielt kooperativ und reißt ungläubig den Mund auf, als er sich umdreht, um den Ketchup vom Beistelltisch zu nehmen.

Die Atmosphäre am Tisch wirkt gequält und ab jetzt ist Ava nicht mehr die Einzige, die es kaum noch erwarten kann, dass das Essen endlich vorbei ist.

Unruhig rutsche nun auch ich auf dem Stuhl hin und her. Feli und Josie werden platzen, wenn ich ihnen die Neuigkeit erzähle.

»Ich muss heute ein bisschen früher in den Ruderklub«, verkünde ich und schlinge noch eilig den letzten Wurstzipfel hinein, bevor ich aufstehe. »Ich bring kurz meinen Teller in die Küche, dann muss ich los.«

Ava will ebenfalls aufbrechen. »Genau, ich geh' dann auch mal.«

»Du, mein liebes Kind, kannst ja schon mal da vorne anfangen.« Papa deutet mit der Gabel auf das Beet neben der Garage.

»Dein Alter ist ja ein echter Scharfzahn!«, begrüßt Paul mich, als ich mit Feli und Josie die Treppe zu unserem Ruderklub hochsteige.

Erschrocken fahre ich zurück. Oh Gott, Paul hier auch noch leibhaftig zu treffen, darauf war ich jetzt nicht vorbereitet, ich musste mich ja gerade erst mal mit dem Gedanken anfreunden, dass er mich angerufen hat.

»Ist der immer so unfreundlich?«, fragt Paul mit einem Gesichtsausdruck, der Entsetzen, Mitleid und Unverständnis widerspiegelt. Eine Kombination, die ich jedes Mal sehe, wenn ein Junge das erste Mal meinem Vater begegnet ist oder sogar nur mit ihm telefoniert hat.

»Was soll sie sagen? Dass ihr Vater wie ein Schießhund auf

seine Töchter aufpasst und sie am liebsten ins Kloster stecken würde?«, kommt es da ungefragt aus Josies Mund.

»Ich dachte mir schon, dass du im Ruderklub bist, deshalb bin ich hierhergekommen.« Paul überhört Josies Kommentar einfach.

»Ach, dann hast *du* also angerufen?!«, frage ich debil, denn ich bin noch immer in Schockstarre.

»Dann schieß mal los!«, fordert ihn Josie auf, die Arme vor der Brust verschränkt. Sie positioniert sich wie ein Schutzschild vor mir. »Was wolltest du denn von ihr?«

»Wow«, Paul nickt anerkennend in Josies Richtung. »Das ist krass!«

Spinnt die?

»Gleich zwei Bodyguards, du wirst ja echt streng bewacht«, stellt Paul grinsend fest.

»Am besten gebe ich dir meine Handynummer«, schlage ich vor.

»Personenschutz brauchst du bei dem aber auch«, murmelt Josie abfällig.

Mein strenger Seitenblick auf sie bewirkt leider genau das Gegenteil.

»Kann man dich auch allein sprechen?«, fragt Paul. »Unter vier Augen?«

»Soll das etwa 'n Date werden, oder was?«, will Josie es jetzt nur noch genauer von ihm wissen, anstatt endlich mal die Klappe zu halten.

»Josie!« Ich hör wohl nicht richtig, gleich springe ich ihr an die Gurgel. Als sie mein erbostes Gesicht sieht, hält sie abwehrend die Hände vor den Körper.

»Hey, war nur 'ne Frage, okay? Alles locker. Er braucht ja nicht zu antworten.«

»Lieb von dir, Josie«, sagt Paul kühl. »*Er* antwortet aber.«

Paul bleibt so souverän, er lässt sich von Josie nicht provozieren, ich wette, der lässt sich von niemandem einschüchtern. Ich seufze verliebt auf.

Er wendet sich zu mir.

»Okay, eigentlich wollte ich nur fragen, ob du mir Mathenachhilfe geben kannst. Das ist mein zweiter Abi-Anlauf, wenn ich's dieses Mal vergeige, dann kann ich einpacken.« Er beißt sich so süß auf die Unterlippe. »Tja, und dann heißt's Studium ade und ich will doch eigentlich Marketing studieren.«

Der scheint ja echt einen festen Willen zu haben! Ziele und Pläne! Es imponiert mir, wenn sich jemand für etwas einsetzt.

»Meine Mutter meinte, jemand mit Mathe-LK könnte mir am besten helfen. Und da bist du mir sofort eingefallen.«

»Da gibt's doch noch hundert andere!«, bemerkt Josie mit ausschweifender Handbewegung.

»Ja, aber ich kann halt nicht bis hundert zählen«, sagt Paul. »Bei eins hört's leider schon auf. – Hast du Zeit, Lana?«

Als er meinen Namen sagt, werden meine Knie weich wie Panna Cotta. Schwankend halte ich mich an Feli fest, denn die stabilisiert mich immer so schön.

»Alles wird gut«, flüstert sie dann auch beruhigend.

»Und Lust?«, fragt er ungeduldig, weil ich stumm wie ein Fisch bin.

»Lust? Phhhh.« Als ich laut ausschnaube, weil ich sonst an meiner angehaltenen Luft zu ersticken drohe, sieht er mich irritiert an und missinterpretiert meine Reaktion.

»Nicht umsonst natürlich«, erklärt er schnell.

»Mhm, ach so!« Tapfer versuche ich, nicht allzu enttäuscht zu klingen, ich hatte natürlich gehofft, dass er mich wirklich wegen eines Dates anruft, aber Mathenachhilfe? Na ja, ist wenigstens besser als nichts, rede ich mir unsere Situation schön.

»Ja, wenn du zu mir nach Hause kommen könntest, wäre das klasse!«

Das wäre geradezu genial. Ich werde sehen, wie er wohnt, wie sein Zimmer eingerichtet ist, welchen Geschmack er hat. Vor meinem inneren Auge male ich mir aus, wie wir beide nebeneinander über den Mathebüchern hocken, unsere Körper sich berühren, und als er mich fragt: »Wie geht der Satz des Pythagoras noch mal?«, antworte ich: »Paul^2 plus Lana^2 ergibt: Paulana^2.«

»Wusstest du, dass unsere Namen zusammengesprochen wie eine bayrische Biersorte klingen?«

DAS HABE ICH JETZT NICHT GESAGT!

»Das hast du jetzt nicht gesagt«, raunt Feli mir zu.

Die Schlagfertigkeit und der Humor müssen auch in Avas Fruchtblase gewesen sein. Das ist so was von ungerecht.

»Nee, wusste ich gar nicht. Ist ja witzig«, sagt Paul höflich.

»Ja, sauwitzig.« Josie grinst gezwungen.

Paul tritt jetzt ungeduldig von einem Fuß auf den anderen, es scheint, als ob er von Josies Kommentaren so langsam die Nase voll hat.

Ich im Übrigen auch, der werde ich nachher was erzählen.

»Also, machst du's?«, will er erneut wissen.

Natürlich mache ich es, aber ich werde es nicht gleich rausposaunen, ich halte mich bedeckt und zwinge mich zu einem genialen Zweiwortsatz: »Mal sehen!«

Feli knufft mich, zufrieden über mein sprödes Verhalten, in die Seite und sogar Josie zwinkert mir anerkennend zu.

Ha, damit haben die beiden nicht gerechnet, die dachten, ich springe sofort drauf an, so wie sonst, wenn ich verknallt bin. Dabei habe ich mich heute erstaunlicherweise richtig gut im Griff …

»Was wär's mit heute?«, schlägt Paul kurzerhand vor.

… bis jetzt … »Wann soll ich da sein?«, entfährt es mir dann nämlich doch in meiner alten Manier, wieder eine Spur zu schnell.

Josie schlägt sich mit der flachen Hand vor die Stirn und Feli seufzt laut auf.

»In einer Stunde?«, schlägt er vor. »So gegen drei?«

Ich nicke, denn nonverbale Kommunikation scheint mir in dem Fall sicherer, wer weiß, was mir sonst noch so rausrutscht.

»Super, Lana, du bist 'n Kumpel, echt klasse!« Paul klopft mir im Gehen auf die Schulter.

»Wie unpassend«, bewertet Josie Nase rümpfend diese Geste und starrt Paul feindselig hinterher.

»Ja«, kritisiert Feli, an Josie gewandt. »Unpassend waren deine Kommentare tatsächlich. Ich fand das grad echt gar nicht lustig.«

»Was denn?«

»Na, jetzt tu bloß nicht so unschuldig. Du hast Lana ja richtiggehend entmündigt.«

»Halb so wild«, winke ich jetzt doch versöhnlich ab, denn mein Treffen mit Paul habe ich ja schließlich in der Tasche, das kann sogar Josies misstrauische Paranoia ihm gegenüber nicht trüben.

»Bist du jetzt sauer auf mich?«, fragt Josie halbwegs schuldig.

»Nee, Quatsch, alles gut, du hast halt einen ausgeprägten Beschützerinstinkt.«

Man kann sich wahnsinnig schnell mit Josie in die Haare kriegen, aber auch genauso schnell wieder vertragen. Ich kenne sie schon seit dem Kindergarten und weiß, dass sie ihr Herz nicht nur auf der Zunge trägt, sondern es auch am richtigen Fleck sitzt. Irgendwie kann ich Josie nie böse sein.

»Sag mal, wie soll das gehen um drei? Wir haben gleich Rudertraining«, erinnert mich Feli. »Du weißt, dass Björn es hasst, wenn man blaumacht.«

»Ich dachte, wenigstens du freust dich für mich«, maule ich beleidigt.

»Tue ich ja«, bestätigt Feli, »aber Training ist Training.«

»Björn traktiert mich sowieso in letzter Zeit, das nervt total, so langsam finde ich es echt anstrengend, mit ihm zu trainieren.«

»Das macht der doch nur, weil du gut bist, richtig gut. Björn will dich fördern, dich für die Deutschen Meisterschaften vorbereiten«, erklärt Josie.

»Ich hab aber keine Lust auf Wettkampf«, murre ich.

»Hä?« Feli legt den Kopf schief. »Was ist denn mit dir los? Du bist doch sonst immer die Erste auf dem Wasser.«

»Ja, weil ich das Rudern liebe, aber nicht den Druck, den Björn mir in letzter Zeit macht.«

»Komm schon, Lana, ich wäre froh, wenn der mich herausgepickt hätte«, wendet Josie ein und schüttelt mich ungläubig. »Du undankbares Geschöpf.«

»Kann schon sein, aber ich *muss* heute zu Paul!«

»Kommt, wir gehen ins Klubhaus und überlegen, wie du es am besten machst«, schlägt Feli vor.

»Das weiß ich doch selber.«

»Weißt du nicht! Der Typ hat dir doch dein Gehirn gelähmt.« Josie schleift mich mit rein und ich winde mich aus ihrer Umklammerung.

»Ich will jetzt gehen, versteht das doch. Das ist die Chance meines Lebens!«

»Ja«, sagt Feli, »gleich. Nur noch einmal reden, nachdenken und drüber quatschen, okay?«

Angenervt betrete ich den Ruderklub, doch die Atmosphäre des alten Holzhauses auf Stelzen kriegt mich jedes Mal wieder rum, schon bin ich besänftigt. Es gibt einfach keinen schöneren Ort, finde ich. Ich schaue durch die große Glasfront, die einen genialen Blick auf den See freigibt, der durch die Tannen, die bis an den Wasserrand wurzeln, grünlich schimmert. Schon als kleines Mädchen habe ich mich immer hier aufgehalten und meinem Opa und meinem Vater beim Rudern zugesehen. Auf einer der alten Schwarz-Weiß-Aufnahmen, die an den inneren Holzbalken befestigt sind, sind die beiden sogar zu sehen, denn sie waren nicht nur richtig gute Ruderer, sondern haben sich auch als Sponsoren für den Erhalt und die Restaurierung des Klubhauses eingesetzt.

»So«, sagt Josie und drückt mir eine Cola in die Hand, »jetzt trink erst mal 'nen Schluck und dann überleg in Ruhe, was dir wichtiger ist: Rudern oder …«, sie verzieht ihr Gesicht, als hätte sie in eine Zitrone gebissen, »Paul?«

»Was mir wichtiger ist?« Mit spitzen Lippen umschließe ich die Flaschenöffnung und nippe daran. »Soll das 'n Witz sein? Nichts ist wichtiger als Paul. Das muss ich euch doch nicht erklären.«

Verständnisvoll nickt Feli. »Aber der will doch nur Mathenachhilfe und du trainierst für die Deutschen Meisterschaften.«

»Das ist mir grad so was von egal, ehrlich!« Hektisch wedle ich mit den Händen in der Luft herum und verschütte dabei etwas von meinem Getränk. »Ihr müsst euch was einfallen lassen. 'nen fetten Magen-Darm-Virus oder so. Ist ja nicht mal ganz abwegig, mir ist grad so was von schlecht, vor lauter Aufregung habe ich regelrecht Bauchschmerzen.« Stöhnend reibe ich mir mit der flachen Hand über den Bauch. »Oder sagt ihm einfach die Wahrheit, sagt ihm, ich hätte 'n Date!«, schlage ich vor und blinzle unschuldig mit den Augen.

»Die Wahrheit klingt aber eigentlich ganz anders«, stellt Josie lapidar richtig, »du gibst 'ner Niete Nachhilfe!«

»Das ist unfair, Paul ist keine Niete!«

»Gut, dann hat er eine Dyskalkulie!«, sagt Josie und fügt überflüssigerweise hinzu: »Der nützt dich doch nur aus!«

So langsam bin ich echt sauer.

»Es sind nicht alle gleich, Josie. Nur weil du und Timo, also weil das mit euch nicht so geklappt hat, muss Paul noch lange nicht so ein Fremdgeher, also ... so sein ... wie, na ja, du weißt schon«, stammle ich herum. Mist, ich habe das Tabu-Thema angesprochen.

Stille. Feli starrt auf ihre Schuhspitzen.

Oje, jetzt ist's zu spät, ich kann das Gesagte nicht mehr rückgängig machen.

»Solche Typen erkenne ich auf den ersten Blick«, erwidert Josie erstaunlich milde.

Über diese Bemerkung ziehe ich die Augenbrauen hoch, halte jedoch lieber die Klappe.

»Du brauchst gar nicht so blasiert zu gucken, liebe Lana. Ich weiß genau, was du sagen willst: *Warum hast du das dann bei Timo nicht sofort erkannt?*« Sie stemmt die Hände in die Hüften. »Pass mal auf, Schätzelein, im Gegensatz zu anderen, und damit meine ich jetzt niemanden im Speziellen«, sie tippt mir fest mit dem Zeigefinger auf die Brust, »habe *ich* dazugelernt.«

Feli fasst Josie beruhigend an den Arm. »Jetzt hört doch mal auf.«

»Außerdem«, fährt Josie, die jetzt so langsam in Rage kommt, fort, »war diese Beziehung eine Art empirische Studie und Timo mein Objekt. Und eins möchte ich dir noch sagen, liebe La…«

»Scheiße«, ich ducke mich, »da ist Björn. Lenkt ihn ab.«

»Wie komm ich denn dazu?«, sagt Josie schnippisch.

»Bitte, bitte, bitte«, bettle ich herzzerreißend. »Es ist für mich so wichtig, es bedeutet alles für mich. Ich muss zu Paul.«

»Hey, Björn, hast du schon die Aufstellung für die nächsten Wochen fertig?«, ruft Josie da plötzlich. »Ich müsste die dringend mal kopieren. Die anderen haben mich schon mehrfach drauf angesprochen und als Jugendwart habe ich ja eine gewisse Verpflichtung …«

»Ja, äh, schon …«, stottert Björn ertappt herum.

Josie hakt ihn unter und schiebt ihn Richtung Büro. »Los, wir holen sie schnell, dann haben wir das erledigt.«

»Ja, ich hab' da auch noch eine Frage, ich komme gleich mit …«, schlägt Feli vor.

Wusste ich's doch, letzten Endes ist auf meine beiden besten Freundinnen immer Verlass, denke ich, als ich mich grinsend zur Hintertür hinausschleiche.

Gerade als Paul und ich mit erhitzten Gesichtern über seinem Mathebuch hängen und ich zum x-ten Mal Anlauf nehme, ihm das Prinzip der Vektorrechnung zu erklären, wird die Zimmertür hinter uns aufgerissen.

»*Der ist in die verknallt*«, stellt eine Jungenstimme überzeugt fest.

»Meinste, die haben schon mal gesext?«, fragt eine andere Stimme, die ebenfalls Lichtjahre entfernt vom Stimmbruch ist.

Grinsend beobachte ich, wie Paul unbemerkt nach einem Kissen greift, sich ruckartig auf seinem Schreibtischstuhl herumdreht und es gezielt seinem kleinen Bruder, der mit einem Freund in der Tür steht, an den Kopf wirft.

»Raus, ihr kleinen Nervensägen!«, motzt Paul die beiden an.

»Selber Nervensäge!«, verkündet sein kleiner Bruder mutig. Der Pimpf nimmt das Kissen und feuert das Wurfgeschoss zurück. Dabei verfehlt er Paul allerdings und es landet mitten in meinem Gesicht.

»Benno!«, ertönt jetzt Pauls drohende Stimme.

»'tschuldigung!« Benno zuckt mit den Schultern und sieht mich halbwegs schuldbewusst an. »Ich wollte meinen Doofmannbruder treffen.«

»Komm, verzieh dich endlich und nimm den anderen Zwerg gleich mit«, meckert Paul weiter.

Von unten hört man die Stimme ihrer Mutter: »Was ist da oben schon wieder los?«, ruft sie alarmiert.

Jetzt wird Benno doch ein wenig kleinlaut.

»Mama macht gerade ein paar Brote für dich und deine …« Er grinst superbreit, wobei erkennbar wird, dass noch zahlreiche Zähne in seinem Gebiss fehlen »… *Babysitterin!*«

»Ja, schön. Und?«, will Paul genervt wissen.

»Sie wollte nur fragen, was da drauf soll?«, sagt Benno und macht dabei eine typisch italienische Handbewegung. »Na, wird's bald!«

»Wie immer!«, sagt Paul und wendet sich zu mir. »Du isst doch bestimmt auch nichts, was Augen hat, oder?«

Häh, was meint der denn jetzt? Schnell sage ich: »Ja, ja.«

Nachdem Benno verschwunden ist, sieht Paul mich eindringlich an. Mir wird heiß und kalt. Wenn er mich jetzt küsst … und ich glaube, oh nein, ich weiß, dass es gleich geschehen wird. Soll ich die Augen besser schließen, oder …

»Lana?«, höre ich seine Stimme wie durch eine schallgedämpfte Wand aus Watte.

»Ja«, schnurre ich und räuspere mich kurz darauf mehrfach.

»Ich wollte dich was fragen.«

Er ist so großartig, so feinfühlig, so unglaublich süß. Wer fragt schon ein Mädchen, ob es bereit ist für den ersten Kuss. Jetzt heißt es cool sein.

»Ja, ich will!«

»Du weißt doch noch gar nicht, was ich fragen wollte!« Er klingt amüsiert.

»Doch«, hauche ich und recke ihm unbemerkt mein Kinn entgegen.

Im Gegenzug schiebt Paul mir sein Matheheft rüber. »Das finde ich echt super von dir. Ich krieg's aber auch einfach nicht hin.«

»Wie jetzt?« Anscheinend habe ich immer noch ein Brett vor dem Kopf.

»Und wenn du für mich die Hausaufgaben machst, haben wir wenigstens noch ein bisschen Zeit für was anderes.«

»Klingt vielversprechend«, sage ich, immer noch eingelullt von der Aussicht, dass gleich doch noch etwas Weltbewegendes passieren wird. Und während ich mich an die Arbeit mache und seine kompletten Hausaufgaben für ihn erledige, hämmert ununterbrochen die Frage in meinem Kopf: Was genau ist *was anderes?*

Paul ist mit seinem Smartphone beschäftigt und ich habe soeben die Hälfte der Aufgaben erledigt, als jemand an die Tür klopft.

»Verzieht euch!«, brüllt er genervt.

»Würdest du mir bitte mal die Tür öffnen?«, ertönt die autoritäre Stimme seiner Mutter.

Hektisch lässt Paul das Handy in seiner Hosentasche verschwinden und eilt zur Tür. »Sorry, ich dachte, es wäre Benno mit seinem Chaotenfreund. Die beiden nerven total. Man kann sich kaum konzentrieren.«

Frau Breitenbach kommt herein und platziert das Tablett direkt vor meiner Nase. Schnell schiebe ich Pauls angefangene Hausaufgaben zur Seite.

»Das ist ja lieb«, entfährt es mir, als ich das Potpourri an Schnittchen betrachte, das sie extra für uns gemacht hat.

»Nein«, sagt sie lächelnd, »lieb von *dir*, Lana, dass du dich Pauls Matheschwäche annimmst.« Sie streckt mir die Hand zur Begrüßung entgegen. »Er hat ziemliche Defizite«, sagt sie und wuschelt ihrem Sohn durchs Haar, der aufgrund dieser wirklich uncoolen Geste richtig süß rot wird. »Und er weiß, wenn er es in diesem Anlauf nicht schafft, kann er seine Studienpläne an den Nagel hängen.«

Jetzt werde auch ich verlegen, denn schließlich habe ich soeben für Paul die Hausaufgaben erledigt. »Ich gebe mein Bestes«, nuschle ich schuldbewusst.

»Bist du mit zehn Euro die Stunde einverstanden?«, schlägt sie vor.

»Das ist doch viel zu viel!«, wehre ich ihr Angebot ab.

»Das ist schon okay«, sie geht langsam wieder zurück zur Tür. »Ich nehme an, dass du auch Vegetariern bist? Benno meinte, dass du das Gleiche isst wie Paul. Und ihr jungen Leute seid ja auch, was die Ernährung betrifft, so viel bewusster, als wir es früher waren.«

»Äh, ich ähem, also, na ja.« Ich werde sie jetzt sicher nicht daran erinnern, dass mein Vater der Besitzer der hiesigen Wurstfabrik ist. Und nun verstehe ich auch, was Paul damit meinte, als er vorhin sagte, dass er nichts esse, was Augen hat. Darüber habe ich noch gar nicht nachgedacht.

»Das sind alles vegetarische Beläge«, erklärt seine Mutter und lässt ihren Finger über die Schnittchen-Variation kreisen. »Das ist *Champignon*, das *Tomatino* und das ist *Delikatess*, Pauls …«

»… Lieblingsaufstrich«, beendet er den Satz für sie und bugsiert seine Mutter zur Tür hinaus.

Diese farblose Paste sieht richtig widerlich aus, die kann man doch nicht im Ernst einer köstlichen Cervelatwurst vorziehen, wundere ich mich und hoffe, dass er mir nicht ansieht, wie eklig ich das Essen finde.

Paul nimmt eine Schnitte und hält sie mir auffordernd vor die Nase. »Du siehst aus, als wärst du der Getrocknete-Tomaten-Typ.«

»Ist das ein Kompliment?«, frage ich verunsichert.

»Hört sich irgendwie nicht so an«, gesteht er. Dann müssen wir beide lachen.

Verliebt lasse ich mir das Brot in den Mund schieben und kaue skeptisch darauf herum.

»Ja, tatsächlich, ich bin der Getrocknete-Tomaten-Typ«, verkünde ich erstaunt, denn das ist extrem lecker.

»Ist schon ziemlich geschmacksneutral, oder?«, sagt Paul und spuckt tatsächlich das Essen in den Mülleimer.

Interessiert greife ich zu dem Häppchen mit der Champignoncreme.

»Und?«, fragt er.

»Göttlich!« Ich greife nach dem Brot mit seinem Lieblingsaufstrich.

»Das magst du also am liebsten?«

»Na ja«, murmelt er unschlüssig.

»Das schmeckt ja fast wie Fleisch«, sage ich und frage mich im selben Moment, ob es gut ist, wenn etwas Vegetarisches nach Fleisch schmeckt.

»Ich kann echt nicht verstehen, wieso es Menschen gibt, die immer noch Tiere essen. Apropos, *Tiere essen*, das Buch ist doch einfach unglaublich!«

»Ja, unglaublich!«, bekräftige ich sein Statement und beschließe im selben Moment, mir das Buch noch heute per Overnight-Express zu bestellen, damit ich spätestens morgen weiß, wovon um alles in der Welt er redet.

»So, jetzt aber ran an die restlichen Hausaufgaben«, sagt er mit diesem umwerfenden Lächeln, das mir jegliche Konzentration raubt.

Aber nicht nur das, es irritiert mich ehrlich gesagt etwas, dass er – während ich die Arbeit für ihn erledige – sich Musik auf sein Smartphone runterlädt.

»Fertig!«, verkünde ich zehn Minuten später und klappe das Heft zu. »Ich habe noch ein bisschen deine Schrift imitiert, damit es nicht so auffällt.«

Feli würde mir die Freundschaft kündigen, könnte sie sehen, wie ich hier gerade meine Seele und Würde verkaufe.

»Du bist ein Schatz, Lana, danke. Ich muss jetzt leider zum Wenderfeld, die Jungs und ich wollen noch ein bisschen kicken. Wir sehen uns dann morgen in der Schule, okay?«

»Okay!«, sage ich enttäuscht und greife zögerlich nach meiner Tasche.

Als ich mich an der Tür noch einmal umdrehe, um ihn zu fragen, wann wir das nächste Mal zusammen lernen sollen, entfährt mir erschrocken ein »Upps«, denn Paul steht mitten in meiner Comfort-Zone. Na endlich, ich warte schon die ganze Zeit auf *was anderes machen*. Erwartungsvoll schließe ich meine Augen. Dann öffne ich sie doch wieder blitzschnell, denn ich will jeden Moment des Beginns unserer Beziehung festhalten, damit ich ihn immer wieder abrufen kann.

Paul nimmt mich in den Arm, drückt mir einen Kuss auf die Wange, dabei murmelt er sanft in mein Ohr: »Danke, das mit den Hausaufgaben war echt lieb von dir. Ich ruf dich an. Find ich übrigens echt groß, dass du kein Fleisch isst, obwohl dein Vater ja Tiere tötet.«

Rumms! Das war fast wie eine Ohrfeige und sicherlich ganz weit entfernt von dem, was ich mir als Belohnung für meine Hausaufgabenarbeit erhofft hatte.

Während seine Mutter mich im Flur abfängt und in die Küche lotst, um mir das Geld zu geben, verabschiedet sich Paul mit einem: »Ich geh mit den Jungs 'ne Runde Fußball spielen, abreagieren …«, er hält sich den Kopf, als seine Mutter etwas entgegnen will. »Mir brummt jetzt noch der Schädel von den ganzen Zahlen und Gleichungen.«

Seine Mutter sieht ihn mitleidig an. »Mach das, Junge. Ich vereinbare mit Lana noch einen neuen Termin.«

Pauls breites Grinsen sieht sie nicht mehr, als er hinausrauscht.

Als ich mich draußen im Vorgarten auf meinen Roller schwinge, höre ich plötzlich eine weibliche Stimme.

»Ist das nicht Lama?«

Vor Schreck rutscht mir der Helm aus der Hand.

Diesen Spitznamen verwendet nur meine Erzfeindin Konstanze, ich bücke mich schnell, um den Helm aufzuheben.

»Hi, was machst du denn hier?«, säuselt sie gekünstelt.

Angestrengt blicke ich hoch. Neben ihr steht Mirja, ihr Schatten. Konstanze braucht immer Bewunderer und Mirja biedert sich bei ihr seit der Grundschule an. Seitdem werde ich die beiden auch nicht mehr los, in einem Kaff wie unserem ist man natürlich auch im selben Ruderverein, in derselben Eisdiele und auf derselben Schule. Dennoch sind wir sozusagen in Parallelwelten unterwegs.

»Mathenachhilfe«, sage ich kurz und knapp und will mich so schnell wie möglich an den beiden vorbeidrücken.

»Ach, stimmt ja. Paul hat erzählt, dass er endlich 'ne Dumme gefun…«, sie schlägt sich gespielt pikiert die Hand vor den Mund. »Oh, 'tschuldige, das war jetzt ungeschickt von mir.«

Konstanze schleift Mirja die Treppen zu Pauls Eingangstür hoch und dreht sich noch einmal um. »Wenn du ihm brav die Hausaufgaben gemacht hast, können wir wenigstens in Ruhe die Details für unseren Urlaub besprechen.«

»Ihr fahrt zusammen in den Urlaub?«, entfährt es mir spontan und ich könnte mir dafür die Zunge abbeißen.

»Äh, hallo, so was macht man in einer *richtigen* Beziehung.«

K.o. in der ersten Runde, denke ich resigniert und setze den Helm auf, bevor sie noch weitere Spitzen auf mich abfeuert.

Konstanze bohrt ihren Blick über die Ränder ihrer Sonnenbrille in meine naive, unschuldige Seele.

»Als ob Paul auf 'ne Rothaarige mit Pigmentstörungen stehen würde, lieber lässt der sich umoperieren.«

Die Tür wird geöffnet.

»Hi, Benno, kleiner Bombenleger! Wo ist Paul?«, begrüßt Konstanze ihn und hält ihm die Hand zum Give-me-Five hin.

Doch anstatt einzuschlagen, sagt der nur: »Beim Fußball, du Tussi!«, und schließt die Tür wieder vor ihrer Nase.

Eigentlich ist Benno doch ganz nett, denke ich grinsend, bevor ich den Roller starte und nach Hause fahre.

Unterwegs geht mir diese Konstanze nicht mehr aus dem Kopf. Das mit Paul war doch nur ein Bluff, die hat es ja immer schon auf mich abgesehen. Warum ist die eigentlich so fies und verletzend zu mir, ich habe ihr doch gar nichts getan. Es sei denn, es fuchst sie immer noch, dass ich jedes Jahr bei den Rudermeisterschaften den Platz vor ihr belege. Aber das kann ja nicht ernsthaft der Grund für ihre Abneigung sein. Dennoch stelle ich fest, dass sich auch in mir eine diebische Freude bei dem Gedanken breitmacht, dass ich sie wenigstens jederzeit mit dem Ruderboot schlagen könnte.

»Björn hat angerufen!« Papa steht wie die leibhaftige Inquisition im Türrahmen.

»Oooh, nein!« Mit gespieltem Entsetzen schlage ich mir die Hand vor den Mund. »Ich hab ja total das Training vergessen.«

Mein Gott, was bin ich nur für eine superschlechte Schauspielerin, aber seltsamerweise nimmt Papa mir fast alles ab. Komisch, dass er Ava und mich anders behandelt. Was nicht heißt, dass er nicht auch mich auf Schritt und Tritt überwachen will.

»Wo warst du dann?«

War ja klar, dass er noch nicht fertig ist mit mir.

»Ich … also, ich habe einen neuen Nachhilfeschüler, ich meine, eine neue Nachhilfeschülerin«, beeile ich mich hinzuzufügen.

»Löblich, löblich!« Papa wirkt milde gestimmt. »Wenn deine Schwester nur halb so engagiert wäre wie du. Aber die hat ja andere Flausen im Kopf.«

Wenn der wüsste, was ich so alles im Kopf habe …

»Es gibt Abendbrot!«

»Ich hab gar keinen Hunger!«, stelle ich fest, schließlich habe ich bei Paul die Schnitten fast ganz allein gegessen.

»Was gibt's denn?«, fragt Ava, die soeben die Treppe herunterkommt.

»Alles, was eure Mutter vorgekocht hat«, Papa öffnet demonstrativ den unteren Teil des Kühlschranks und deutet auf das fast leere Eisfach, »haben wir bereits in den ersten zwei Wochen verputzt.«

»Apfelpfannkuchen?«, schlägt Ava vor.

»Wir haben keine Äpfel mehr!«, erwidert Papa resigniert, als sein Blick auf die Obstschale fällt.

»Dann mit Mettwurst!«, versucht Ava eine Alternative.

Papa inspiziert den oberen Teil des Kühlschranks.

»Gibt's auch nicht mehr«, sagt er schulterzuckend.

»Du hast 'ne Fleischfabrik und wir haben keine Mettwurst mehr?«, klagt Ava ungläubig und fläzt sich auf die Eckbank am Fenster. »Dann lass was anliefern«, fordert sie und klingt im nächsten Moment begeistert über ihren eigenen Vorschlag. »Hey, keine schlechte Idee, wie wär's mit 'nem Wursttaxi? Das ist doch 'ne echte Marktlücke. Solltest du mal deiner Marketingabteilung vorschlagen!«

»Wir müssen ja nicht unbedingt Fleisch essen«, sage ich in die Runde und zwei Augenpaare starren mich ungläubig an.

»Das sagt die Richtige!« Ava grinst. »Ts, du verputzt doch wohl am meisten Fleisch von uns allen.«

»Wann kommt Mama endlich wieder?«, wimmere ich, denn die beiden im Doppelpack sind mir jetzt eindeutig zu viel, ich brauche Unterstützung.

»In vier Wochen und zwei Tagen!«, lässt Papa verlauten und sieht dabei genauso unglücklich aus wie ich. Dann fügt er aufmunternd hinzu: »Na ja, wir drei sind ja in ein paar Tagen im Urlaub und dann brauchen wir uns um nichts mehr zu kümmern.«

Er nimmt eine Packung Eier aus dem Kühlschrank.

»Sind die eigentlich von frei laufenden Hühnern?«, frage ich und untersuche den Karton.

»Hast du was geraucht?«, fragt Ava ungläubig über meine Frage und Papa schießt im selben Moment zu mir herum und sieht mich skeptisch an.

»Das sagt man so«, erklärt Ava ihm. »Der ist so was von weltfremd«, flüstert Ava, als Papa sich wieder umdreht, um den Schneebesen aus der Schublade zu nehmen.

»Aha«, sagt Papa. »Ihr habt so eine seltsame Sprache, da komm ich manchmal echt nicht mit.«

Dabei ist er noch gar nicht so alt, vierundfünfzig, aber wahnsinnig spießig und konservativ. Keiner von den anderen Vätern ist so wie er, alle lachen uns schon aus deswegen.

»Freut ihr euch auch schon so auf den Urlaub?«, greift er das Thema wieder auf und schwärmt: »Sonne, Strand, Schnorcheln …«

Ava und ich sehen uns an. Wir haben beide schon lange keine Lust mehr, mit unseren Eltern in den Urlaub zu fahren. Allein auf eine Ruderfreizeit zu gehen, ist das höchste der Gefühle, dafür ist sogar Ava als passives Mitglied eingetreten. Aber für die Sommerferien ist eins klar: bis wir achtzehn sind, kommen wir aus der Nummer nicht raus. Wir haben schon unzählige Versuche gestartet, allein oder mit Freundinnen zu fahren, aber Papa bleibt strikt dabei, dass wir noch früh genug unser eigenes Ding machen können.

»Ich komm nicht mit«, verkündet Ava auf einmal tonlos.

Papa, der soeben ein Ei aufschlägt, haut es versehentlich neben die Rührschüssel. Auf der Stelle rupfe ich ein paar Küchenhandtücher von der Rolle und wische es weg.

»Natürlich kommst du mit«, sagt er, keinen Widerspruch duldend, und widmet sich weiter dem Pfannkuchenteig.

»Ich will aber nicht«, beharrt Ava, »und du kannst mich nicht zwingen. Ich bin siebzehn, ich will mit meinen Freundinnen wegfahren. Nach Menorca.«

Avas Mund umspielt ein diabolisches Lächeln. Papa kann es nicht sehen, aber ich dafür umso besser, und vor allem kann ich es deuten: Sie plant zwar eine Reise nach Menorca, allerdings mit ihrem Freund Jan, so viel ist klar.

»Der Urlaub auf La Palma ist beschlossene Sache!«, verkündet Papa und schlägt ein neues Ei auf. »Nächstes Jahr wirst du achtzehn, dann kannst du von mir aus machen, was du willst.«

»Wer's glaubt, wird selig«, nuschelt Ava und schlurft schmollend aus der Küche.

»Hier, für dich.« Ich serviere Ava das Essen später in ihrem Zimmer. »Der Teig ist scheußlich, aber …«, ich reiche ihr ein Glas Nutella, »… damit schmeckt es prima.«

»Papa ist ein richtiger Despot«, knurrt sie, wenig besänftigt.

»Na ja«, ich zucke mit den Schultern, »ist ja auch gerade nicht besonders leicht für ihn, seit Mama in Kur ist und er alles alleine managt.«

»Muss er doch gar nicht.« Sie schmiert sich dick Nutella auf den Pfannkuchen. »Das ist völliger Schwachsinn, wir sind viel besser ohne ihn dran. Er soll arbeiten gehen und gut ist. Der nervt doch nur und mischt sich in alles ein.«

»Er versucht es eben *besonders* gut zu machen.«

»Nimm du ihn auch noch in Schutz. Das hält doch kein Schwein aus, der spinnt komplett mit seinem Kontrolltick. Und den hatte er auch schon immer, das hat gar nichts mit Mamas Kur zu tun. Jetzt mal ehrlich«, sie tippt sich mit dem Zeigefinger an die Schläfe, »der behandelt uns doch wie Kleinkinder. Selbst das Kochen übernimmt er, dabei hat er davon keinen blassen Schimmer. Der traut uns einfach nichts zu … Nichts!«

Zwischen Avas Augen bildet sich diese kleine Falte und ich weiß, was sie bedeutet. Meine liebe Schwester schaukelt sich jetzt so richtig hoch, bis es nachher mit Papa tierischen Krach gibt.

»Dafür habe ich heute wirklich keine Nerven.«

Ich und meine dumme Angewohnheit, laut zu denken, meistens passiert mir das, wenn ich nervös bin und viel zu oft in völlig unpassenden Momenten.

»Wofür?«, will sie angriffslustig wissen.

»Ach, nichts!«

»Du hast wohl zu nichts 'ne eigene Meinung?!«

Gekränkt erhebe ich nun deutlich die Stimme: »Jetzt mach aber mal 'nen Punkt! Du hast doch gar keine Ahnung, wie's in mir aussieht. Du denkst immer nur an dich. Und klar, Papa nervt mich auch, ich leide genauso unter seinem Kontrolltick. Mich kotzt das an, aber ich werde es nicht ändern können, bis ich hier ausgezogen bin, und du auch nicht, kapiert?«

Und als würde sie mich erst jetzt richtig bemerken, blickt sie mich erstaunt an.

»Du und Papa«, fahre ich fort, »ihr seid nämlich nicht die einzigen Menschen auf dieser Welt, eure Launen auszuhalten, ist für andere echt verdammt schwer. Wenn ich mich nicht immer zurückhalten würde, dann …«

»Und wieso hältst du dich zurück?«, fragt sie missfällig. »Zwingt dich doch keiner zu.«

»Weil ich Ruhe, Harmonie und Frieden will!«, sage ich überzeugt.

»Nö, weil du feige bist, dich von Papa gängeln lässt und keine eigene Meinung hast«, kontert sie.

»Ach, leck mich doch!« Eingeschnappt springe ich auf und trete dabei auf ihr Schminktäschchen.

»Hey, pass doch auf!«

Sofort bücke ich mich danach und will es ihr reichen, da grapscht sie es mir bereits aus der Hand.

»Was is 'n da so Spannendes drin?«, frage ich neugierig geworden und mache mich lang, um einen Blick auf den Inhalt zu erhaschen.

»Geht dich gar nix an.«

»Komm schon. Zeig mal!« In dem Moment, als ich danach greifen will, fällt beinahe eine edel aussehende Cremedose heraus.

»Vorsicht, Mensch, die war sauteuer!«, motzt Ava.

»Was ist das?« Mich windend, versuche ich, die Aufschrift zu entziffern.

»Bleich...creme?«

Hastig stopft sie den Tiegel wieder zurück in das Täschchen. »Ich habe keinen Bock, immer wie 'ne gesprenkelte Banane auszusehen. Da kann man zumindest im Gesicht seine Sommersprossen etwas abdecken und hat 'nen super Teint.«

»Das geht?«, will ich ungläubig wissen.

»Ach, Lana, du hast aber auch echt von nichts 'ne Ahnung!«, sagt sie spöttisch.

Endgültig sauer rausche ich hinaus, werfe die Tür hinter mir zu und lasse mich in meinem Zimmer auf meinen Schreibtischstuhl fallen. Um mich abzulenken, beschließe ich, eine Liste mit den Dingen anzufertigen, die ich mit in den Urlaub nehmen werde. Meine größte Sorge ist nämlich immer, nicht das Richtige eingepackt zu haben. Da nützt mir noch nicht einmal eine Schwester, die exakt die gleiche Größe hat, denn die rückt nie auch nur ein Stück von ihren Klamotten raus. »Blöde Kuh.« Ich kaue auf dem Ende des Bleistifts herum. Doch mir schwirrt so viel durch den Kopf, dass ich mich gar nicht richtig konzentrieren kann. Was mich am meisten wurmt, ist, dass Konstanze behauptet, Paul benutze mich als Nachhilfesklavin, die ihm die Hausaufgaben erledigt. Das war heute wohl der fieseste Schlag in die Magengrube. Eigentlich hätte ich mich ja gerne mal bei meiner Schwester ausgeheult, wofür hat man denn eine? Aber Avas Fixstern dreht sich schon seit Monaten nur noch um sie selbst.

Mache ich eben das, was ich meistens tue, wenn es mir nicht gut geht, und vertraue meine Gedanken meinem Tagebuch an.

»Sorry!«, kommt es kleinmütig von der Zimmertür, in die

Ava ihre Nasenspitze steckt. »Ich meinte das grad nicht so. Bin wohl mehr durch den Wind, als ich dachte. Dass Mama weg ist, setzt mir ganz schön zu und irgendwie spielen meine Hormone auch gerade verrückt.«

Ava zu ignorieren fällt mir schwer, besonders wenn sie diese winselnden Geräusche macht, die an ein Hundebaby erinnern. Im Zeitlupentempo drehe ich mich zu ihr um. Sie steht im Türrahmen und hebt die Hände wie zwei Pfoten in die Luft.

»Ist schon gut!« Ich winke großzügig ab.

»Nee, is' nicht gut!« Sie krabbelt auf mein Bett und versucht, mich vom Stuhl zu sich herüberzuziehen. »Wenn du in dein Tagebuch schreibst, dann geht's dir nicht gut.«

»Dooooch, doch, doch, doch, doch!«, wehre ich sie ab.

Genervt reiße ich die angefangene Seite aus dem Buch, zerknülle sie und pfeffere sie in den Papierkorb.

»Sollen wir reden?«, schlägt sie vor.

Immer noch beleidigt schüttle ich den Kopf, doch Ava kann so elendig penetrant sein, die lässt einfach nicht locker.

»Auch wenn wir nicht eineiig wären, würde ich spüren, wenn bei dir irgendwas nicht stimmt«, sagt sie mitfühlend.

Okay, das kenne ich, mir geht es umgekehrt meistens genauso, das ist dann vielleicht doch so eine Art schwesterlicher Instinkt.

»Na gut, wenn du nicht reden willst, rufen wir einfach mal Mama an und fragen, ob sie sich schon einen Kurschatten geangelt hat«, schlägt Ava frech grinsend vor.

»Jetzt hör aber auf. So schlimm ist Papa auch nicht«, verteidige ich ihn.

»Schlimmer als schlimm!«, entgegnet sie, die Augen verdrehend.

Und dann müssen wir beide lachen.

»Ich hole mal eben das Telefon von unten«, bietet sie an. »Oder geh besser du.«

»Warum immer ich?«

»Komm schon, bitte! Ich hab' grad echt keinen Bock, Papa über den Weg zu laufen.«

»Na gut!«

Während ich die Treppen hinuntergehe, um das Festnetztelefon zu holen, muss ich an unser letztes gemeinsames Telefonat mit Mama denken. Darin hat sie uns von ihren Fortschritten berichtet, die sie mithilfe von Meditation erreicht hat. Endlich käme sie zur Ruhe, hat sie gesagt, so fernab von Firma, Haushalt und Familie.

»Irgendwie fühle ich mich mitverantwortlich für ihren Zusammenbruch«, sage ich zu Ava, als ich wieder in mein Zimmer komme. »In den letzten Monaten wirkte sie wirklich ganz schön erschöpft, vielleicht hätten wir ihr mehr abnehmen sollen?«

»Mmh, wahrscheinlich hast du recht! Aber sie will ja auch immer alles selber machen.«

»Der Urlaub nach La Palma war ja eigentlich ihre Idee, aber so ohne sie …«, sage ich traurig.

»Eigentlich soll die Reise Papa Erleichterung bringen, damit er sich nicht rund um die Uhr mit der Firma beschäftigt, aber ich seh' das noch nicht«, sagt Ava skeptisch. »Ts, ich kann mich gar nicht erinnern, wann der überhaupt mal entspannt mit uns in den Urlaub gefahren ist.«

»Das ist immerhin das erste Mal, dass wir weiter als dreihundert Kilometer von zu Hause wegfahren, und er mal nicht für die Firma im Notfall erreichbar ist.«

»La Palma ist für Papa so weit weg wie für andere Feuerland.«

»Und einen Notfall hatten wir bisher in jeden Ferien.«

»Hast ja gehört, dieses Jahr wird alles anders.«

»Ich schätze, es hat ihn viel Überwindung gekostet, die Verantwortung an Herrn Weber abzugeben.«

»Auf den ist Verlass, das muss sogar Papa zugeben. Wie sagt Mama immer so schön …?«

»Er kann einfach nicht das Ruder aus der Hand geben«, zitieren wir einstimmig.

Ava wählt Mamas Nummer und stellt den Lautsprecher an, damit wir beide mit ihr sprechen können. Das Freizeichen ertönt.

»Wetten, dass Papa sich in jeden Step-Aerobic- und Surfkurs einklinkt, nur um uns im Auge zu behalten? Es wird Zeit, dass du auch mal Spaß hast und dir so einen Animateur-Futzi angelst. Kannst ja nicht ewig die eiserne Jungfrau spielen«, sagt Ava. »Und dein Paul freut sich, wenn du ein bisschen Erfahrung sammelst.«

Als Antwort zeige ich ihr einen Vogel, denn sie hat mich natürlich genau an meinem neuralgischen Punkt erwischt.

»Was ist denn dabei, sich für den Richtigen aufzubewahren?«, frage ich schmollend.

»Hey, Schwester, wir sind siebzehn, da hat man wilden Sex und lässt sich nicht von seinem Vater wie zwölf behandeln. Ich werde ihm morgen sagen, dass ich mit Jan seit einem Jahr zusammen bin und die Pille nehme.«

Wow, Ava traut sich was. Am anderen Ende der Leitung höre ich ein leises Kichern.

»Oh, Mama, ähem, du bist ja schon dran?«, Ava nimmt schnell den Hörer vom Bett.

»Ja, ich habe alles gehört, aber ich wusste *das* sowieso schon. Ist ja auch ganz normal, nur euer Vater ist noch nicht so weit. Er hat einfach zu viel gearbeitet und nicht mitbekommen, dass ihr erwachsen geworden seid. Gebt ihm Zeit, vielleicht erkennt er ja im Urlaub, dass aus seinen Babys junge Frauen geworden sind. Macht das Beste aus der Reise.«

»Das ist der erste Urlaub, bei dem du nicht dabei bist«, sagt Ava traurig.

»Dafür beim nächsten wieder! Vielleicht machen wir ja auch mal einen reinen Frauenurlaub.«

Oh, welch Überraschung. Das kann ich mir zwar gar nicht vorstellen, denn normalerweise ist Mama ohne Papa noch nirgendwo hingereist. Die Kur ist sozusagen ihre erste Trennung seit zwanzig Jahren, seit dem Tag, an dem sie zusammengekommen sind.

Nach dem Telefonat schleicht Ava nachdenklich aus dem Zimmer. An der Tür dreht sie sich noch einmal zu mir um. »Komisch, dass Mama plötzlich so was sagt!«

»Ja, das ist völlig untypisch.«

»Schlaf gut!« Ava schließt leise die Tür hinter sich.

»Ja, du auch. Bis morgen!« Gähnend und todmüde quäle ich mich dann noch ins Bad. Beim Zähneputzen schlafe ich fast ein. Dann reiße ich panisch die Augen auf und spucke den Rest Zahnpasta ins Becken.

»Meine Buch-Bestellung!«

Mist, jetzt kriege ich das Buch garantiert nicht mehr bis morgen. Egal, dann kann ich es wenigstens ohne Mehrkosten für die Lieferung bestellen. Hauptsache, es kommt noch pünktlich vor dem Urlaub.

Nachdem ich die Bestellung losgeschickt habe, spiele ich in Gedanken noch einmal Pauls Umarmung bei unserer Verabschiedung heute Nachmittag nach. Überwältigt von meinen Gefühlen rufe ich spontan Feli an.

»Mal 'nen Blick auf die Uhr geworfen?«, knurrt die verschlafen.

»Sorry, aber ist wichtig.«

»Okay, wie war's bei Paul?« Sie ist so empathisch.

»Eigentlich super … aber irgendwie auch nicht.«

»Gut, fangen wir mit dem Positiven an: Was war super?«

»Wir hätten uns beinahe geküsst.«

»Und wieso nur beinahe?« Ich höre, wie sie sich im Bett aufsetzt.

»Na ja, er kam mir ganz nah, dann war's aber doch nur ein Kuss auf die Wange!« Ich seufze.

»Aha, und was war nicht so super?«

Daraufhin berichte ich ihr von dem Zusammentreffen mit Konstanze und Mirja.

»Diese Konstanze mag ich sowieso nicht. Das ist 'ne falsche Schlange. Vor der musst du dich in Acht nehmen«, warnt Feli mich.

»Wer traut mir eigentlich überhaupt was zu, frage ich mich langsam, wenn noch nicht einmal meine besten Freundinnen an mich glauben«, meckere ich genervt.

»So meinte ich das doch gar nicht. Aber du bist echt wahnsinnig lieb, Lana, zu lieb, und das macht dich zum Opfer, besonders für Menschen wie diese Konstanze.«

»Kann sein. Ist ja auch egal. Paul steht eh nicht auf mich.«

»Und wieso biste dir da so sicher?«, wundert sich Feli. »Ich dachte, der hätte dich beinahe geküsst.«

»Wahrscheinlich haben ihn meine Sommersprossen abgestoßen«, spreche ich meine Gedanken aus, als mir Konstanzes Worte über meine sogenannten Pigmentstörungen wieder in den Sinn kommen. »Vielleicht sollte ich sie weglasern lassen!«

»Du hast sie doch nicht mehr alle«, echauffiert sich Feli. »Und was machst du beim nächsten Typen? Wenn der auf D-Körbchen steht, lässt du dir Silikon einsetzen, oder was?«

»Nimm mich ernst!«, fordere ich.

»Mach ich, sobald du es tust!«

Erschöpft steigen Josie, Feli und ich am nächsten Nachmittag aus unseren Ruderbooten.

»Kommt ihr mit in den Trainingsraum?«, fragt Josie, die immer noch nicht genug hat. »Ich wollte ein bisschen aufs Laufband.«

In der Ferne entdecke ich Konstanze, die soeben mit ihrem Auto neben dem Ruderklub parkt.

»Also, wenn ich achtzehn bin, dann vergesse ich nicht, meine Füße zu benutzen«, stellt Josie fest.

»Wie albern, die fährt für jeden Furz und Feuerstein. Letztens ist sie sogar vom Klubhaus bis zum Bootsschuppen gefahren.« Sie tippt sich mit dem Finger an die Stirn. »Das sind dreißig Meter.«

»Vielleicht haben die beiden ja wirklich was miteinander«, denke ich laut.

»Lana spricht wieder in Rätseln«, feixt Feli.

Tatsächlich habe ich gerade an Konstanze und Paul gedacht. Da sehe ich, wie die Beifahrertür von Konstanzes Golf aufgeht und ein Typ aussteigt. Gott sei Dank, es ist nicht Paul, sondern sein Freund Jonah.

Normalerweise mag ich Jonah nicht besonders, weil er ein Wichtigtuer ist, aber jetzt bin ich richtig erfreut, ihn zu sehen. Vielleicht besteht ja eine Chance, dass aus den beiden ein Paar wird.

»Die sollten wir im Auge behalten«, stelle ich dummerweise so laut fest, dass Jonah uns hören kann.

Jonah zwinkert Feli zu, als er an uns vorbeigeht, und sagt zweideutig: »Nicht nur die!«

»Der steht auf dich«, stellt Josie fest.

»Auf mich?« Feli deutet ungläubig auf sich.

»Du kriegst wohl gar nichts mit, was?«, fragt Josie grinsend. »Der halbe Ruderklub ist hinter dir her, du Blindfisch.«

Feli zieht die Schultern hoch. »Ph, und?«

»Ja, ich versteh das irgendwie auch nicht«, wundere ich mich genauso wie Josie. »Die tollsten Jungen stehen bei dir Schlange und du lässt sie alle abblitzen!«

»Mir ist das einfach zu kompliziert und … zu teuer!«

»Hä, wie jetzt? Zu teuer? Was is'n das für 'n Argument«, prustet Josie laut lachend los.

»Na ja, die hohen Handyrechnungen, die man dann hat. Und überhaupt, ich will nicht in meiner Freiheit beschnitten werden. Ich hab ja eh kaum Zeit. Schule, Rudern, mit Freundinnen treffen oder auch ins Kino gehen. Wo soll da bitte schön Platz für einen Freund sein?« Sie verdreht die Augen. »Und dann noch diese ganze Verantwortung und dieses abgeschmackte Gesülze. Schau dir doch die Nina an. Mit der kannst du kein Wort mehr reden, seit sie mit Mats zusammen ist. Die simst von morgens bis abends oder postet ihren Beziehungsstatus auf Facebook stündlich neu: von *frisch verliebt* in *total verliebt, feste Beziehung, unzertrennlich, fast verlobt*, ach, was weiß ich nicht noch alles. Das ist doch wohl mehr als dämlich!« Sie schultert ihr Boot, um es in den Schuppen zu tragen. »Also, ich hab da einfach echt keinen Bock drauf.«

Josie und ich starren sie an, wir beide wissen, dass das ihr völliger Ernst ist.

»So schlimm ist es eigentlich auch nicht«, sagt Josie plötzlich. »Und ganz ehrlich, ich bin froh über meine *Erfahrung*.«

»Du meinst den Sex«, stelle ich neidvoll fest, weil bei mir bisher alles nur rein platonisch war. Aber mein Motto ist, dass ich mich für den Richtigen aufheben will und das ist eben Paul. Klar findet Josie das genauso albern wie Felis Verhalten, aber ich sehe da einen Unterschied. Ich habe ja jemanden, mit dem ich ins Bett gehen würde, ich warte sozusagen nur noch auf ein Zeichen.

»Sex wird eh total überbewertet«, kommt es aus Felis Mund und sie klingt dabei irgendwie gereizt.

»So, ihr Schnuckis«, beendet Josie die Diskussion, »ich muss jetzt noch zum Jugendwartreffen, aber vielleicht könnten wir nachher noch ins *Sehnsucht* gehen.«

»Gute Idee«, sage ich in der Hoffnung, dass Paul auch dort sein wird.

»Da wird am letzten Samstag vor den Ferien die Hölle los sein«, gibt Feli zu bedenken.

»Haltet mir bloß 'nen Platz frei.« Josie winkt und verschwindet im Klubhaus.

»War das dein Ernst? Hast du ehrlich keine Lust, dich mal so richtig zu verlieben?«

»Etwa so wie du?«, fragt sie mit einem seltsamen Unterton.

»Zum Beispiel ... ja.« Ich zucke mit den Schultern.

»Sei mir nicht böse, Lana. Aber du verliebst dich, seit ich dich kenne, zweimal im Jahr, Minimum. In der Fünften war es Dennis, dann dein erster Ruderpartner«, sie hält die Hand hoch, um die Jungen an den Fingern abzuzählen, »dein neuer Nachbar, Casper, danach Jonas, der Zeitungsbote ...«

»Komm, in den war ich ganze zwei Jahre lang verliebt«, wende ich ein.

»Dann Tim!«

»Mit dem war ich drei Monate zusammen.«

»Und jetzt Paul!«

»Ja, und? Das ist doch völlig normal. Was meinst du, in wen Ava schon alles verschossen war.«

»Keine Ahnung. Ist ja auch egal, nur ... ach, ich weiß auch nicht.«

»Was?«

»Na ja, irgendwie veränderst du dich jedes Mal für die Typen. Dieses Mal wirst du Vegetarierin. Aber ich ... also, ich will mich nicht verändern! Für niemanden! Ich will nur ich selbst bleiben.«

Beleidigt kommentiere ich diese Spitze gegen mich jetzt mal nicht, sonst gibt's nachher noch Krach und die Ferien stehen vor der Tür, sechs Wochen Funkstille halte ich nicht aus.

Das Café *Sehnsucht* ist wie vermutet brechend voll. Ava ist auch da und hat mich gleich entdeckt. Sie und Jan kleben wie Patex aneinander und winken mich aufgeregt zu sich herüber.

»Hi, Schwesterherz …«

Wenn sie so anfängt, will sie bestimmt was von mir.

»Hör mal, Jan und ich wollen gleich noch …«, sie räuspert sich, »also, ich wollte fragen, ob du vielleicht heute meine Schicht in der Wurstfabrik übernehmen kannst.«

Dachte ich es mir doch!

Normalerweise wechseln wir uns ab, einmal wöchentlich die Kunden im Ladenverkauf zu bedienen, aber seit Papa Ava die Strafe fürs Rauchen verpasst hat, bin ich erst einmal fein raus.

»Was müsst ihr denn da eigentlich genau machen?«, will Jan wissen.

»Einmal die Woche gibt es den Direktverkauf an der Wursttheke, unser Dad besteht darauf, dass an diesem Tag immer ein Familienmitglied vor Ort ist. Das ist Tradition in unserem Unternehmen …« Dann hängt sie sich an meinen Arm. »Komm schon, bitte, Lana«, bettelt sie inständig. »Nur heute. Das ist Jans und mein letzter Tag!« Sie presst sich verliebt an ihren Zweimetermann. »Morgen sind wir doch schon in den Ferien …«

»Ja eben, und ich sehe Paul dann auch nicht mehr«, bemerke ich.

»Wie jetzt?« Ava reißt die Augen erstaunt auf. »Du und

Paul? Seid ihr zusammen? Hey, meine Schwester hat einen Freund«, ruft sie freudig aus.

Unsanft presse ich ihr die Hand auf den Mund. »Muss ja nicht gleich jeder wissen.«

Feli winkt Josie fröhlich zu, die soeben mit drei Gläsern Hugo auf uns zusteuert.

»Hier Alk, zur Feier des Tages«, sagt Josie gut gelaunt. Doch als sie meine Schwester mit ihrem Freund sieht, sinkt die Laune drastisch in den Minusbereich. »Hi, Ava, alles klar?«, fragt Josie und ignoriert Jan komplett.

Dass der Freund meiner Schwester blöderweise der beste Freund von Timo ist, dem Jungen, der sie so fies betrogen hat, ist natürlich ein unglücklicher Zufall. Daher ist es auch kein Wunder, dass die Begrüßung entsprechend unterkühlt ausfällt.

»Auf die Ferien, Mädels!« Josie erhebt ihr Glas, um mit uns anzustoßen, und leert es dann in einem Zug.

Augenscheinlich nimmt Josie die Trennung von Timo doch mehr mit, als sie zugeben will. Hinter ihrer burschikosen Fassade ist es oft nicht ganz so leicht, ihre wahren Gefühle zu entdecken.

»Da … da ist er!«, stottere ich aufgeregt herum.

Paul betritt mit Jonah soeben das Café.

»Och nee, der schon wieder«, stöhnt Feli.

Jonah hat Feli bereits erspäht und will direkt zu ihr durchstarten, aber sie duckt sich schnell.

Unbemerkt stelle ich mich auf die Zehenspitzen, um Paul weiter beobachten zu können. Da sehe ich Konstanze und Mirja auf ihn zusteuern. Vor lauter Schreck trinke ich mein Glas in großen Schlucken leer.

»Hoffentlich trägt Paul Gummistiefel«, sage ich mit zusammengekniffenen Augen.

»Wer?« Feli kommt wieder ein Stück weit aus der Versenkung und schielt an mir vorbei.

»Sonst rutscht er noch auf ihrer Schleimspur aus«, sage ich sauer. »Diese Konstanze scharwenzelt ständig um Paul herum«, meckere ich.

»Ihm scheint's aber zu gefallen«, bemerkt Josie taktlos.

»Ach was!« Feli winkt ab. »Die beiden sind eher so was wie *best buddies.*«

»Es gibt keine Freundschaft zwischen Jungen und Mädchen«, stellt Josie kurzerhand fest.

»Du schaffst es immer wieder, mir auch noch die letzte Illusion zu rauben«, beschwere ich mich.

»So bin ich nun mal«, verkündet Josie und nimmt uns die leeren Gläser aus der Hand. »Ich schmeiß noch 'ne Runde!«

Der Alkohol ist mir bereits in den Kopf gestiegen, ich habe einfach für meine Verhältnisse viel zu schnell getrunken. Wahrscheinlich glühen meine Wangen wie Kirschtomaten. Egal, denn andererseits steigt soeben auch mein Stimmungs- und Mutbarometer wieder. Ich werde gleich mal zu Paul rübergehen, nehme ich mir vor.

»Und, machst du's?«, fragt Ava unvermittelt.

»Ja!«, sage ich entschlossen und lasse meinen Blick nicht von Paul.

Triumphierend ballt Ava ihre Hand zur Faust. »Strike!«

Jetzt kapier ich: Sie meint den Tausch in der Wurstfabrik.

»Ach so, ähem, eigentlich war ich grad in einer anderen Welt«, erkläre ich noch. Doch es ist aussichtslos, denn Ava drückt mir bereits dankbar ein Küsschen auf die Wange.

»Du bist die beste Schwester, die ich habe!«

»Ich bin die einzige, die du hast«, erinnere ich sie.

»Also, dann«, sagt Jan und macht ein Victoryzeichen, »man sieht sich.«

Die beiden schieben sich durch die Menschenmenge nach draußen und weg sind sie. Paul allerdings auch, stelle ich enttäuscht fest.

»Puh«, sagt Josie, die mich mit Feli zwei Stunden später zum Eingangsportal unserer Fabrik begleitet hat. »Na, dann mal viel Vergnügen«, sagt sie mit einem Augenzwinkern. »Du musst ja nur verkaufen und nicht reden!«, beruhigt sie mich.

Feli gluckst: »Das dritte Glas war definitiv zu viel. Oder war's das vierte? Ich weiß auch nicht mehr genau …«

»Ich kann das nicht«, jammere ich. »Wie soll ich, bitte schön, am Pförtner vorbeilaufen, ohne zu schwanken?«

»Crawl«, befiehlt Josie plötzlich auf Englisch.

»Krieche?«, übersetze ich kichernd. »Wie soll ich das denn machen?«

Feli schüttelt sich aus vor Lachen. »Tanz doch einfach Limbo unter der Schranke durch.«

»Ihr seid so was von blöd«, sage ich und versuche, dabei ernst zu bleiben. Dann straffe ich die Schultern und rede mir gut zu: »Okay, Lana, alles klar, reiß dich zusammen.« Überwältigt von meinen Emotionen und unter Einfluss diverser Hugos drücke ich die beiden fest an mich und werde völlig melancholisch, als ich mit einem Hauch von Theatralik sage: »Schöne Ferien! Und vermisst mich! Schreibt mir! Denkt an mich! Vergesst mich nicht …«

Gerade als ich aus den Umkleideräumen des Personals komme und in meinen weißen Kittel schlüpfe, um in den Ladenverkauf zu gehen, kommt mir Herr Weber entgegen.

»Fräulein Richart, alles in Ordnung?«, fragt er mit riesigen Glupschaugen, als er sieht, dass ich den Kittel wie eine Zwangsjacke trage und ihn bitte, diesen hinten zuzuknöpfen.

Als er fertig ist, setze ich noch die Haube auf den Kopf, stopfe meine Haare darunter und stehe salutierend stramm.

»Sir, danke, Sir!«

»Geht's Ihnen gut?«, fragt er besorgt.

»Doch, doch, doch, doch, doch schon, ich habe, glaube ich, nur noch nichts gegessen«, sage ich nachdenklich.

»Dann begleiten Sie mich doch am besten«, schlägt er vor und reicht mir galant den Arm. Gemeinsam gehen wir hinüber in die Fabrikhalle, wo mir einer unserer Mitarbeiter ein Stück Cervelatwurst zu verkosten gibt.

»Die mögen Sie doch am liebsten«, sagt Herr Weber lächelnd.

Doch anstatt mir die Wurst sofort gierig in den Mund zu stopfen, starre ich sie nachdenklich an.

»Was ist da eigentlich alles drin?«, frage ich und hauche mir, hoffentlich unbemerkt, in die andere Hand, um zu testen, ob man meine Alkoholfahne riechen kann.

Herr Weber ist sofort in seinem Element. »Cervelat kommt von dem lateinischen Begriff Cerebellum. Das ist die Verkleinerungsform von Cerebrum, sprich: Gehirn. Die Cervelatwurst bestand ursprünglich aus Schweinefleisch und Hirn.«

»Ach was!?« Ich bin schlagartig nüchtern.

Herr Weber fährt fort: »Heute wird darunter allerdings die sogenannte Schlackwurst – von der traditionellen Wursthülle, dem Schlackdarm abgeleitet – verstanden. Es ist eine Rohwurst aus meist fein gemahlenem Schweinefleisch, Rindfleisch und Speck.«

»Ich hatte ja keinen blassen Schimmer«, hickse ich andächtig und leicht angewidert zugleich.

Der Angestellte am Kutter erklärt: »Mit dieser Maschine wird das Fleisch bis zur feinsten Körnung zerkleinert. Typische Gewürze für unsere Cervelatwurst sind Pfeffer und

Kardamom. Der Clou aber sind die Spirituosen zur Aromatisierung. Dafür nimmt man z.B. Weingeist oder Cognac.«

»Alohol?«, lalle ich verstört.

Die beiden sehen sich verwundert an.

»Und wovon ist die Wurst so rot?«, will ich dann wissen.

»Von dem Nitritpökelsalz«, erklärt Herr Weber. »Die gewürzte Masse wird dann in Kunstdärme gefüllt.«

Gehirn, Darm, bäh, mir dreht sich plötzlich ein ganz anderes Organ um: mein Magen. Da habe ich mein halbes Leben lang die Wurst verkauft und nie nachgefragt, was da eigentlich drin ist.

Auf einmal greift mir jemand von hinten das Stück Wurst aus der Hand und isst es auf.

»Nach einer Reifezeit von vier bis sechs Tagen ist die Wurst genussreif«, erklärt Papa, der gerade hinter uns auftaucht. »Das ist ja eine Überraschung. Schön, dass sich wenigstens eine meiner Töchter für die Produktion interessiert.« Voll väterlichem Stolz legt er den Arm um mich. »Geben Sie meiner Tochter doch bitte ein neues Stück.«

Der Mann am Kutter reicht mir nun ein noch größeres Stück Wurst und unter den erwartungsvollen Blicken aller Anwesenden verkünde ich: »Sorry, mir ist schlecht, ich muss mal ganz schnell …«

»Alles in Ordnung mit dir?«, fragt Papa besorgt, der vor der Damentoilette auf mich gewartet hat.

»Ja, wieder besser«, hüstle ich.

»Hast du dich übergeben?«

»Mhm.« Ich nicke. »Magen!«

»Wo ist eigentlich Ava?«, will er erstaunt wissen.

»Liegt im Bett mit …«

Ach, du Scheiße.

»… mit Magenschmerzen.«

»Oje!« Papa packt mich an den Schultern und schiebt mich zur Ausgangstür. »Du gehst jetzt nach Hause und kurierst dich aus. Ich will morgen nicht mit einer kranken Tochter in den Urlaub fahren.«

Gerade noch rechtzeitig gelingt es mir, dem Impuls zu widerstehen, erneut zu salutieren.

»Glück gehabt!«, sage ich stattdessen.

Gott sei Dank, dass ich in dem Zustand nicht mehr in den Verkauf muss, das hätte ich im Leben nicht geschafft.

»Was meinst du mit *Glück gehabt?*«, fragt Papa.

»Mhm«, ich suche krampfhaft nach einer logischen Erklärung. »Na ja, besser heute spucken als morgen im Flieger!«, sage ich wenig überzeugend.

Dann ziehe ich mir mit einem Ruck die Haube über die Ohren und tänzle trällernd durch die Drehtür, allerdings gelingt es mir erst im vierten Anlauf, den Ausgang zu finden.

GEPLATZTE TRÄUME

Während Ava wenig motiviert neben mir im Flughafen-Café hockt und missmutig an ihrer Latte macchiato nippt, mache ich derweil das berühmte Gänseblümchen-Spiel in etwas abgewandelter Form, nämlich anhand der Mini-Tierchen auf dem Buch-Cover in meiner Hand.

»Ich schreib' ihm, ich schreib' ihm nicht …«

»Wem? Deinem Paul?«, fragt Ava interessiert.

Woher habe ich nur diese blöde Angewohnheit, laut zu denken? Als Papa von der Toilette kommt und seine Reiseunterlagen zückt, habe ich die Antwort, denn er sagt soeben zu sich selbst: »Vertrauen ist gut …«

»… Kontrolle ist besser«, echoen Ava und ich wie aus einem Mund.

»Harald Richart bitte zum Airberlin-Schalter«, hallt es in dem Moment, als Papa sich setzen will, durch den Lautsprecher.

Er drückt mir den Hotelprospekt in die Hand und eilt zum Schalter.

»Ihr könnt ja schon mal alles zusammenpacken und euch einreihen.«

»Da gibt's doch noch gar nichts zum Einreihen«, stellt Ava fest. Schwerfällig lässt sie sich von mir aus dem Sitz hochziehen, macht jedoch nicht die geringste Anstalt aufzustehen.

»Du bist ja schwerer als ein nasser Sack. Nun komm schon, es geht bestimmt gleich los!«

»Ist mir egal!«, sagt sie und verschränkt die Arme vor der Brust.

Keuchend lasse ich mich wieder neben sie auf den Sitz fallen und stupse sie aufmunternd mit dem Ellenbogen an. »Es sind doch nur zwei Wochen.«

»Zwei laaaaaaange Wochen!« Sie zieht den Vokal in die Länge und schickt noch eine letzte SMS an Jan ab, bevor sie ihr Handy ausschaltet.

»Oh Mist«, durchfährt es mich, »jetzt habe ich vergessen, was es war …!« Hatte ich *ich schreib' ihm* oder *ich schreib' ihm nicht* zum Schluss?

»Was *was* war?«, will Ava interessiert wissen.

»Ach, nichts.«

»Was is'n das für 'n Buch?« Neugierig nimmt sie es mir aus der Hand und liest den Titel laut vor: »*Tiere essen*. Hört sich ja gruselig an. Ist das so 'n Psychothriller? Woher hast 'n den?«

»Ach, hat mir ein Freund geliehen!«

»*Ein* Freund oder *dein* Freund Paul?«

Entnervt rupfe ich ihr mein Buch aus der Hand und halte ihr stattdessen den Hotelprospekt vor die Nase. Auf dem Cover ist der traumhaft schön angelegte Garten der Klubanlage zu sehen. Umringt von Bananenplantagen.

»Guck mal, Bananenplantagen, so weit das Auge reicht, toll, oder?«

»Ich hasse Bananen!« Ava verzieht angewidert ihr Gesicht.

Plötzlich taucht Papa vor uns auf. Sein Gesichtsausdruck lässt nichts Gutes ahnen. »Also …« Er legt seufzend die Jacke auf den Stuhl und macht eine Pause.

Erwartungsvoll blicken wir ihn an. Doch anstatt mit uns zu reden, bohrt er sich die Fingernägel so tief in die Handflächen, dass die Abdrücke ganz weiß werden.

Ava schluckt schwer. »Ist was mit Mama?«

»Nein«, beeilt sich Papa zu sagen, als er unsere erschrockenen Gesichter sieht, »aber mit Herrn Weber.«

»Was Schlimmes?«, vermute ich.

»Er hatte letzte Nacht einen Blinddarmdurchbruch und musste notoperiert werden.«

»Oh Gott, der Arme, das ist ja schrecklich!«

»Ja, ziemlich übel«, er nimmt unsere Hände und schluckt schwer, »weil wir nämlich unsere Reise abblasen müssen!«

Ava nimmt ihn in den Arm, selbst sie hat Mitleid mit Papa, der plötzlich ganz alt und grau aussieht.

»Es tut mir so leid. Ich weiß doch, wie sehr ihr euch auf diese Reise gefreut habt.« Betrübt lässt er den Kopf sinken.

»Ja, das stimmt«, sagt Ava, und ich bin ihr dankbar, dass sie dabei so überzeugend klingt.

Auf dem Rückweg sitzen wir mucksmäuschenstill im Taxi. Der Taxifahrer blickt in den Rückspiegel und stellt anhand unserer Blässe fest: »Wohl schlechtes Wetter gehabt?« Als er keine Antwort auf seine Frage bekommt, spekuliert er weiter: »Spanien?« Als wieder keiner von uns antwortet, sagt er wissend: »Ah, sicher Mallorca! Hab schon gehört, dass das Tief Paula darüberlag.«

Tief Paula? Ich horche bei den ersten vier Buchstaben auf und seufze laut: »Paul!«

»Wie bitte?«, fragt der Fahrer und dreht sich interessiert um, weil er denkt, ich hätte etwas Gehaltvolles erwidert.

»Paul…aaaa, Tief Paula, also, ähem davon habe ich ehrlich gesagt gar nichts gehört.«

Ava kichert.

Hoffentlich ist Paul noch nicht weg, wieso habe ich dumme Nuss ihn nicht gefragt, wann er fährt.

»Deshalb bleiben meine Frau und ich auch immer schön zu Hause auf Balkonia, hahaha.« Außer ihm lacht keiner. »Da spart man eine Menge Geld und Hautkrebs gibt's auch keinen.«

Boah, der ist ja noch negativer als Josie, denke ich insgeheim.

Nachdem er uns zu Hause abgesetzt hat, schleppt jeder von uns Dreien wortlos das Gepäck die Treppen hinauf. Fünf Minuten später höre ich Papa von unten rufen: »Ava, Lana, kommt ihr mal bitte runter, ich muss mit euch reden!«

Nervös läuft er vor der Terrassentür des Wohnzimmers hin und her.

»Setzt euch bitte.«

Mit ernster Miene deutet er auf die Couch, dabei hüstelt er nervös. »Äh, äh, ja also, ich möchte euch nicht um eure wohlverdienten Ferien bringen. Deshalb schlage ich vor, ihr erkundigt euch, ob ihr eventuell mit den Familien eurer Freundinnen fahren könnt.« Er kratzt sich mit dem Zeigefinger am Kinn. »Falls das nicht schon zu spät ist.«

Bis auf Feli fährt keine unserer Freundinnen mit den Familien. Wir sind da echte Exoten, aber das reiben wir ihm jetzt nicht unter die Nase.

»Also bei mir klappt's bestimmt«, sagt Ava schnell. »Ich werde sofort bei Evi nachfragen.« Sie schießt vom Sofa hoch und sprintet die Treppen hinauf in ihr Zimmer.

»Was ist mit dir?«, fragt Papa mit besorgter Stimme. »Meinst du, du kannst mit Felicitas und ihren Eltern fahren?«

Schulterzuckend erhebe ich mich ebenfalls. »Ich kann ja mal anrufen.«

Die Freiheit ist zum Greifen nah, Feli möge mir verzeihen, aber bevor ich sie anrufe, telefoniere ich erst die Freundinnen ab, die definitiv nicht mit ihren Eltern fahren.

Frustriert schleppe ich mich in mein Zimmer. Das Ergebnis meiner Telefonate war niederschmetternd und der Kompromiss, mit Felis Familie wegzufahren, rückt nun in die engere Auswahl.

Seit Feli drei Jahre alt ist, verbringt sie die Ferien mit ihren Eltern auf so einem politisch korrekten Bio-Bauernhof im Allgäu. Allerdings hat sie sich wirklich noch nie beklagt. Dennoch stelle ich es mir unglaublich öde vor und hinzu kommt noch die Tatsache, dass wir dann sicher ihre absolut nervige zehnjährige Schwester Frieda im Schlepptau hätten. Nicht genug, dass die regelmäßig in Felis Zimmer platzt, und letztens sogar mit ihrer Freundin ein altes Babyphone installiert hat, um unsere Gespräche besser belauschen zu können. So dreist muss man erst mal sein. Allein wegen dieser Aussichten lasse ich mich rücklings mit einem »Ooh nein!« aufs Bett fallen.

Eine Nanosekunde später steht Ava in der Tür. »Was ist? Hast du niemanden, mit dem du fahren kannst?«, decodiert sie meinen Aufschrei.

»Sieht schlecht aus. Was ist mit dir?«

Da sie grinst wie ein Honigkuchenpferd, ist mir klar, dass sie mit Jan nach Menorca fliegen wird.

»Und wenn's rauskommt?«, gebe ich warnend zu bedenken. »Das bedeutet Wursttheke bis zum Lebensende.«

»Du kannst ja richtig komisch sein.« Sagt sie und grinst. »Wenn du und Evi dichthalten, wird gar nix rauskommen!«

Ich winde mich wie ein Wurm und verspreche zähneknirschend: »Ich werd schon nichts sagen. Wann geht's denn los?«

»Übermorgen!«

»Krass! Wie hast du so kurzfristig einen Flug bekommen?«

»Jans Mutter hat doch ein Reisebüro.«

»Dann wissen es aber seine Eltern.«

»Nö, Jan hat mich heimlich eingebucht. Ist ja auch egal. Alles wird gut. Jetzt aber zu dir.« Sie legt sich neben mich. »Wo soll's denn hingehen?«

Unschlüssig schiebe ich die Unterlippe vor. »Ich werd wohl mit Feli fahren.«

»Nicht dein Ernst!«, stellt sie entsetzt fest. »Du weißt, dass sie jedes Jahr in der Vorhölle landet. Dieser Bio-Bauernhof«, sie rüttelt mich, »der geht gar nicht. Wo bleibt denn da der Fun-Faktor?«

»Beim Ausmisten oder Kühemelken zum Beispiel.« Ich klinge gespielt begeistert.

»Ach Scheiße, Lana, nimm doch nicht immer alles so hin. Komm, wir überlegen, was es sonst noch so für Optionen gibt.« Sie stützt den Kopf auf den Unterarm und blickt mich nachdenklich an.

»Schon bei Josie gefragt?«

»Die fährt mit den Jugendwarten nach Meck-Pomm!«

»Gut, abhaken!« Sie grübelt weiter. »Und Bea?«

»Fliegt nach Miami.«

»Geil. Ruf sie an!«

»Zum Sprachkurs!«

»Okay, Nächste! Was ist mit Theresa?«

»Fährt zu ihrer älteren Schwester nach Italien.«

»Italien!«, jubelt Ava, »Sonne, Sand, das Land, wo die Zitronen blühen … vielleicht hat sie ja ein paar schnuckelige Cousins?«

»Mona, Greta und Martha fahren schon bei ihr mit und im Auto ist kein Platz mehr für mich. Zu viel Gepäck!«

Ava nickt nachdenklich. »Gut, dann also … mit Feli ins Heidiland.«

»Vielleicht ist es ja gar nicht so schlimm«, versuche ich mich zu trösten.

»Das ist ja supergenial«, brüllt Feli mir begeistert ins Ohr, als ich sie fünf Minuten später anrufe, um ihr die Neuigkeit mitzuteilen. »Nur blöd, dass wir erst in den letzten drei Ferienwochen fahren.«

Umständlich klemme ich mir das Handy zwischen Schulter und Kinn und öffne mit der anderen Hand die Schnallen meines Schalenkoffers.

»Ja, das ist wirklich blöd«, stimme ich Feli zu und entleere meinen Koffer Stück für Stück.

Jetzt muss ich noch drei Wochen hier abhängen und meine liebe Schwester düst morgen schon gen Süden. Warum läuft bei mir gerade nur alles schief? Als ich meinen neuen zitronenfarbenen Bikini in der Hand halte, kommen mir fast die Tränen vor Selbstmitleid. »Wir können ja solange jeden Tag ins Schwimmbad gehen«, schlage ich versonnen vor.

»Du Optimistin! Schon mal die Wettervorhersage gehört? Das wird der beschissenste Sommer des Jahrhunderts. Liegt wohl an der globalen Erwärmung. Und an den Kühen.«

»Hä? Wieso denn an denen?«

»Wegen des Methans. Das ist noch klimaschädlicher als Kohlendioxid. Täglich entweichen aus den Hintern und Mäulern wiederkäuender Kühe Tonnen davon. So wird die furzende Kuh zum Klimakiller.«

»Echt wahr?«, frage ich ungläubig.

»Kein Fleisch essen heißt: keine Massentierhaltung, keine Massentierhaltung bedeutet weniger Methan, weniger Methan gleich geringere Erderwärmung und geringere Erderwärmung bedeutet: normales Klima. Und wir könnten jeden Tag ins Schwimmbad.«

»Na, prima!« Demotiviert lasse ich den sexy Zweiteiler in den Untiefen meiner Wäschekommode verschwinden.

Als ich am nächsten Morgen in die Küche komme, stopfe ich mir vor lauter Frust die halbe italienische Fenchelsalami rein, die Papa ebenfalls neu im Programm hat. Dann stocke ich kurz. Irgendwas fühlt sich komisch an. Die Wurst hängt mir im Hals. Schnell trinke ich ein paar Schlucke Wasser hinterher, um sie runterzuspülen.

»Wo ist Papa eigentlich?«, will ich von Ava wissen, die sich gerade eine Banane in ihr Müsli schnippelt. »Ich denke, du hasst Bananen?«

»Nur die auf La Palma!« Sie grinst schelmisch. »Und was meinst du wohl, wo Papa gerade ist?«

»Im Betrieb«, beantworte ich mir die Frage selbst und schiebe mir gedankenverloren ein paar Scheiben trockenes Brot hinterher, dann greife ich noch in den Süßigkeitenschrank, um der Nussnugatschokolade den Garaus zu machen.

Ava haut mir auf die Finger. »Sag mal, spinnst du, du ruinierst dir ja die Bikinifigur!«

»Diesen Sommer wird die eh keiner zu Gesicht bekommen. Hier soll's wettertechnisch richtig übel werden und auf 'nem Bio-Bauernhof interessiert sich ja wohl im wahrsten Sinne des Wortes kein Schwein dafür, wie ich rumlaufe.«

Ava schiebt mir daraufhin mitleidig die Trüffelsalami rüber. »Ich schreib dir auch.«

»Mhm.« Ich nicke wenig besänftigt.

»Kannst du mir vielleicht diesen süßen, kleinen zitronenfarbenen Bikini leihen?«, bittet mich Ava und klimpert dabei charmant mit den Wimpern.

»Klar, kannste haben!«, sage ich großzügig und stecke mir eine Scheibe Salami in den Mund. Reflexartig spucke ich sie allerdings im nächsten Moment wieder auf den Teller.

»Wusstest du eigentlich, dass furzende Kühe für das miese Wetter verantwortlich sind?«

»Drehst du jetzt total durch?«

»Im Ernst. Wenn wir aufhören, Fleisch durch Massentierhaltung zu produzieren, tun wir etwas für die Erdatmosphäre.«

»Steht das in dem schlauen Buch, das du gerade liest?«

»Nö, das sagt Feli!«

»Wahrscheinlich jahrelange Bio-Bauernhof-Erfahrung«, feixt sie. »Wie dem auch sei, ich kann mir nicht vorstellen, dass du demnächst bei Dimitrios den Gyrosteller in einen Tofuburger umbestellst.«

Nachdenklich stütze ich meinen Kopf auf die Hände.

»Auf dem AB war übrigens 'ne Nachricht von …«, sie spitzt lasziv die Lippen und haucht, »Paul!«

Mein Versuch, Gleichgültigkeit vorzutäuschen, scheitert in dem Moment, als ich ihre Müslischale umschütte, den Stuhl umwerfe und die Salami in den Ofen lege, bevor ich panisch in den Flur renne, um den AB abzuhören.

»Keep cool, Lana!«, höre ich Ava lachend hinterherrufen.

Die ersten beiden Nachrichten sind für Ava … aber bei der dritten bin ich starr vor Anspannung.

»Hi, hier ist Paul. Habe grad Feli im Supermarkt getroffen. Die hat mir gesteckt, dass irgendwas mit deiner Reise nicht so geklappt hat. Tut mir echt leid. Also, na ja, meine Mutter hat das zufällig auch mitbekommen und sie meinte, es wäre doch vielleicht ganz gut, wenn wir in den nächsten Tagen noch etwas lernen könnten. Ich meine, wenn du Zeit hast. Also, du kannst dich ja mal melden … bis dann … mach's gut …«

Wieso druckst der so komisch rum?

»Ist doch wohl eindeutig, dass er mich so schnell wie möglich sehen will!«, behaupte ich felsenfest, als ich mein Handy zum dritten Mal an den AB halte, damit Feli auch jedes Wort mitbekommt. »Oder wie interpretierst du seine Herumstotterei?«, will ich wissen.

»Na ja, vielleicht …«

Ich lasse sie gar nicht erst zu Wort kommen. »Wie hat er denn geguckt, als du ihm gesagt hast, dass ich noch hier bin?«

»Erstaunt!«

»Wie erstaunt genau?«

»Stirn runzeln, Augenbrauen zusammenziehen … das Übliche eben, wenn man erstaunt guckt.«

»Sah er … wie soll ich sagen … dabei auch vielleicht irgendwie begeistert aus? Ich meine, hat er sich gefreut?«

»Gefreut? Mhm. Ich hatte den Eindruck, die Sache mit der Nachhilfe war jetzt nicht unbedingt sein Lieblingsthema.«

»Oh, meinst du, er hat keine Lust?«

»Ich weiß nicht, Lana. Klar hat der keine Lust auf Mathenachhilfe in den Ferien, aber das heißt ja nicht, dass er keine Lust auf dich hat.«

»Also, du denkst, der macht das nur aus Zwang und so und nicht, weil er mich sehen will.«

Verzweifelt ringt sie nach Worten. »Lana, ich weiß nicht, ich meine, also, ich kann ja nicht in sein Hirn sehen.«

»Aber hattest du den Eindruck, dass er mich treffen will?«

»Joa«, erwidert sie gedehnt, »irgendwie schon.«

»Echt?«, frage ich unsicher und hake weiter nach: »Hat er denn noch was gesagt?«

»Nur, dass er dich anrufen will.«

Ein Schauder kriecht mir den Nacken hinauf und lässt mich kurz zusammenzucken. »Und wann?«, wispere ich kaum hörbar.

»Äh. Hat er doch schon. Hast du mir eben vorgespielt«, erinnert sie mich an die Aufnahme auf dem AB.

»Ach so, ja.« Blöd von mir. Ich schüttle den Kopf über mich und betrachte mich im selben Moment im Spiegel, der neben der Garderobe hängt. Dabei untersuche ich kritisch mein Gesicht. Wie kriege ich bis zu unserem nächsten Treffen bloß meine Sommersprossen weg?

»Bist du noch dran, Lana?«

»Klar. Bin ich. Und sonst hat er wirklich nichts mehr gesagt? Oder war er verlegen, weil seine Mutter dabei war? Bestimmt war er verlegen.«

»Eine Gemeinsamkeit habe ich übrigens mit deinem Paul!«

»Jetzt sprichst *du* aber in Rätseln«, sage ich.

»Sein kleiner Bruder ist auch so eine Nervensäge wie meine Schwester.«

»Die beiden würden richtig gut zusammenpassen!« Ich beuge mich vor, um meine Sommersprossen noch genauer in Augenschein zu nehmen. Es sind einfach so unglaublich viele. Da ist ja kaum Haut zu erkennen, alles voller Punkte.

»Hör mal, Lana …«, sagt Feli.

Da fällt mir ein, Ava hat doch diese Bleichcreme, grüble ich gedankenverloren, was ist, wenn ich mir davon nachher was ins Ges…

»Lana?«, ertönt es erneut.

»Ja!«

»Meine Eltern mieten einen Kleinbus, damit wir genug Platz haben. Du kannst also ruhig ein paar Klamotten mehr mitnehmen.«

»Du meinst noch mehr Regenjacken und Gummistiefel!?«, erinnere ich sie an die Schlechtwetterprognose.

»Nein, ich meine, wenn du Lust hast, können wir Fahrräder mitnehmen.«

»Cool. Ich frage mal, ob Ava mir ihr neues Mountainbike leiht, schließlich nimmt sie meinen Bikini mit und eine Hand wäscht ja bekanntlich die andere …«, sage ich zuversichtlich.

»Kannste vergessen!« Ava lehnt meinen grandiosen Vorschlag kurzerhand ab, als ich wieder in der Küche auftauche. An der Art und Weise, wie sie es sagt, weiß ich, dass ich chancenlos bin.

»Aber du kriegst meinen Bikini, na toll«, schnaube ich vor lauter haarsträubender Ungerechtigkeit.

»Das kannst du doch nicht ernsthaft vergleichen.« Ava legt den Kopf schief und lächelt großmütig. »Nimm doch deins!«

»Meine alte Möhre?«, frage ich ungläubig.

»Hättest dir ja auch eins wünschen können, anstatt 'nem eigenen Ruderboot.«

»Hey, komm schon, ich hab dich noch nie um was gebeten«, winsle ich.

Keine Reaktion.

Vielleicht zieht ja die Mitleidstour, die muss sich doch mal erweichen lassen. »Wie soll ich denn mit 'nem Hollandrad die Berge raufkommen?«

»Dein Problem.« Ava schnappt sich ihre Tasche. »Ich muss los.«

Nachdem ich mich wieder halbwegs über ihre Abfuhr abgeregt habe, gehe ich schnurstracks in ihr Zimmer und suche die Kosmetiktasche. Es bereitet mir ein tiefes Gefühl von Zufriedenheit, dass ich wenigstens einen Hauch von ihrer teuren neuen Creme klauen kann, wenn sie sich schon so kleinlich in Bezug auf ihr Fahrrad verhält. Das Täschchen steht einladend auf der Fensterbank. Beim Durchwühlen fällt mir eine kleine runde Packung mit bunten Pillen in die Hand. »Klar«, ich zucke mit den Schultern, »Ava nimmt die Pille, Ava hat einen festen Freund, Ava hat Sex …« Ava ist immer schneller als ich. In allem. Dabei bin ich die Ältere von uns beiden. Immerhin zwei Minuten. Aufgewühlt stopfe ich die Packung wieder in die Tasche und krame die Bleichcreme hervor.

»Der wird sich wundern!«, sage ich triumphierend und nehme die Creme mit ins Bad. »Beim nächsten Treffen bin ich bleich wie Angelina Jolie.«

Aus Spaß halte ich mir meine dicken roten Haare zu zwei Zöpfen hoch und strecke meinem Spiegelbild die Zunge raus. Hat was von einer Mischung aus Pippi Langstrumpf und Albert Einstein, stelle ich lachend fest. Dann binde ich mir das Haar mit einem Gummi hoch, öffne die Cremedose und decke Schicht für Schicht meine Sommersprossen ab, so lange, bis nichts mehr von ihnen zu sehen ist. Das sieht allerdings irgendwie ziemlich seltsam aus, meine gesprenkelte Haut, die sonst immer leicht gebräunt wirkt, erscheint jetzt irgendwie gräulich, ja, fast grün, und meine roten Haare noch roter. Allerdings sieht man wirklich keinen einzigen Punkt mehr, stelle ich erfreut fest. Mit den Fingern streiche ich vorsichtig über meine Haut, schon komisch, so ganz ohne Sommersprossen. Meine rötlichen Augenbrauen bürste ich mit einer alten ausgetrockneten Wimperntusche-Bürste, tusche die Wimpern und umrande meine grünen Augen mit einem dunklen Kajal, das macht sie noch viel ausdrucksstärker. Als ich fertig bin, löse ich den Pferdeschwanz und lasse meine Haare schwer über die Schultern fallen. Plötzlich klingelt das Telefon.

Siedend heiß fällt mir ein, dass ich vorhin den AB ausgeschaltet habe, um Feli Pauls Anruf mehrfach vorzuspielen. Im Eiltempo renne ich die Treppe hinunter.

»Lahana Richart«, hechle ich atemlos in den Hörer.

»Hi, Lana, hier ist Paul noch mal, ich hatte dir vorhin auf den AB gesprochen. Wegen Mathe und so, ich wollte aber auch fragen, ob du Lust hast, mit mir was essen zu gehen.«

»Äh, ja, klar.« Das ist jetzt nicht wahr! Alle meine Träume erfüllen sich in diesem einen Moment. Mein Herz schlägt mir bis zum Hals.

»In einer viertel Stunde im *Alexis Sorbas*. Oder ist das zu kurzfristig für dich?«

»Ich bin da!«

Meine Hände zittern, als ich auflege.

Dimitrios, der Besitzer des *Alexis Sorbas*, schaut mir forschend ins Gesicht, als ich sein Restaurant betrete. »Äh, geht's dir gut, Lana?«

Dimitrios kennt mich in- und auswendig, wir gehen hier essen, seit ich denken kann. Als wir kleiner waren, haben Ava und ich beim Kellnern helfen dürfen, das wird hier also heute so was wie ein Heimspiel für mich, denke ich erleichtert.

»Na ja, etwas nervös!«, verrate ich ihm und sehe mich suchend nach Paul um.

»Du bist so blass um die Na…«

Den Rest höre ich schon gar nicht mehr. Auf der hinteren Bank sitzt Paul! Äh, und was ist das? Da hocken auch noch Jonah … und Mirja und, ich fasse es nicht: Konstanze! Was soll denn das bitte schön für ein Date sein? Automatisch mache ich einen Schritt zurück. Am besten verdrücke ich mich, bevor mich einer von denen bemerkt. Doch da winkt Paul mich bereits heran.

»Lana!«

»Hi«, sage ich gequält fröhlich, als ich zu seinem Tisch komme und mich zu ihnen auf die Bank quetsche.

»Oh, äh, du hast da so was …« Konstanze deutet mit einer wischenden Handbewegung auf mein Gesicht.

Mirja rückt etwas näher an mich heran, um mich besser begutachten zu können. »Das ist Bleichcreme«, stellt sie fachmännisch fest. »Meine Mutter nimmt die auch. Die hat Couperose, das sind so geplatzte Äderchen. Die ganze Haut ist von so kleinen roten …«

»Ihr entschuldigt mich.« Ich erhebe mich abrupt.

Boden tu dich auf. Schlimmer geht's ja wohl nicht, oder vielleicht doch? Denn als ich eiligen Schrittes die Toilette aufsuchen will, stellt sich Dimitrios mir in den Weg, um die Bestellung aufzunehmen.

»Gyrosteller mit extra viel Gyros wie immer?«, fragt er augenzwinkernd.

Paul starrt mich ungläubig an.

»Klar, äh, nein!« Das einzig Gute an der Bleichcreme ist, dass man nicht sieht, wie rot ich darunter werde. »Ich esse doch kein Fleisch.«

»Du? Kein Fleisch? Klar, und die Akropolis steht in Barcelona!« Er lacht aus voller Kehle.

»Sie ist Vegetarierin«, klärt Paul ihn auf.

»Die Tochter vom Wurstfabrikanten?« Jonah bricht in ein wieherndes Lachen aus. »Vegetarierin! Hihahahihaha!«

Der ist so was von dämlich, dieser Jonah, denke ich hochgradig genervt, kein Wunder, dass Feli immer in Deckung geht, wenn der sich nähert.

»Genau!«, rufe ich noch, versuche schnell zu entwischen und quetsche mich an Dimitrios vorbei. »Ich nehme das Gleiche wie Paul.« Dimitrios glotzt mich so ungläubig an, als hätte ich karierte Maiglöckchen bestellt.

»Souvlaki Pita?«, fragt Dimitrios jetzt völlig verunsichert.

»Nein, ich hatte die Tofu-Moussaka«, erklärt Paul.

»Klingt gut! Und 'ne Apfelschorle. Danke. Muss mal eben schnell verschwinden …«, sage ich, bevor Dimitrios noch weitere Rückfragen stellen kann.

Als ich wieder an den Tisch zurückkomme, glüht mein Gesicht wie bei einem Sonnenbrand dritten Grades. Mit diesen blöden rauen Papierhandtüchern habe ich mir meine Haut richtig wund gescheuert. Diese Bleichcreme war extrem hartnäckig. Am Tisch plappern alle wild durcheinander und niemand scheint mich richtig wahrzunehmen, als ich mich wieder zu ihnen setze. Wenigstens spricht jetzt keiner mehr über Couperose oder das Vegetarierdasein.

»Seit wann isst du denn kein Fleisch mehr?«, fragt Dimitrios genau in dem Moment. Heute hat er echt ein extrem schlechtes Timing, finde ich. Er serviert mir mein Getränk und setzt noch eins drauf: »Als deine Mama vor zwei Wochen mit euch zur Abschiedsfeier hier war, hast du doch noch Fleisch gegessen. Eine Extra-Portion, wie immer.«

Die anderen sehen mich interessiert an.

»*Das kann nicht sein*, Dimitrios. Ich habe vor circa einem halben Jahr dieses, dieses Buch«, stammle ich hilflos herum, denn ich habe vor lauter Aufregung den Titel vergessen, »gelesen und dann habe ich diesen wirklich aufklärenden Bericht über, äh, Tiertransporte gesehen und dann … ja, das, das ist jetzt wirklich kaum zu glauben, einen Bericht über furzende Kühe gehört …«

Jonah schlägt sich grölend mit der flachen Hand auf den Oberschenkel. »Die hat echt Comedy-Potenzial. Erst taucht sie hier auf wie die Reinkarnation von Michael Jackson«, er spielt ziemlich uncharmant auf meine geschichtete Bleichcreme an, »mutiert nach einem Toilettengang zu Winnetous kleiner Schwester und jetzt erzählt sie uns was von furzenden Kühen.« Er wendet sich an Paul und deutet dabei anerkennend auf mich. »Und du wolltest sie nur mitnehmen, weil deine Mutter …« Als er unvermittelt verstummt und ich sein schmerzverzerrtes Gesicht sehe, vermute ich, dass er sich soeben einen Tritt von Paul eingefangen hat.

»Das stimmt wirklich mit den Kühen«, verteidige ich mich und bin enttäuscht, weil ich herausgehört habe, dass Paul mich nicht aus freien Stücken eingeladen hat. »Wegen des Methans«, erkläre ich verzweifelt.

»Sie hat recht!«, pflichtet Paul mir bei.

»Das steht doch auch alles in dem Buch.«

»Dessen Titel du nicht kennst«, grunzt Jonah erneut.

Paul fährt sich durch die Haare und hält einen Monolog.

Die anderen hängen an seinen Lippen und ich könnte ihm ebenfalls stundenlang zuhören. »Was der Methanausstoß einer Kuh eigentlich bedeutet, lässt sich ziemlich gut im Vergleich mit einem Pkw zeigen.« Er scrollt auf seinem Handy und liest vor: »Der aktuelle 1er BMW beispielsweise wiegt 1375 Kilo und verbraucht nach Herstellerangaben 4,9 Liter Diesel auf 100 Kilometer. Eine moderne Hochleistungsmilchkuh wiegt 700 Kilo, frisst täglich 50 Kilo Grün- und Kraftfutter und gibt 8000 Liter Milch im Jahr. Der BMW stößt 128 Gramm CO_2 pro gefahrenen Kilometer aus. Bei 15 000 gefahrenen Kilometern im Jahr bläst der BMW also rund zwei Tonnen CO_2 in die Atmosphäre. Die jährliche Luftverschmutzung durch das Methan der Kuh entspricht aber einer CO_2-Menge von drei Tonnen. Die Kuh ist im Vergleich zum Auto also der größere Klimakiller.«

Konstanze rückt jetzt ein Stück näher an Paul heran, sofern das überhaupt noch geht. »Also, ich habe mal gehört, dass diese Theorie schon längst widerlegt wurde.«

»Kann schon sein«, sagt Paul und winkt ab. »Aber ich kann Tiere auch aus anderen Gründen nicht essen.«

Konstanze sieht ihn verständnisvoll an. »Ja, ich weiß. Mir geht's ähnlich. Seit damals«, sie wirft nachdenklich den Blick an die Decke, »ich war wohl so ungefähr vier oder fünf, da habe ich auf den Hühnerschenkel auf meinen Teller gestarrt und zu meiner Mutter gesagt: *Mama, du kannst doch wohl nicht ernsthaft von mir verlangen, dass ich das Bein von einem Huhn esse. Dann muss es ja auf einem Bein humpeln.* Tja, und seitdem habe ich nie wieder irgendwas von einem Tier gegessen!«

»Eier auch nicht?«, frage ich interessiert.

»Oh, sie ist ein Ovo-Veggie«, sagt Konstanze arrogant und wackelt dabei mit dem Kopf.

Bevor ich mich aufklären lassen kann, was das denn nun schon wieder ist, fragt Paul mich: »Du isst Eier?«

»Bist du verrückt?!« Ich kreische fast vor Entsetzen.

Bye-bye, Frühstücksei. Adieu, Tortilla. Tschö, Pfannkuchen. Das Leben ohne Eier ist kaum vorstellbar. Was ist mit Nudeln? Oh nein, ich manövriere mich hier gerade in ödes, geschmackloses nicht-ovo-vegetarisches Niemandsland.

»Also, ohne Eier könnte ich nicht leben«, sagt Paul da.

Shit, da habe ich mich umsonst aus dem Fenster gelehnt.

»Die Moussaka hat aber auch Nudeln …«

»Na ja«, sage ich augenzwinkernd, »man kann ja mal eine Ausnahme machen.«

»Also, ich hasse Vegetarier, die essen nämlich meinem Essen das Essen weg! Hihahahihaha.« Jonah lacht sich schon wieder schlapp, dieses Mal allerdings über seinen eigenen Witz.

Dimitrios serviert das Essen und somit ist die Diskussion für einen Moment unterbrochen.

»So … also drei Mal Tofu-Moussaka, ein Mal Gyrosteller, zwei griechische Salate.« Dimitrios sieht mich immer noch skeptisch an, als ich den Teller annehme, den er mir über den Tisch reicht.

»Du bist ein totaler Ignorant, Jonah. Wenn du nicht mein bester Freund wärst … dann, ehrlich«, echauffiert sich Paul über Jonahs Spruch.

»Jeder, wie er mag.« Jonah zupft neckisch mit den Zähnen ein Stück Fleisch vom Spieß.

»Okay, du kannst gern Leichen essen, ich nicht!«, verkündet Paul und punktet mit diesem grausamen Argument.

Mir wird auf einmal ganz schlecht, denn wenn ich eins habe, dann ist es eine ausgeprägte Vorstellungsgabe.

»Hab gehört, das mit deiner Reise nach La Palma hat nicht geklappt«, sagt Jonah unvermittelt.

Einerseits bin ich froh, dass er das Thema wechselt, andererseits frage ich mich, wieso der überhaupt etwas von meinen Urlaubsplänen weiß.

»Bleibst du jetzt etwa die ganzen Ferien über zu Hause?«, will Mirja wissen.

»Nein, ich fahre mit einer Freundin weg. In den letzten drei Wochen!« Ich werde den Teufel tun und erzählen, dass ihre Eltern und die kleine Schwester mit im Programm sind.

»Wo geht's denn hin?«, fragt Konstanze erstaunlicherweise interessiert.

»Na ja, also, in die Berge!«

»Pyrenäen, Anden, Himalaya?«, will Jonah wissen.

»Alpen!«

»Österreich, Schweiz …?« Er zieht mir weiter die Würmer aus der Nase.

»Bayern.«

»Ist das nicht viel zu gefährlich?«, fragt er besorgt.

»Wieso?«, entgegne ich ahnungslos.

»Na, wegen der Kühe.« Jonah grinst breit. »Viele Kühe gleich viele Fürze!«

»Das ist aber ein schlechter Tausch«, sagt Mirja mitfühlend. »La Palma gegen die Alpen.«

Völlig blockiert hocke ich auf meinem Stuhl und wünschte, ich wäre nicht hierhergekommen. Das Ganze ist doch eine Farce, Paul hat mich nur aus Mitleid oder Zwang oder was weiß ich warum eingeladen, und dann auch gleich noch seine ganze Clique zur Verstärkung mitgebracht. Ich fühle mich wie in einer Sackgasse, denn es gibt gerade keinen Ausweg für mich. Wenn ich flüchte, ist das feige, wenn ich bleibe, ist es peinlich. Konstanze wird mich fertigmachen und Jonah amüsiert sich weiterhin auf meine Kosten. Was Paul dabei für eine Rolle spielt, ist mir nicht klar, ich weiß nur eins: Ich werde mich hier noch bis auf die Knochen blamieren. Hinzu kommt, dass ich mich mit dieser Vegetarier-Geschichte immer mehr in etwas hineinreite, was ich gar nicht bin. Ich wünschte, ich wäre wie Feli, die würde sich nicht verbiegen lassen, die würde jetzt auch aufstehen und gehen, ohne einen fadenscheinigen Vorwand, den ich gerade krampfhaft suche. Die anderen lachen und albern herum, besonders Konstanze ist heute extrem witzig und schlagfertig. Schweigend löffle ich meine Moussaka weiter.

»Wir fahren nach Kroatien«, verkündet Konstanze und legt ihre Hand auf Pauls Oberschenkel.

Unbeobachtet krame ich mein Handy aus der Tasche, mein Plan ist, einen Anruf vorzutäuschen, der mich von hier weglotst, ohne das Gesicht zu verlieren. Unterm Tisch fummle ich so lange an meinem Handy herum, bis ich den Klingelton gefunden habe. Allerdings nur den Ton, der den Eingang einer SMS ankündigt.

»Oh, eine Nachricht!« Ich werfe einen Blick auf mein Handy. »Blöd, aber ich muss leider los!« Hektisch zücke ich mein Portemonnaie. »Hab total meinen, ähem Yoga-Kurs vergessen. Sorry!« Umständlich pfriemle ich zwanzig Euro hervor und will sie auf den Tisch legen. »Kann jemand für mich nachher mitbeza…«

»Lass mal, bist eingeladen!« Paul winkt großzügig ab.

»Okay … dann danke!« Ich lächle ihm zu, das ist wirklich süß von ihm.

Konstanze kann es einfach nicht lassen. »Deine Mutter hat doch extra Geld mitgegeben für Lam… ähem Lana!«

Also doch! Es war nicht seine Idee, jetzt habe ich die Gewissheit und die tut ganz schön weh.

»Dann tschüss zusammen!« In die Runde winkend verabschiede ich mich und wende mich zum Gehen.

»Schade!«, sagt Jonah mit gespielt betrübtem Blick. »Ich hätte gerne noch mehr von deiner Rinder-furzen-ein-Ozonloch-Theorie gehört … hihahahihaha.«

»Also dann. Man sieht sich, du Hornochse.«

Scheiße, scheiße, scheiße. Warum habe ich meine Gedanken nicht unter Kontrolle? Hoffnungsvoll blicke ich in die Runde, vielleicht hat es ja keiner gehört. Aber Pauls Lachanfall und Jonahs verdutztes Gesicht belehren mich eines Besseren.

»Hey, das war gut.« Paul hält mir begeistert die Hand zum High Five hin. »Du hast Jonah mundtot gemacht, das schaff' ja sonst eigentlich nur ich.« Anerkennend nickt er mir zu. »Ich ruf dich an …« Unnötigerweise fügt er noch hinzu: »Wegen der Nachhilfe.«

»Ja, mach das«, sage ich betont gleichgültig und gehe zur Tür.

Dort steht Dimitrios und flüstert: »Weiß dein Vater das?«

»Was? Dass ich mit meinen Freunden bei dir essen gehe?«, frage ich erstaunt.

»Ist das nicht geschäftsschädigend, wenn du jetzt Vegetarierin bist? Hast du nicht so was wie …«, er sucht nach dem passenden Wort, »eine Familienehre? Als Tochter hast du doch gewissermaßen sogar eine Verpflichtung, für ihn Reklame zu laufen?«

»Ach so, das meinst du. Ich weiß nicht. Im Moment bin ich ein bisschen durcheinander.«

»Oder wäre *verliebt* das richtige Wort?« Dimitrios zwinkert mir zu und ergänzt überflüssigerweise: »In einen Vegetarier!«

»Kann sein, kann aber auch nicht sein«, sage ich, als ich mich hinausflüchte. Ich werfe Paul einen letzten Blick durchs Fenster zu, bevor ich mich in der nächsten Hofeinfahrt verstecke, um Feli anzurufen. Als ich gerade ihre Nummer wähle, sehe ich Papa in Begleitung einer fremden Frau. Erschrocken lasse ich das Handy sinken und versuche, das Gesicht seiner dunkelhaarigen Begleiterin zu erspähen. Also, Frau Meinert, die neue Sekretärin, die für Mami während ihrer Kur eingesprungen ist, ist das nicht – die ist nämlich klein, rundlich und trägt einen Pagenkopf. Diese Frau mit den langen dunklen Locken habe ich noch nie im Leben gesehen. Ich reibe mir die Augen, als müsste ich mir das Bild der beiden von den Pupillen putzen.

Plötzlich höre ich eine weibliche Stimme: »Lana, Lanaaa!«

Unsicher drehe ich mich um.

»Lana!!!«

Das ist doch Felis Stimme. Irritiert stelle ich fest, dass sie aus meinem Handy kommt.

»Ja!«, flüstere ich fast lautlos.

»Wieso rufst du mich an und meldest dich dann nicht?«, fragt sie verständnislos.

»Ich wollte dich anrufen, doch dann … dann habe ich … aber nein, ich meine, ich dachte, ich hätte dich noch nicht angerufen. Hab ich aber wohl doch.«

»Du klingst, als hättest du einen Geist gesehen«, sagt sie kichernd.

»Schön wär's.«

»Was is'n los?«

»Alles in Ordnung!« Ich räuspere mich, da mir die Worte noch im Hals stecken.

»Ist es wegen Paul …«, vermutet sie. »Ach, komm, Lana, der ist vielleicht einfach nicht der Richtige!«

»Jetzt fang du nicht auch noch damit an«, sage ich verletzt. »Reicht doch, dass Josie ihn mir ständig ausreden will, und Ava ist auch nicht gerade ein Fan von ihm.« Ich kneife die Augen zu kleinen Schlitzen zusammen und werde langsam echt wütend. »Ich mische mich bei euch ja auch nicht ein.«

»Sei doch nicht gleich sauer. Tut mir leid. Ich finde es nur einfach blöd, dass du so leidest«, entschuldigt sie sich. »So aufgebracht habe ich dich ja noch nie erlebt.«

»Er hatte mich zum Essen eingeladen und ich dachte diesmal wirklich, er will sich mit mir verabreden. Also, nur er und ich … und dann das …« Meine Stimme bricht ab. Ich bin so aufgebracht, dass ich kaum einen klaren Satz auf die Reihe kriege, das hat allerdings viel mehr mit Papa als mit Paul zu tun, die Sache mit der fremden Frau hat mich richtiggehend geschockt.

»Ist er nicht gekommen?«, fragt sie mitfühlend.

»Doch, schon. Er und … Jonah und Mirja und vor allem Konstanze«, zähle ich auf. »Das war eine richtig nette Runde!«

»Wie jetzt? Was haben die denn da zu suchen gehabt? Spinnt der?« Feli regt sich für mich mit auf. Das ist schön, das tut so gut, das ist Freundschaft.

»Das ist ja Su-per-kacke. Wieso macht der denn so was? Und dieser Jonah ist sowieso ein Spacko. Der fühlt sich unglaublich schlau und lässt nur geistigen Dünnpfiff raus.« Sie dreht richtig auf. »Dem würde ich gerne mal meine Meinung …«, sie sucht das richtige Wort.

»Geigen«, schlage ich vor.

»Nee, furzen!«, sagt sie erbost.

Jetzt müssen wir beide lachen und das nimmt mir etwas den Druck.

»Du bist bestimmt megaenttäuscht«, sagt sie Anteil nehmend.

»Ich glaube, Paul will nicht meinen Körper, sondern nur meine Synapsen«, versuche ich einen Witz zu machen.

»Spar dir Körper *und* Hirn lieber für einen anderen auf. Für den bist du viel zu schade, Lana. Das Selbstbewusstsein ist bei dir und Ava aber auch echt ungleich verteilt.«

»Das hilft mir jetzt auch nicht weiter«, schniefe ich.

»Stimmt! Aber weißt du …«, sie macht eine Pause, »ach, komm doch einfach noch mal eben vorbei, okay?«

»Okay!«

Ich hätte jetzt auch wirklich schlecht allein sein können. Das Bild von Papa und der fremden Frau taucht ständig vor meinen Augen auf. Es kann doch nicht sein, dass Papa … Ich kann den Gedanken noch nicht einmal zu Ende denken, so weh tut das. Ausgerechnet Papa, der größte Moralapostel, den man sich vorstellen kann. Wenn man bedenkt, wie streng der mit uns ist … Ich kann und will das einfach nicht glauben. Traurig steige ich auf meinen Roller und frage mich, wie es sein kann, dass sich ein Leben von jetzt auf gleich ändert.

»Ich bin verwirrt, traurig und orientierungslos«, sage ich, als ich zehn Minuten später in Felis Arme falle. »Ich weiß auch nicht, irgendwie habe ich heute Abend die Richtung verloren.«

»Lass mich dein Kompass sein!« Sie unterstreicht die Floskel mit einer theatralischen Geste, um mich aufzumuntern.

Doch meine Mundwinkel hängen weiter durch.

»Komm, wir gehen in die Küche, ich mach uns ’nen Tee.« Sie zieht mich mit und platziert mich auf dem Küchenhocker. »Erzähl, was war los?«

Nachdem ich ihr alles haarklein von dem Restaurantbesuch berichtet habe, sehe ich es hinter Felis Stirn rattern.

»Halten wir mal fest, dass Paul dich dorthin bestellt hat, weil er dich zum Essen einladen wollte.«

Ich nicke zustimmend.

»Du hast gedacht, ihr hättet eine Verabredung, ein Date. Das Wort hat er aber nicht explizit verwendet, als er dich eingeladen hat.«

»Nö, hat er nicht«, sage ich mürrisch. »Aber was hättest du denn gedacht?«

»Dass es ein Date ist!«

Traurig starre ich an ihr vorbei auf den Kirschbaum, der vor ihrem Fenster steht. Damals, als wir noch klein waren und darauf herumgeklettert sind, war die Welt noch in Ordnung. Keine Sorgen, keine Verpflichtungen, keine Männer …

»Woran denkst du?«, will Feli wissen.

… da war Mama noch nicht so überarbeitet, Ava war viel handzahmer und Papa war nur für seine drei Frauen da, wenn er dann mal zu Hause war.

»Als wir noch jünger waren, war alles noch nicht so kompliziert. Ich vermisse diese unbeschwerte Zeit.«

»Ja, ich auch. Weißt du eigentlich, dass meine Mutter unser Baumhaus abreißen lassen will? Sie ist der Meinung, wir wären sozusagen rausgewachsen.«

»So'n Quatsch«, ich schüttle vehement den Kopf. »Außerdem kann man nirgendwo klarer denken als dort oben«, mit dem Kopf nicke ich Richtung Baum.

Feli verschwindet plötzlich. »Bin sofort wieder da!« Ein paar Minuten später kommt sie grinsend zurück und drückt mir einen Schlafsack in die Hand. »Na, dann los!«, fordert sich mich auf.

Ungläubig starre ich sie an.

»Hast du doch grad selber gesagt.« Sie zitiert mich: »Nirgendwo kann man klarer denken. Und einen klaren Kopf brauchst du gerade.« Sie zieht mich mit. »Ruf deinen Vater an und sag' ihm, du schläfst hier.«

»Das geht nicht. Er wollte heute Abend mit Ava und mir sprechen, weil sie ja morgen schon nach Menorca fliegt.«

»Jetzt geht es mal um dich!«, beschließt Feli und drückt mir das Telefon in die Hand.

Vielleicht hat sie recht und es ist besser, wenn ich ihn nicht mehr sehe. Und Ava auch. Nachher verquatsche ich mich noch und versaue ihr auch noch die Ferien, besser, ich sehe sie nur kurz morgen früh. Mit einem mulmigen Gefühl wähle ich unsere Nummer. Tatsächlich ist er zu Hause.

»Hallo, Papa ... Ja, mir geht's gut. Ich bin bei Feli. Ach so, Ava schläft schon bei Eva.«

»Ja, sie hat auf dich gewartet, um sich zu verabschieden.«

»Ich rufe sie später auf jeden Fall noch an.«

»Schade, dass ihr euch nicht mehr gesehen habt!«

»Mhm. Also, ich werde heute Nacht hier bei Feli schlafen. Warte nicht auf mich.«

Anstatt einen Riesenaufstand zu machen, sagt er nur: »Dann habe ich ja sturmfreie Bude.«

Das war das Letzte, was ich hören wollte. Wütend und ohne ein Tschüss hänge ich ein.

»Er hat nichts dagegen«, sage ich tonlos.

»Was hältst du von Prosecco? Mama hat immer für ihre Freundinnen ein paar Flaschen im Kühlschrank gebunkert.«

Mit unseren Schlafsäcken, Fressalien und Getränken bewaffnet klettern wir fünf Minuten später umständlich ins Baumhaus.

»Früher haben wir irgendwie besser durch die Luke gepasst!«, stellt Feli grinsend fest.

»Hier drin waren doch immer die Streichhölzer!« Gezielt greife ich nach einer alten Keksdose.

»Frieda hat mit ihrer Freundin letztens gezündelt!« Feli knipst eine Taschenlampe an und leuchtet mir damit direkt ins Gesicht. »Seitdem gibt's die hier!«

»Wie unromantisch!«, sage ich enttäuscht.

Plötzlich klingelt mein Handy und holt mich zurück in die Gegenwart.

»Wie unromantisch«, sagt Feli jetzt ihrerseits und breitet ihren Schlafsack aus.

Die Nummer auf dem Display kenne ich nicht.

»Lana Richart hier?«

»Pass mal auf, Lana, mir wäre es ganz lieb, wenn du die Finger von Paul lassen könntest …«

Erschrocken klappt mir der Mund auf. »Bist du das, Konstanze?!«

»Richtig geraten. Pass auf, Bleichgesicht, eins kannst du dir gleich abschminken, im wahrsten Sinne des Wortes«, sie freut sich diebisch über ihre Wortwahl, »nämlich die Vorstellung, dass Paul auch nur ansatzweise etwas von dir wollen könnte. Lana, komm mal runter von dem Trip. Glaubst du im Ernst, Paul steht auf eine Alibi-Vegetarierin? Eine Möchtegern?« Ihre Stimme klingt affektiert: »Eine Wanna-be?«

Ich hüstle ertappt. Darauf habe ich nun wirklich nichts zu entgegen.

»Paul ist mein Freund und du lässt gefälligst die Finger von ihm, ist das klar?!«

»Ich … ich wusste ja gar nicht, dass ihr zwei wirklich …«, stammle ich überrumpelt herum.

»Nee, is' klar«, sagt sie spöttisch.

»Ehrlich, ich …«

»Na, dann weißt du es jetzt«, entgegnet sie zynisch.

»Dann ist es vielleicht besser, wenn ich ihm keine Nachhilfe mehr gebe!«, schlage ich resigniert vor.

»Nachhilfe?« Sie lacht hysterisch. »Du meinst, weiterhin die Hausaufgaben erledigen.«

»Das hat er dir gesagt?«, frage ich ungläubig.

»Paul sagt mir alles. ICH BIN SEINE FREUNDIN!«

»Du lügst«, entfährt es mir spontan.

Feli nickt mir wohlwollend zu und flüstert: »Gib's ihr!«

»Glaub doch, was du willst. Tatsache ist, dass er jetzt gerade bei mir ist und nicht bei dir.«

Aufgelegt.

Ungläubig starre ich auf das Handy. »Die ... die ...!«

Vom Piepton einer eingehenden SMS werde ich in meiner Schimpftirade unterbrochen. »Wenn du's nicht glaubst, komm vorbei. Bernhardtstraße 12.«

Ich bin doch nicht der Fußabtreter für alle! So langsam habe ich echt die Nase voll.

»Wie spät ist es?«

»Du willst doch jetzt nicht wirklich da hin?«, fragt Feli ungläubig.

»Doch, ich muss es mit eigenen Augen sehen. Sonst kapiere ich es nie und falle immer wieder auf Paul rein!«

»Du bist nicht auf ihn reingefallen, du bist doch gar nicht mit ihm zusa...«

»Felicitas, das weiß ich!« So langsam werde ich ungehalten. »Aber ich habe das Gefühl, dass Paul mehr von mir möchte als nur Gleichungen und Koordinatensysteme. Ehrlich, da ist etwas zwischen uns, das ich nicht erklären kann«, ich lege die Hand auf meine Brust, »aber spüre. Außerdem sagt mir mein gesunder Menschenverstand noch etwas.«

»Was?«

»Warum will Konstanze mich unbedingt davon überzeugen, dass sie mit Paul zusammen ist? Es könnte ihr doch völlig egal sein ... es sei denn, sie hat berechtigte Angst, dass Paul eben doch in mich ...«, ich zögere einen Moment und Feli beendet für mich den Satz: »verliebt ist.« Feli steht auf. »Okay, lass uns gehen!«

Das Navi auf meinem Handy lotst uns zu Konstanzes Adresse. Es ist stockdunkel, als wir um das Haus in den Garten schleichen.

»Hier ist niemand. Das war ein blöder Scherz. Mehr nicht«, stellt Feli klar.

Plötzlich geht in der ersten Etage das Licht an und man kann Konstanzes Stimme durch das geöffnete Fenster hören. »Ach, Paul, ist das nicht ein schöner Sternenhimmel?«

»Wetten, der ist gar nicht da!«, flüstere ich.

»Und wenn doch?«, gibt Feli zu bedenken.

»Ich klettere da jetzt rauf«, verkünde ich entschlossen.

»Sollen wir nicht einfach klingeln?«, schlägt Feli besorgt über mein riskantes Vorhaben vor.

»Nö, das wäre ja megapeinlich«, lehne ich ihren Vorschlag ab.

»Und das ist jetzt nicht peinlich?«, fragt Feli leise, als sie mir die Räuberleiter macht.

»Doch«, zische ich und will mich gerade weiter an der Pergola hochziehen, als jemand die Balkontür öffnet und heraustritt.

Vor Schreck rutscht mein Fuß aus Felis Hand und ich lande in einem Busch.

»Hallo, ist da wer?«, fragt Paul und beugt sich über die Brüstung.

»Das ist bestimmt Garfield. Der schleicht um diese Zeit immer durch die Gärten«, erklärt Konstanze.

Puh, Gott sei Dank, sie ahnt nicht, dass ich tatsächlich hier bin, wäre ja auch eine ziemliche Blamage.

»Diese Lana ...«

Was für ein Luder.

»... steht ja tierisch auf dich!«

»Ach komm!«, entgegnet Paul.

»Hallo, das sieht ja wohl ein Blinder mit Krückstock.«

»Meinst du?«

»Komm doch wieder rein und lass uns damit weitermachen, wo wir aufgehört haben«, sagt sie lasziv.

»Ich habe nichts dagegen.«

Man hört, wie die Tür zugeht.

»Na, jetzt habe ich den Beweis«, sage ich und erhebe mich aus der Hocke. »Autsch, mein Knöchel.«

»Das heißt ja wohl noch gar nichts«, verkündet Feli zu meinem Erstaunen. »Vielleicht hat sie mit ihm Kniffel gespielt oder Monopoly oder …«

»… oder Strip-Poker«, entgegne ich ironisch. »Er ist bei ihr, es ist Nacht und der Rest liegt doch wohl klar auf der Hand.

Feli hakt sich bei mir unter und ich humple die ganze Strecke zurück zum Baumhaus. Als sie vor mir hinaufklettert, reibe ich mir meinen schmerzenden Knöchel.

»Ganz ehrlich, Feli, ich glaube, ich habe für heute genug Abenteuer gehabt. Können wir vielleicht doch in deinem Zimmer schlafen? Auf einer Matratze mit Lattenrost und Bettzeug und so …«

»Klar, komm!«

»Ein Coolpack wäre auch nicht schlecht!«, füge ich noch hinzu.

Während Feli mir einen dieser Eisumschläge aus der Küche besorgt, kuschle ich mich tief in ihre Kissen. Doch ich bin nicht lange allein. Denn auf einmal springt ihr Hund Jimbob mit einem Satz zu mir ins Bett und presst sich wohlig an mich.

»Na, brauchst du auch jemanden zum Kuscheln?!«, frage ich ihn und streichle ihm über den weichen Kopf. »Du hast es leicht, dich kann man einfach nur lieb haben.«

In nächsten Moment kommt Feli ins Zimmer. »Ich hab auch noch Salbe mitgebracht.« Vorsichtig reibt sie mir den Knöchel ein und wickelt mir das Coolpack herum.

Eigentlich tut es schon gar nicht mehr so weh, aber ich genieße gerade das Umsorgtwerden, wenn ich ehrlich bin. Felis Seitenblick geht in Jimbobs Richtung, dessen Schwanz freudig wedelt, als er ihre Stimme hört. »Wenn das meine Mutter sieht, flippt sie aus.«

Beschützend schlinge ich meine Arme um ihn. »Sie braucht es ja nicht zu wissen.«

Feli grinst und legt sich zu uns ins Bett. »Das sagt Frieda auch immer!«

Vor lauter Erschöpfung von diesem Wahnsinnstag liege ich wie ein Stein im Bett und warte, bis Feli eingeschlafen ist. Dann lasse ich meinen Tränen freien Lauf. Die halbe Nacht wälze ich mich hin und her, doch die Bilder des Tages gehen mir nicht mehr aus dem Kopf. Erst sah alles so gut aus mit Paul, aber wieso war er bei ihr? Dann noch Papa. Und morgen ist auch noch Ava weg. Und der Urlaub ist geplatzt und Mama fehlt mir einfach auch so. Was wohl passieren wird, wenn sie das erfährt? Irgendwann stehe ich völlig gerädert auf und setze mich auf die Fensterbank. Paul ist eine Enttäuschung, so viel steht fest. Ich habe wirklich geglaubt, dass er mich auch mag. Meine Silhouette spiegelt sich im Fenster wider und ein Vergleich mit Konstanzes Traumfigur fällt deprimierend aus. Im Gegensatz zu ihr bin ich deutlich kleiner und burschikoser. Meine Brüste haben mehr die Größe einer Kumquat. Gut, Konstanze hat auch nicht viel Busen, aber sie hat diese elendig langen Model-Beine und diesen sexy kleinen Po, um den ich sie wirklich beneide. Kein Wunder also, dass Paul sie mir vorzieht. Das laute Vogelgezwitscher kündigt bereits den Tag an. Ach, blöder Mist, jetzt habe ich Ava vor ihrem Abflug gar nicht mehr angerufen. Als ich mein Handy aus der Jeans pfriemle, sehe ich, dass sie mir eine Nachricht auf meinen WhatsApp-Account gesendet hat.

Papa sagt, du schläfst bei Feli. Er hat mir sogar erlaubt, schon zu »Eva« ;-) zu gehen. Fliegen morgen Mittag. Habe alles gepackt, auch deinen Bikini ;-). Ein bisschen Schiss habe ich schon, dass alles auffliegt. Verrat' mich bitte nicht, okay? Du hast also was gut. Nimm mein Fahrrad mit. Aber pass bloß auf, dass da kein Kratzer drankommt – sonst bring ich dich um. Tut mir leid, dass es nur auf den Bio-Bauernhof geht, aber Feli und du, ihr werdet zusammen bestimmt jede Menge Spaß haben. Hey, und ich habe gerade Paul getroffen, er hat uns verwechselt. Es war ja auch schön schummrig in der Bonsai-Bar. Dennoch, war wieder mal witzig, 'ne Zwillingsschwester zu sein. Er wollte wissen, ob ich morgen Zeit habe. Hatte den Eindruck, irgendwas brannte ihm auf der Seele. Deshalb hab ich Ja gesagt, hoffe, das war in Ordnung. Also morgen um 13 Uhr bei ihm. Er hat mir ein Küsschen auf die Wange geben wollen, ich habe mich versehentlich umgedreht, weil ich Angst hatte, dass Jan uns sieht und etwas in den falschen Hals bekommt. Da ist Paul abgerutscht und der Kuss ist auf meinem Mund gelandet. War ganz süß, auch wenn er sonst wirklich nicht mein Fall ist. Muss er ja auch nicht ;-).

Dicken Schmatzer von deiner besseren Hälfte, haha, nein wirklich, ich werde dich vermissen, Schwesterlein. Pass auf dich auf, und bis in sechs Wochen, denn wenn ich in drei Wochen zurückkomme, fährst du ja dann schon. Hab dich lieb und dein Paul küsst gar nicht so schlecht ;-), lol, Ava

Ich checke die Uhrzeit, wann sie das geschrieben hat, und rechne zurück. Dann muss sie Paul also getroffen haben, nachdem ich ihn bei Konstanze gesehen habe. Hoffnungsvoll lege ich mich ins Bett. Morgen um eins soll ich zu ihm kommen und dann klärt sich alles auf. Mit einem Schlag bin ich wieder ganz aufgeregt, mein Herz pocht wie verrückt, er hat mich geküsst. Nein, er hat eigentlich Ava geküsst, aber er dachte ja, dass ich es sei. Oh Gott, es kann doch echt nicht wahr sein, dass Ava schon wieder schneller war als ich.

ZADUNGA

»Kannst du mal rangehen?«, bitte ich Feli, als mein Handy zum x-ten Mal klingelt. »Ich kann nicht. Ich bin tot. Habe kein Auge zugemacht.«

»Klar«, sagt Feli und stellt den Lautsprecher meines Handys an, damit ich mithören kann.

»Apparat Lana Richart.«

»Hi, Feli, ist Lana bei dir?«, will Josie wissen.

»Ja, sie schläft aber noch halbwegs.«

»Kommt ihr mit zum Zadunga?«

»Zandu... wie? Was is'n das jetzt schon wieder?«, fragt Feli.

»So 'ne Form von Zumba!«, erklärt Josie. »Nur etwas chilliger!«

»Weiß nicht. Wo findet das denn statt?«, will Feli wissen.

»Im Ruderklub. Wir bieten in den Ferien jetzt immer Kurse an, damit Geld reinkommt für den neuen Anstrich im nächsten Frühjahr. War meine Idee«, sagt sie stolz.

»Ich brauch mal 'ne sportliche Auszeit ...«, murmle ich abwehrend.

»Nun komm schon, Lana, danach hast du ein komplett neues Körpergefühl. Man bewegt sich so unglaublich sexy«, versucht sie mich zu überreden.

»Wer will sich schon sexy bewegen? Und wofür brauchen wir ein neues Körpergefühl?«, fragt jetzt auch Feli ablehnend.

»Hey«, Josie lacht, »seit wann seid ihr eigentlich unter die Skeptiker gegangen? Das ist doch eigentlich mein Part.«

»Hast du noch irgendeinen Grund, der uns überzeugen könnte, das angewärmte Bett zu verlassen?«

»Davon kriegt man einen richtig geilen J. Lo-Arsch«, verspricht sie.

Ich schlage die Bettdecke zurück. »Meinst du, das mit dem Hintern wäre bis ein Uhr zu schaffen?«

»Gut, ich bin ehrlich, das ist vielleicht ein bisschen knapp. Aber eins weiß ich auf jeden Fall, die Glücksgefühle, die man danach versprüht, halten sicherlich bis dreizehn Uhr. Gibst du Paul dann Nachhilfe?«, vermutet Josie richtig.

»Yap! Und ich will jetzt keinen blöden Kommentar von dir hören«, drohe ich ihr.

»Als ob ich jemals etwas sagen würde«, sagt sie ironisch und ich sehe ihr breites Grinsen regelrecht vor mir.

»Wann geht das denn los?«, frage ich schläfrig und rekle mich gähnend.

»In einer Viertelstunde! Also, schwingt die Hufe.«

Salsa-Musik ertönt und der Fitnessraum füllt sich langsam.

»Klingt irgendwie entspannt, dein Zadunga!«, sagt Feli zu Josie und schwingt sichtlich angetan von den Rhythmen ihre Hüften.

»Das wird easypeasy«, stelle ich fest, »nichts gegen mein Rudertraining bei Björn.«

»Ah, ja?«, sagt Josie breit grinsend.

Im nächsten Moment macht die Kursleiterin einen Sprung auf die Tanzfläche und los geht's. Okay, nach fünf Minuten nehme ich alles zurück. Zadunga ist alles andere als easypeasy. Es ist schweißtreibend und anspruchsvoll in den Bewegungen, die nur mit Konzentration locker und leicht aussehen. Ich habe da leider so meine Schwierigkeiten, denn Schrittfolgen und Choreografien sind nicht so mein Ding. Und leider habe ich den Platz hinter einer Säule erwischt und sehe die Trainerin nur stellenweise.

»Da, J.Lo lebt«, stellt Josie mit bewunderndem Blick auf den Knackarsch vor sich fest.

Frustriert bemerke ich, dass ich relativ steif bin. Während sogar Feli trotz Gemeckere locker ihr Becken schwingt, sehe ich aus, als hätte ich ein Paddel verschluckt.

»Jetzt komm mal aus den Hüften, Schätzchen«, ruft die Trainerin ins Mikro und deutet auf mich.

Plötzlich steht sie neben mir.

Amüsiert beobachten die anderen Kursteilnehmer, wie sie meine Hüften mit den Händen zum Schwingen zwingt.

»Ich bin einfach zu steif!«, klage ich.

»Nein, das hat etwas mit Kontrollverlust zu tun. Du muss loslassen!«

Das glaube ich jetzt nicht, wirft die mir Kontrollzwang vor, ausgerechnet der Tochter von dem »Vertrauen ist gut, Kontrolle ist besser«-Fetischisten.

»Okay, vielleicht hilft es dir, wenn du dich an der Person vor dir orientierst.« Sie dreht den Knackarsch vor mir zu sich um. »Guck einfach, wie Konni das macht.«

Ich glaub, mir wird schlecht! Ihre Konni ist Pauls Konstanze.

Die Trainerin schenkt Konstanze einen begeisterten Blick und nickt mir aufmunternd zu. »Wird schon.«

»Scheiß Zadunga!«, rutscht es mir heraus.

»Ich finde diese Übungen frauenverachtend«, sympathisiert Feli mit mir.

Mittlerweile tut mir mein Fuß richtig weh, aber wenn ich jetzt rausgehe, hat Konstanze nur ihre Genugtuung, dann glaubt die womöglich noch, ich täusche eine Verletzung vor, um mich zu drücken. Also beiße ich die Zähne zusammen und halte durch. Aus den Augenwinkeln beobachte ich Konstanze dann aber tatsächlich und muss neidvoll anerkennen, dass sie die Hüften wie eine echte Latina schwingt. Ob sie bei Paul auch so gelenkig ist? Bei dem Gedanken schüttelt es mich regelrecht.

Während die anderen am Ende des Kurses sich noch mit Applaus bei der Trainerin bedanken, husche ich wortlos in die Umkleidekabine.

»Was is'n los?«, will Josie erstaunt wissen. »Warum warst du denn so schnell weg?«

»Wegen Konstanze«, erklärt Feli ihr, bevor ich antworten kann. »Sie ist mit Paul zusammen.«

»Oh!« Josie legt verständnisvoll den Arm um mich.

Im selben Moment geht die Tür auf und besagte Person steht im Raum. »Sprecht ihr etwa von mir?!«, will sie mit einstudiertem Augenaufschlag wissen.

»So interessant bist du nun wirklich nicht«, lässt Josie verlauten.

»Ich dusche zu Hause«, sage ich und raffe in Windeseile meine Klamotten zusammen.

»Ich auch«, schließt Feli sich an und folgt mir.

»Es ist aber auch extrem stickig hier«, erklärt Josie. »Um nicht zu sagen«, sie blickt Konstanze unverhohlen an, »stinkig!«

»Das liegt wahrscheinlich daran, dass Lamas so unangenehme Ausdünstungen haben sollen!« Konstanze wedelt dabei mit der Hand vor der Nase auf und ab und mustert mich abfällig von oben bis unten.

»Jetzt pass mal auf, Kotztanze …«, Josie stemmt wütend die Arme in die Hüften, »… dass du dir hier nicht gleich mal eine …«

»Lohnt sich nicht«, beruhige ich Josie.

Gerade als ich Josie am Ärmel hinausziehen will, klingelt mein Handy. Das ist bestimmt Papa, ich muss drangehen, sonst macht er sich Sorgen. Doch auf dem Display erscheint Pauls Foto, das ich bei unserem letzten Schulausflug heimlich von ihm geschossen habe. Mein Herz macht einen Riesenhüpfer.

»Hallo, Paul«, sage ich aufgeregt und spüre förmlich, wie Konstanzes Blicke meinen Rücken durchbohren, ein extrem schönes Gefühl.

»Hi, Lana, na wie geht's?«

Meine Kehle wird auf einmal ganz trocken. »Äh, ähem«, hüstle ich, »gut, danke.«

»Klappt das heute mit dreizehn Uhr?«

»Klar, gerne. Ich komme dann nachher bei dir vorbei.«

»Super. Bis später dann.«

Beschwingt tänzle ich aus der Umkleidekabine.

»War das echt Paul?«, fragen Josie und Feli wie aus einem Mund, als wir aus Konstanzes Reichweite sind.

»Yap«, ich nicke kurz, »gutes Timing, oder?!«

Ein gehässiges Lachen folgt, und dann erzähle ich ihnen von Avas Begegnung mit Paul. Und Josie kläre ich über die Erlebnisse unter Konstanzes Balkon in der letzten Nacht auf.

»Hey, wenn du um ein Uhr bei Paul sein musst«, Josie tippt auf ihre Armbanduhr, »dann aber mal los?«

»Mist, ich muss noch tanken.«

»Du hast noch eine halbe Stunde!«

»Das schaffe ich nie im Leben«.

Ich schwinge mich auf meine Vespa, überschreite diverse Geschwindigkeitsbeschränkungen, doch als ich zu Hause ankomme, ist niemand da.

Ich werfe einen Blick auf die Uhr.

Ab jetzt habe ich noch zweiundzwanzig Minuten, um zu duschen, mich umzuziehen und zu stylen. Der Countdown läuft. In Windeseile schäle ich mich aus dem verschwitzten

Sportzeug und tapse nackig zum Bad. Als ich an Avas Zimmer vorbeikomme, werfe ich einen Blick hinein und seufze laut auf. »Hoffentlich geht alles gut, sonst gibt's 'nen Riesenärger.«

Die Tür des Elternschlafzimmers ist geschlossen, mit einem mulmigen Gefühl öffne ich sie und stelle fest, dass das Ehebett unberührt ist. Entweder hat Papa es heute Morgen schon gemacht, oder er ist erst gar nicht nach Hause gekommen. Okay, das blende ich jetzt aus, denn dann kann ich gleich gar nicht mehr klar denken, das verschiebe ich auf später. Hoffentlich halten meine Endorphine wirklich so lange durch, denn dann werde ich nachher auch all meinen Mut zusammennehmen und mit Paul sprechen.

Nach dem Duschen gehe ich, in ein Handtuch gewickelt, in Avas Zimmer und öffne ihren Kleiderschrank. Ich weiß auch nicht, aber irgendwie brauche ich für meine Mutprobe ein etwas anderes Outfit, etwas Gewagtes. Gerade als ich mir ihr neues türkisfarbenes Neckholder-Top greife, klingelt das Telefon. »Ich hab jetzt keine Zeit«, nuschle ich und steife mir das Oberteil über. Es hört auf zu klingeln, ich eile in mein Zimmer, um meine weiße Jeans anzuziehen. Es klingelt erneut. In dem Moment, als ich den Knopf der Hose schließe und zum Telefon rennen will, verstummt es. An der Garderobe schnappe ich meine Handtasche, da klingelt mein Handy. Okay, es scheint etwas Dringendes zu sein.

»Lana Rich…!«

»Wieso gehst du denn nicht ans Telefon?«, kreischt Ava hysterisch.

»Weil …«

»Pass auf, ich bin am Flughafen und habe meinen Pass vergessen. Er liegt bestimmt noch auf Papas Schreibtisch. Du musst ihn sofort zum Flughafen bringen.«

»Das … das geht nicht.«

»Lana«, sagt sie streng, »wenn du nicht kommst, kann ich nicht fliegen. Ich habe nur noch eine Stunde Zeit.«

»Ja, aber kann das nicht vielleicht jemand anderes machen?«

»Wer denn? Papa vielleicht? Lana, bitte. Lass mich nicht im Stich.« Wie könnte ich.

»Gate 24, ich warte dort auf dich.«

Während ich ins Büro renne, rufe ich Paul an, doch der geht nicht dran. Ich muss ihm unbedingt Bescheid sagen, dass ich nicht kommen kann. Sein Haus liegt auf dem Weg, die zwei Minuten habe ich ja wohl noch.

So, jetzt trotzdem kurzzeitig Paul aus meinem Hirn verbannen, der Auftrag war: Pass finden! Der liegt tatsächlich auf Papas Schreibtisch, daneben finde ich aber noch etwas anderes: einen Brief von Mama! Oh, wie schön, den habe ich ja noch gar nicht gesehen, der ist sicher gestern gekommen. Ich stecke ihn hastig ein, um ihn nachher in Ruhe zu lesen.

Wie eine Verrückte rase ich durch die Stadt, als kurz vor Pauls Haustür mein Roller ins Stocken gerät. Scheiße, der Sprit. Ich hätte tanken müssen. Geld habe ich auch nicht genug mit. Ich springe vom Fahrzeug und renne die letzten Meter zu Pauls Haus.

Mit den Worten: »Du siehst aber gut aus« begrüßt mich Pauls kleiner Bruder Benno, als er mir mit Nutella verschmiertem Mund die Haustür öffnet.

»Äh …«, entfährt es mir erstaunt.

»Bist du geschminkt?«, setzt der Pimpf noch eins drauf.

»Wenn du immer so reizend bist zu den Frauen, dann wünsche ich dir noch viel Glück im Leben, kleiner Bruder!«, sagt Paul, der plötzlich hinter ihm auftaucht.

»Kannst du mir ein Taxi bestellen und dreißig Euro leihen?«, bitte ich Paul kurzatmig.

»Klar, kann ich!«, sagt Paul.

»Ich muss zum Flughafen. Meine Schwester kann«, ich ziehe den Pass aus der Gesäßtasche meiner Jeans, »ohne den hier nicht fliegen.«

»Ich such mal die Nummer von der Taxizentrale!«

»556677«, kommt es wie aus der Pistole geschossen aus Bennos Mund.

Während ich wähle, verschwindet Benno in seinem Zimmer und kehrt mit einer Spardose zurück, die er mir in die Hand drückt.

»Wir können in zehn Minuten da sein«, sagt die Dame von der Taxizentrale, als ich einen Wagen bestellen will.

»Zehn Minuten?«, frage ich verzweifelt.

Plötzlich sagt Benno: »Häng ein, ich habe eine Idee! Wo ist der Garagenschlüssel?«

»Vergiss es, die alte Möhre schafft es doch nicht mal aus der Einfahrt«, winkt Paul ab.

»Wovon redet ihr?«, frage ich verständnislos und folge den beiden aus dem Haus.

Paul öffnet widerwillig die Garage. In der hintersten Ecke steht ein uraltes Motorrad. Sehr vertrauenerweckend sieht das aber nicht gerade aus, hoffentlich bricht das Ding nicht unter uns zusammen.

Paul nimmt einen Schlüssel vom Haken. »Bleibt uns wohl nichts anderes übrig«, murrt er und setzt sich auf die Maschine.

»Die hat unserem Opa gehört«, sagt Benno stolz und wischt den Staub vom Sattel, bevor ich mich hinter Paul auf das Motorrad schwinge.

Als er losfährt, halte ich mich instinktiv an der Eisenstange hinter meinem Rücken fest. Doch plötzlich bremst er an der Ausfahrt abrupt ab, nimmt meine Hände und legt sie um seine Hüften.

»Das ist sicherer!«

Zaghaft lehne ich mich an seinen Rücken und genieße jede Sekunde der rasanten Fahrt.

»Ich warte hier auf dich«, ruft Paul mir hinterher, als ich eine Viertelstunde später in das Flughafengebäude sprinte.

Gate 25 … oder 24? Scheiße! Welche Nummer war das noch mal?

»Lana, hier bin ich!«, kreischt Ava hysterisch und rudert aufgeregt mit beiden Armen.

»Hier, dein Pass!«, hechle ich, völlig außer Puste, als ich bei ihr ankomme und ihr das ersehnte Dokument in die Hand drücke.

»Danke, danke, danke!« Sie küsst mich laut schmatzend auf die Wange. »Das werde ich dir nie vergessen, Schwesterherz!« Völlig untypisch für Ava, vergießt sie vor lauter Rührung und Dankbarkeit tatsächlich noch eine Träne.

»Siehst du«, sage ich, »jetzt haben wir uns wenigstens doch noch voneinander verabschieden können.«

»Ja, das ist auch gut so«, sie hält mich am Arm, »vielleicht werden deine Ferien ja doch noch ein Abenteuer!«

»Prima angefangen haben sie schon!«, sage ich und kann mir ein Grinsen nicht verkneifen.

Fragend sieht Ava mich an.

»Paul hat mich mit dem Motorrad hergebracht. Er steht draußen.«

Ava beißt sich auf die Lippe. »Wenn Papa das alles wüsste … und du jetzt noch auf einem Motorrad! Der würde ausflippen!«

»Alles wird gut!«, beruhige ich sie, dann drücke ich sie ganz fest an mich. »Pass gut auf dich auf, kleine Schwester.«

Das ist einer der Momente, in denen ich mich wirklich als ältere Schwester fühle, aber Ava wirkt auch plötzlich so verletzlich. Wahrscheinlich hat sie jetzt doch ein schlechtes Gewissen. Ob sie kurz vor dem Abflug doch noch kalte Füße bekommt? Heimlich auf einem Motorrad zu sitzen, ist natürlich auch weniger schlimm, als ohne das Wissen der Eltern mit einem Freund in den Urlaub zu fahren. Ich möchte nicht in ihrer Haut stecken.

»Klar, mach ich!« Sie küsst mich auf die Wange. »Aber wenn ich zurückkomme, ist mein Oberteil wieder im Schrank.«

»Erwischt«, sage ich grinsend, denn ich habe ja immer noch ihr schickes Shirt an.

»So, dann stürze ich mich jetzt mal ins Abenteuer«, verkündet Ava und rennt zu Jan, der bereits vor den Gepäckkontrollbändern auf sie wartet.

Hoffentlich geht alles gut.

Als ich aus dem Flughafengebäude trete, atme ich tief durch, dann wische ich meine Sorgen fort und konzentriere mich auf *mein* Abenteuer: Paul! Wo ist der eigentlich? Suchend blicke ich mich um. Er wird von einer Politesse verdeckt, die heiß mit ihm debattiert.

»Sehen Sie, da kommt sie schon.«

»'tschuldigung!«, sage ich verlegen und steige schnell zu ihm auf das Motorrad. »Meine Schuld. Ich musste meiner Schwester den Pass bringen, sonst hätte sie nicht fliegen können«, erkläre ich wahrheitsgetreu.

»Finde ich kreativer als die Ausrede von deinem Freund hier«, sagt die Politesse. »Er meinte, du hättest ein Magen-Darm-Virus und müsstest dringend auf die Toilette.«

»Oh!«, ich kräusle peinlich berührt die Lippen.

»Na dann, viel Spaß noch, ihr zwei«, sie zwinkert uns zu. »Und seid wenigstens zueinander ehrlich!«

»Die war ja nett!«

»Nett ist was anderes«, mault Paul und hält mir einen

Strafzettel hin. »Das Motorrad hat eine ziemliche Mängelliste und sie hat jedes kleine Detail notiert. Das wird teuer.«

»Oh, sorry, das übernehme ich natürlich!«

»Ach Quatsch!« Er winkt leicht gereizt ab.

»Dann darf ich dich wenigstens auf ein Eis ins *Sehnsucht* einladen?«, biete ich an und hoffe inständig, dass er die Einladung annimmt.

»Okay!«

Total aufgewühlt rutsche ich auf den Motorradsitz. Die Politesse dachte wohl gerade, wir zwei wären ein Paar und Paul hat nicht mal widersprochen. Vor lauter Glücksgefühl schlinge ich dieses Mal wie selbstverständlich die Arme um seine Hüften. Während der ganzen Fahrt denke ich nur ihre Worte: *dein Freund, dein Freund … Freund … dein … hach,* selig schließe ich die Augen und wünsche mir, dass die Fahrt kein Ende nimmt. Als wir an der Ampel vor der großen Kreuzung neben Dimitrios' Restaurant zum Stehen kommen, öffne ich die Augen wieder. »Oh nein!«, entfährt es mir. Papa steht mit seinem Cabrio direkt neben uns auf der Linksabbiegerspur, das Verdeck ist geöffnet und er schaut interessiert zu uns herüber. Das darf doch wohl nicht wahr sein! Blitzartig senke ich den Kopf und beäuge ihn ängstlich durch das Visier des Helmes. Mir bleibt gleich das Herz stehen. Auf einmal macht Papa ein Handzeichen in unsere Richtung. Er reckt den Daumen in die Luft und ruft anerkennend: »Tolles Motorrad!«

»Klar, dass der Opa die Maschine gut fand, ist ja bestimmt sein Jahrgang«, sagt Paul, als er den Helm absetzt, nachdem wir vor dem Café *Sehnsucht* geparkt haben. »Wenn ich erst mal das Abi in der Tasche habe, dann …«

»Ja?«

Er winkt ab. »Ach, schon gut!«

Etwas wacklig laufe ich hinter Paul her. Der Schreck von

eben steckt mir noch in den Gliedern, das war wahnsinnig knapp. Was für ein Glück, dass Papa mich nicht erkannt hat, ich kann es noch immer kaum fassen. Schließlich stand er nur zwei Meter von mir entfernt.

»Sollen wir draußen sitzen?«, fragt Paul und lässt sich bereits auf einen Stuhl fallen.

»Super, gerne!« Hier kann uns schließlich jeder von meinen und vor allem jeder von Konstanzes Freunden sehen, jubiliere ich innerlich. »Wo willst du eigentlich studieren?«, frage ich und überlege dabei, was wohl besser ist, mich gegenüber oder neben ihn zu setzen.

Ich entscheide mich für gegenüber.

»Och, weiß ich noch nicht.« Er streicht sich die Haare mit einer lässigen Geste aus dem Gesicht.

So zielstrebig, wie er ist, hätte ich vermutet, dass er sich schon eine Stadt ausgesucht hat.

Paul schlägt die Beine übereinander und wirft einen Blick in die Eiskarte. »Und, was willst du so machen, wenn wir die Penne hinter uns haben?«

»Ich will Krankenschwester werden.«

»Bodenständig!«, sagt er knapp und fügt dann noch hinzu: »Aber passt zu dir, hilfsbereit, wie du bist.«

»Na ja«, sage ich, in der Hoffnung, dass wir ja vielleicht auch an dieselbe Uni gehen könnten. »Ein Studium wäre auch interessant.«

»Bei deinem Notendurchschnitt könntest du Medizin studieren.«

»Ja, schon. Aber ich wollte eigentlich in der Nähe … meiner, ähem, Freunde bleiben.«

»Also, wenn ich hier fertig bin, sieht man nur noch meinen Kondensstreifen. In dem Kaff hält es doch keiner aus!« Er schlägt die Eiskarte zu.

»Und, was möchtest du?«

»Latte macchiato!«, antwortet Paul.

»Mit Sojamilch?«, frage ich aufmerksam.

»Ja, äh, klar«, sagt Paul verdutzt.

»Zwei Latte macchiato mit Sojamilch!«, bestelle ich bei der Kellnerin, die soeben an unseren Tisch kommt.

»Habt ihr 'ne Intoleranz oder seid ihr Veggies?«, will die indiskret wissen.

»Ich frage doch auch nicht: Haben Sie kein schlechtes Gewissen, Milch von Kühen aus Massentierhaltung zu trinken?«, sagt Paul unhöflich. Als sie weg ist, beschwert er sich lauthals: »Boah, nervt dich diese Fragerei auch so?«

»Ja, schon.« Ich zupfe nervös an meiner Tasche herum und versuche, das Thema zu wechseln. »Danke noch mal. Es war echt superlieb, dass du mich so spontan zum Flughafen gefahren hast.«

»Hörte sich ja auch nach einem Notfall an.«

»Ja, das war es wirklich.«

»Deine Schwester ist irgendwie ganz anders als du, oder?«

»Joa, schon.«

»Was ist denn überhaupt passiert, dass ihr nicht zusammen nach La Palma geflogen seid?«

Ich erkläre ihm kurz, warum das nicht geklappt hat, und nehme dann meinen ganzen Mut zusammen. »Und du fährst also mit Konstanze?«

»Meine Eltern haben dort ein Haus. Wir sind da immer ganz viele Leute, eine riesige Clique sozusagen.«

»Ach, dann fährst du gar nicht allein, also nur mit ihr?«

»Zwei Soja-Latte!« Die Kellnerin serviert im selben Moment die Getränke und rümpft die Nase. »Und, schmeckt's?«, fragt sie und bleibt erwartungsvoll neben unserem Tisch stehen.

Paul stöhnt laut auf: »Sind wir hier im Zoo, oder was?«

Schnell nehme ich mein Glas und löffle etwas von der aufgeschäumten Sojamilch ab. »Schmeckt richtig gut!«, sage ich schnell und hoffe, dass sie einfach geht.

»Die hat sie doch echt nicht mehr alle!«, beschwert sich Paul und nimmt die Latte macchiato in die Hand. »Äh, was hast du eben gefragt?«

Erneut nehme ich meinen Mut zusammen: »Konstanze und du, ihr fahrt also nicht alleine?«

»Was hast du nur immer mit Konstanze?«, fragt er verwundert.

Jetzt oder nie.

»Seid ihr zusammen?«, frage ich und verstecke mich hinter meinem Glas.

»Hmmm«, brummt er und schlürft an seinem Kaffee.

Ist ein *hmmm* jetzt gut oder schlecht? Will ich es überhaupt wissen?

»Na ja, wir waren mal …«, sagt er langsam.

Waren! Vergangenheitsform – das hört sich gut an. Doch es schließt nicht aus, dass er nicht immer noch etwas für sie empfindet oder sie womöglich zurückhaben will. Vielleicht haben sie ja nur eine *Pause*.

»Aber wir sind nur noch gute Freunde«, klärt er mich auf.

»Ach so, bei ihr klingt das aber irgendwie anders …« Schnell beiße ich mir auf die Lippe, weil ich nun ausgeplaudert habe, dass ich mit Konstanze über ihn geredet habe.

Aber für Spielchen bin ich einfach nicht der Typ, ich brauche irgendwie immer klare Verhältnisse.

»Kann ich mir gar nicht vorstellen, dass sie so was sagt«, wundert sich Paul. »Wir haben das geklärt und waren uns einig, Freunde zu sein. Warum sollte sie was anderes rumerzählen?«

»Weil das mit dem Gute-Freunde-Sein vielleicht nur einseitig ist?!«, versuche ich ihn auf die Spur zu locken.

»Wie jetzt?«, fragt er begriffsstutzig.

»Sie ist doch offensichtlich in dich verliebt …«, rutscht es mir raus.

»Konstanze? Nein, wirklich nicht«, er schüttelt heftig den Kopf. Dann hält er kurz inne. »Das Gleiche behauptet sie übrigens auch von dir.«

Hilfe suchend starre ich auf den letzten Rest Milchschaum in meinem Glas, dann blicke ich ihm ertappt in die Augen: »Da hat sie dann ja vielleicht mal nicht gelogen.«

So, jetzt ist es raus. Endlich. Auch wenn mir gerade kotzübel ist und ich noch nicht weiß, ob ich nur wahnsinnig ehrlich oder extrem blöd bin und ob ich es bis ans Lebensende bereuen werde, dass ich das jetzt gesagt habe.

»Okay!« Paul stellt sein Glas wieder ab, das er soeben hochgenommen hat, und sieht mich mit seinen großen Augen an. Unangenehme Stille macht sich breit und es kommt mir vor, als vergingen Stunden.

»Wär' schön, wenn du jetzt was sagen könntest«, bringe ich gerade noch raus.

»Tja, Lana, also wenn ich ehrlich bin, weiß ich gerade gar nicht, was ich sagen soll, außer, dass es mich natürlich ehrt, wenn du mir so etwas sagst.«

»Vorhin am Flughafen …«, entfährt es mir.

Dann beschließe ich, mich doch noch nicht so weit zu öffnen. Irgendein Instinkt sagt mir, dass es besser ist, wenn ich ihm nicht sage, dass die Worte der Politesse mich zum glücklichsten Menschen gemacht haben.

»Ja?«, er wirkt ungeduldig.

Nee, das war für heute genug Seelenstriptease, ein bisschen muss er schon selbst herausfinden.

»Ach, schon gut! Ich, ähem, also, ich geh dann mal rein und zahle, ja?«

»Kommst du denn gleich noch mit zu mir?«, will Paul wissen.

»Klar!«

Nachdem Paul das Motorrad wieder im Schuppen verstaut hat, gehen wir hinauf in sein Zimmer. Weder seine Mutter noch Benno tauchen auf, anscheinend sind wir ganz allein im Haus. Ich sterbe fast vor Aufregung. Mir wird jetzt noch heiß und kalt, wenn ich daran denke, wie ich seine Körperwärme auf dem Motorrad durch die Jacke gespürt habe. Paul sitzt mir am Schreibtisch gegenüber und zieht einen Stapel Zettel aus seiner Schultasche.

»Hier, das sind die Zusatzaufgaben, die mir der Benson noch aufgebrummt hat.« Seine Stirn ist in Falten gelegt. »Ich weiß gar nicht, wie ich das alles schaffen soll, wo ich doch morgen schon in den Urlaub fahre. Und jetzt ist es ja auch schon ziemlich spät geworden, durch die Sache mit dem Flughafen und der Eisdiele und so ...«

»Morgen schon?« Ich mache ein unglückliches Gesicht.

»Mhm! Können wir vielleicht in der letzten Ferienwoche noch üben?«

»Tut mir leid, aber ich bin in der letzten Woche nicht da!«, erkläre ich schuldbewusst.

Paul starrt mich aus seinen hellgrauen Augen erschrocken an.

»Dann ... dann kann ich mein Abi vergessen!«

»Pass auf, ich kann dir helfen. Nur nicht in der letzten Woche. Wir können die Aufgaben ja kopieren. Du versuchst, so weit zu kommen, wie es geht, und ich arbeite parallel daran. Das, was du nicht schaffst, bekommst du dann von mir, okay?« Mitfühlend lege ich die Hand auf seinen Arm. »Aber du darfst es niemandem verraten, ja?«

»Das willst du echt für mich tun?«, fragt er erstaunt und erleichtert zugleich.

»Ja.« Ich nicke entschlossen. »Aber du musst wirklich auch selbst daran arbeiten und nach den Ferien sollten wir mindestens zwei- bis dreimal in der Woche üben, bis du den ganzen Stoff aufgeholt hast. Beim letzten Mal habe ich schon gesehen, dass du ganz schöne Lücken hast.«

»Ich bring dir was aus dem Urlaub mit. So als Dankeschön für deine Hilfe und so.«

Ich muss mich beherrschen, um ihm nicht auf der Stelle um den Hals zu fallen.

»Das ist lieb von dir. Brauchst du aber nicht«, sage ich mit Luftnot und hoffe, dass mein Kopf nicht ganz so rot ist, wie er sich anfühlt. Dabei wünsche ich mir inständig, dass er meinen Pseudo-Einwand überhört. Denn natürlich wäre es toll, wenn er mir wirklich etwas mitbringen würde. Etwas, das er extra nur für mich aussucht, bei dem er an mich denkt und sich etwas Zeit für mich nimmt.

»Wann genau fährst du denn morgen?«

»Mal gucken, wenn eben alle so weit sind!«

»Wer sind denn alle?«, frage ich neugierig und hoffe, dass es nicht zu eifersüchtig klingt.

»Die Jungs von der Band, Konstanze und ihre Schwester und noch so ein paar Kumpels.« Er nimmt seine E-Gitarre auf den Schoß. »Müssen mal gucken, wie wir alle in den VW-Bus passen! Die Planung ist noch nicht ganz ausgereift.«

»Ziemliche Tour, da runter!«, stelle ich fest und beneide Konstanze schon jetzt um jede Sekunde, die sie mit ihm in dem viel zu engen Bus verbringen kann.

»Hoffe, der CD-Player funktioniert wenigstens, Jonah

bastelt gerade dran rum. Hab blöderweise mein i-Pod geschrottet, darauf hatte ich Mucke bis zum Anschlag«, versonnen klimpert er auf seiner E-Gitarre herum, »so geile Gitarren-Soli und so …«

Im nächsten Moment zucke ich zusammen. Mein Handy vibriert in der Hosentasche, ich ziehe es heraus und werfe einen Blick darauf.

Eine Nachricht von Papa auf meiner Mailbox. Shit, der wird mich doch wohl nicht gesehen haben? Spontan beschließe ich, die Nachricht später abzuhören, denn ich will mir jetzt auf keinen Fall die Stimmung versauen lassen. Die Wahrscheinlichkeit, dass er nur wieder einmal kontrollieren möchte, wo ich stecke, ist enorm groß. Unschlüssig stehe ich auf. »Dann also bis in zwei, äh, drei oder besser gesagt sechs Wochen«, stammle ich und bereite mich innerlich auf einen Abschiedskuss vor.

»Ja, dann tschüss!«, sagt Paul und widmet sich wieder seiner E-Gitarre, während ich, ohne den Blick von ihm zu wenden, zur Tür gehe und sie leise hinter mir schließe. Sicher wusste er auch nicht genau, wie er sich von mir verabschieden sollte, denke ich und freue mich schon auf den Willkommenskuss.

»Aaaah«, kreische ich eine Viertelstunde Stunde später in Felis Ohr, als ich an ihr vorbei durch die Tür rausche und sie mit in ihr Zimmer schleife.

»Ich brauche dringend etwas, das ich Paul mit in Urlaub geben kann, damit er die ganze Zeit an mich denkt.« Ich reiße unsanft an ihrem Arm. »Du musst mir helfen!«

Feli schüttelt verwirrt den Kopf. »Jetzt mal der Reihe nach.«

Aufmerksam hört sie sich an, was heute alles passiert ist.

»Das war echt nett von ihm«, stellt sie am Ende meiner Ausführungen fest.

»Nett? Das war su-per-süß!«, verbessere ich sie und hüpfe dabei nervös von einem Bein auf das andere. »Hast du nicht einen Tipp für mich, eine megageniale Superidee? Etwas Persönliches, aber nicht allzu Intimes oder Aufdringliches. Etwas, bei dem er weiß, dass ich mir Gedanken gemacht habe … Weißt du nicht was?«

»Mhm …« Sie tippt sich mit dem Zeigefinger auf die Lippen. »Lass mich mal nachdenken.«

Erwartungsvoll starre ich sie an, während es hinter ihrer Stirn rattert. Ich verlasse mich jetzt voll auf Feli, ihr muss einfach etwas einfallen, ich kann nicht denken, mein Gehirn ist voll mit Gedanken an Paul.

»Er hört also auf der Fahrt Musik, hmh?«, stellt sie fest.

»Ja!«, bestätigte ich nervös. »Wenn der CD-Player funktioniert!«

»Und er ist traurig, dass er seine Gitarren-Soli nicht hören kann.«

»Ja, ja, ja«, sage ich ungeduldig. »Und? Ist dir was eingefallen?«, forsche ich aufgeregt nach.

Feli nickt kurz und zieht mich dann ins Wohnzimmer. Vor der Terrassentür sitzt ihr Vater in einem riesigen Ohrensessel und blickt verträumt in den Garten. Feli geht zu ihm hinüber und schiebt ihm sanft die Kopfhörer von den Ohren.

»Paps, wer ist deiner Meinung nach der beste Gitarrist?«

Ihr Vater blickt sie verstört an. Als er mich bemerkt, streckt er mir die Hand entgegen. »Hallo, Lana. Geht's dir gut?«

»Ja, danke, Herr Meisel.«

»Ich dachte, du wärst schon längst im Urlaub«, bemerkt er erstaunt.

»Äh, Papa«, sagt Feli, »sie fährt doch mit uns.«

»Ach, ja, ja, deshalb haben wir ja den größeren Wagen geordert. Entschuldigt bitte, aber ich war gerade ganz in Gedanken.« Dann strahlt er mich an. »Schön, dass du mitkommst.«

Herr Meisel ist wahnsinnig nett, aber auch mindestens genauso verpeilt. Mit seiner leicht weltfremden Art bedient er jedes Klischee eines zerstreuten Professors. Wenn man ihm etwas sagt, hat man immer den Eindruck, es kommt erst einen Tacken später an. Er scheint ganz in seiner Welt zu sein und switcht dann um. Ich kann mir ungefähr vorstellen, wie seine Studenten auf seine liebenswert-schrullige Art abfahren.

»Paps, komm, jetzt sag' doch mal, also, wer ist deiner Meinung nach der beste Gitarrist?«

»Klassische Gitarre?«

»E-Gitarre«, bohrt Feli erneut.

Herr Meisel legt den Finger an die Lippen und denkt nach. Wie witzig, das ist die gleiche Geste, wie Feli sie immer macht.

»Mhm, also, Muddy Waters etablierte Ende der 40er-Jahre die E-Gitarre als dominierendes Instrument im Chicago Blues ...«

»Hast du irgendwas von dem da?«

»Sicher!« Er erhebt sich von seinem Sessel und geht zur Musikanlage. »Diese eine CD von Muddy Waters ist unschlagbar.«

»Leihst du mir die mal?«, bittet Feli ihn.

»Natürlich«, er beugt sich hinunter zum Regal, kramt ein wenig herum. »Mhm«, murmelt er vor sich hin. »Ah, die *At Fillmore East* ist allerdings auch hervorragend, oder hier, Jeff Beck, er hat den Grammy für *The best Rock Instrumental Performance* bekommen, aber der Klassiker für mich ist ...«, er hält inne, »ah, der ist noch viel besser! Jimmy Page von Led Zeppelin. Er setzte verschiedene Saitenstimmungen oder einen Geigenbogen für Soundexperimente ein. *Stairway to Heaven* und *Whole Lotta Love* sind meine Lieblingsstücke.«

»Super, Paps, tausend Dank!« Feli strahlt ihren Vater an und zu mir flüstert sie: »Der Titel passt doch wie die Faust aufs Auge.«

»Seit wann hörst du denn gerne Gitarren-Soli?«, fragt ihr Vater Feli amüsiert.

»Schon immer«, behauptet sie.

»Schön, schön.« Professor Meisel geht zurück zu seinem Sessel, setzt die Kopfhörer wieder auf und hört weiter Musik.

Feli stupst mir den Ellenbogen in die Seite. »Die brennen wir, und du schreibst noch etwas Persönliches auf die Hülle.«

»Super Idee!« Ich nehme sie dankbar in die Arme. »Du bist die Beste.«

»Nein«, sagt sie augenzwinkernd, »die bist du ja schon.«

Als ich bei Feli raus bin, fällt mir Papas Nachricht wieder ein. Auf dem Weg nach Hause höre ich sie ab. In meinem Magen grummelt es und ich weiß nicht, wie lange ich die Angelegenheit mit Papa noch verdrängen kann.

»Lana, ich frage mich, wo du steckst. Ich war gerade zu Hause, habe dich aber nirgendwo gesehen. Kann es sein, dass du in meinem Büro warst? Ich finde den Brief von eurer Mutter nicht mehr.«

Er klingt extrem aufgelöst. Am besten laufe ich direkt nach Hause. Meine Schritte werden leichter und irgendwann fange ich an zu rennen. Das tut so gut, weil man sich spürt, aber an nichts anderes zu denken braucht. Die Endorphine lassen am Ende sogar meine Zweifel an Paul wie Luftblasen zerplatzen. Die einzige Person, die lügt, ist Konstanze, dessen bin ich völlig sicher.

»Papa«, rufe ich, als ich das Haus betrete. »Papa, bist du da?«

Stand das Auto eigentlich vor der Tür? Prüfend werfe ich einen Blick aus dem Küchenfenster. Kein Auto, dafür entdecke ich ein gelbes Post-it an der Kühlschranktür.

Liebe Lana, es tut mir leid, aber es wird spät heute. Hatten ein Problem mit einer Lieferung. Habe dir etwas aus der Kantine mitgebracht: Gulasch mit Spiralnudeln! Das magst du doch so gerne. Lass uns morgen früh unbedingt mal reden. Ganz in Ruhe. Papa

Irgendwie bin ich froh, dass er nicht da ist, dann gibt's auch keine Diskussionen. Dass er mir was zu essen mitgebracht hat, ist ja lieb, aber Gulasch?! Wie bringe ich meinem Vater nur bei, dass ich ab sofort kein Fleisch mehr esse? Testend stecke ich meine Nase in die Tupper-Dose und merke auf einmal, wie hungrig ich bin, schließlich habe ich den ganzen Tag noch gar nichts gegessen. Ich atme den Duft des Essens ein. »Mmh, das riecht ja köstlich.« Ein kleines Stückchen kann ich ja mal probieren. Ich nehme eine Gabel und halte plötzlich inne, meine Speiseröhre verschließt sich soeben von selbst. Plötzlich sehe ich überall Augen von kleinen Kälbchen, die mich angsterfüllt anstarren …

Schnell drücke ich den Deckel wieder auf die Dose und stelle sie zurück in den Kühlschrank.

Am nächsten Morgen geht mein Griff als Erstes zu meinem Handy, das auf meinem Nachttisch liegt. Vielleicht hat Paul ja was geschickt, hoffe ich inständig. Nichts, keine Abschieds-SMS, keine Voicemail … traurig schiebe ich die Unterlippe vor. Dafür gibt's aber eine WhatsApp-Nachricht von Ava. Ein Foto. Ich lade es herunter. Da steht sie an einem hellen Sandstrand, blauer Himmel im Hintergrund, in den Armen von Jan und … sie trägt meinen zitronengelben Bikini. Ich kann gar nicht eifersüchtig sein, weil sie so unverschämt glücklich aussieht und ich mich für sie freue. *Gelb steht dir gut*, schreibe ich. *Dir auch*, kommt ein paar Sekunden später zurück und ein weiteres Bild erscheint. Ava hat mir ein Foto von unserer letzten Klassenfahrt nach Norderney geschickt, auf dem ich eine gelbe Regenjacke trage. Diese Ava, schmunzele ich und antworte ihr noch mit einem grinsenden Smiley, bevor sie ein weiteres Foto hinterherschickt. Eine Strandbude mit vielen bunten Tüchern, die fröhlich im Wind flattern, ist zu erkennen. *Such dir eins aus!*, lautet der Text. Wie süß von ihr. *Das mit den grünen Palmen gefällt mir!*, schreibe ich. *Es ist deins!*, folgt prompt ihre Antwort.

So, jetzt muss ich mich aber beeilen, bevor ich Paul noch verpasse, schnell ins Bad und dann los.

Als ich zehn Minuten später am Elternschlafzimmer vorbeigehe, sehe ich Papa schlafend in seinem Bett liegen. Ich bin froh, dass er da ist. Bevor ich die Tür wieder schließe, um ihn nicht zu wecken, betrachte ich ihn: Er sieht ziemlich erschöpft aus. Arrrgh, ich will jetzt nicht wissen, warum er so fertig ist und ob der gelockte Vamp etwas damit zu tun hat. *Ich verdränge, ich verdränge, ich verdränge*, bete ich mein Mantra runter, bis Paul im Urlaub ist, brauche ich alle positiven Energien.

Leise schleiche ich aus dem Haus, um ihm noch schnell die CD vor seiner Abfahrt zu bringen. Mit dem Roller brauche ich nur circa fünf Minuten, bis dahin wird Papa ja wohl nicht aufwachen. Am besten hole ich unterwegs noch Brötchen, als Alibi, dann brauche ich hinterher nicht wieder so viel zu erklären. Mist, ich habe ja noch meine Vespa bei Paul stehen. Hektisch laufe ich los. Mein Fuß schmerzt immer noch ein wenig, aber ich beiße die Zähne fest zusammen, denn vielleicht bekomme ich ja doch noch den erhofften Abschiedskuss.

Benno öffnet mir die Haustür. »Sind da auch Laugenbrezeln drin?«, fragt er und zeigt auf die Brötchentüte in meiner Hand.

»Äh, nein«, antworte ich verdutzt.

»Schade! Die mag ich nämlich am gernsten.«

»Ich, also, ich bin eigentlich nur hier, weil ich was abgeben wollte. Für Paul.«

»Wer ist denn da?«, höre ich die fragende Stimme seiner Mutter, die Benno soeben zur Seite schiebt.

»Ach, du bist's, Lana«, begrüßt sie mich mit überraschtem Gesichtsausdruck. »Komm doch rein.«

»Ich wollte eigentlich nur meinen Roller abholen«, sage ich schnell, weil es mir jetzt doch etwas unangenehm ist, dass ich so früh hier auftauche.

»Und Brötchen bringen«, verkündet Benno.

»Ja, also … genau«, stottere ich überrumpelt. »Weil Paul mich doch gestern netterweise zum Flughafen gefahren hat.«

Benno nimmt mir die Tüte aus der Hand und die CD fällt dabei fast herunter.

»Da … da sind ein paar Matheübungsaufgaben drauf«, sage ich schnell und werde ganz verlegen wegen der Lüge.

»Meine Güte, wie engagiert, also, das finde ich ganz wunderbar«, Pauls Mutter streckt die Hand aus, um die CD entgegenzunehmen.

Ich presse sie eilig an mich. »Na ja, also, ich wollte sie Paul eigentlich persönlich …«

»Komm doch rein, dann kannst du gleich mit uns frühstücken!«

»Ich weiß nicht. Paul fährt doch heute in Urlaub und da möchte ich nicht stören.«

»Du störst überhaupt nicht«, sagt Benno und zieht mich ins Haus. »Ist ja nur Paul, der fährt. Papa, Mama und ich verreisen erst nächste Woche, ich hätte also Zeit.«

»Ich leg' dann noch ein Gedeck mehr auf!« Frau Breitenbach geht mit der Brötchentüte Richtung Küche. »Wie reizend und was für eine Mühe du dir mit der CD gemacht hast, also, da kann Paul nur froh sein, dass er dich hat.«

»Wer kann froh sein, dass er wen hat?«, höre ich da plötzlich eine weibliche Stimme hinter mir.

Mir bleibt vor Schreck fast die Luft weg, ich kann kaum atmen. Meine Hände umklammern meinen Schlüsselbund so fest, dass sich die Schlüssel in meine Handflächen bohren und dort Abdrücke hinterlassen. Konstanze und Paul kommen soeben gemeinsam die Treppe aus seinem Zimmer herunter. Es ist sieben Uhr dreißig. Was hat die hier zu suchen? Die hat doch nicht etwa? Klar hat die! Konstanze hat hier übernachtet. Bei Paul! Was für ein Albtraum! Am liebsten möchte ich wegrennen, aber meine Beine sind schwer wie Blei und ich kann mich nicht von der Stelle bewegen.

»Hi, Lana. Was machst du denn hier?«, fragt Paul überrascht.

»Ja, genau, Lana, was machst du hier?«, will nun auch Konstanze mit einem Grinsen der Genugtuung wissen.

»Sie hat was für Paul abgegeben«, erklärt Benno. »Hier!« Er deutet auf die CD in meiner Hand. Bevor ich sie hinter dem Rücken verschwinden lassen kann, reißt Konstanze sie mir bereits aus der Hand.

»Oh, wie passend.« Sie liest den Titel vor: »Stairway to …«, und haucht mit gespitzten Lippen, »… heaven!«

»Das … das ist 'ne Live-Aufnahme«, sage ich verlegen.

»Nicht dein Ernst!« Paul ist offensichtlich begeistert. »Wo hast du die denn her, die wird ja gar nicht mehr verkauft.«

»Tja, also Felis Vater hatte sie und wir haben sie dir gebrannt!«

»Dafür kannst du in den Knast wandern«, stellt Benno unverblümt fest.

Konstanze dreht die CD um, ich versuche, sie ihr aus der Hand zu reißen, doch da hat sie schon meinen Text entdeckt.

»Damit du auch in den Ferien an mich denkst, Lana!«, liest sie laut vor. »Oha!« Konstanze wirft einen fragenden Blick zu Paul.

Genau im passenden Moment taucht Pauls Mutter wieder auf. »Kommt, Lana hat frische Brötchen mitgebracht!«

Fluchtversuche sind unmöglich, Benno hat mich an die Hand genommen und zieht mich an den Tisch. »Ist nicht schlimm, kannst ja nächstes Mal Laugenbrezeln mitbringen.«

»Fangt ruhig schon mal an«, sagt Frau Breitenbach, »ich hole noch den Tee.«

Ich setze mein schönstes Lächeln auf und schmiere mir dick Getrocknete-Tomaten-Paste auf mein Brötchen.

»Die ist so was von lecker, Paul. Danke für den Tipp, seit du mich damit gefüttert hast, will ich einfach nur noch mehr.«

»Du kleines Miststück«, zischt Konstanze mir zu, als sie an mir vorbei nach einem Brötchen greift.

Konstanze fühlt sich provoziert, ha, erstes Etappenziel erreicht.

»Du solltest mal den Lavendelhonig probieren«, verkündet sie da und hebt das Glas in die Luft, »ganzkörpermäßig lässt er sich nur ganz schwer wieder *entfernen*«, sie schleckt sich die Lippen mit der Zunge ab. »Nicht wahr, Paul?«

Mir bleibt der Bissen im Halse stecken. Vielleicht hat Josie recht gehabt, ich sollte mich tatsächlich nicht mit den Konstanzes dieser Welt anlegen, sondern das Spielfeld verlassen, bevor der Startschuss fällt. Zu spät, jetzt kann ich nur noch überlegen, wie ich sportlich aus der Nummer wieder rauskomme.

»Mit Schokolade geht das aber auch, habe ich mal abends im Fernsehen gesehen, da haben alle schon geschlafen«, verkündet Benno stolz, aber mit angewidertem Gesichtsausdruck. »Da haben sich so ein Mann und eine Frau mit eingeschmiert. Die waren nackig. Das war voll eklig und dann haben die das gegenseitig abgeleckt. Bäh!« Benno taucht sein Messer in das Nutella-Glas.

»Wer hat das denn bei dir wieder abgelutscht?«, will Benno von Konstanze interessiert wissen.

»Benno«, Paul ranzt seinen kleinen Bruder an. »Jetzt ist aber gut! Wir haben keinen Bock, für deine Lehrer den Aufklärungsunterricht zu übernehmen. Und wieso glotzt du eigentlich so spät noch Fernsehen? Ich glaube, ich muss mal mit Mama …«

»Mich würde das aber auch brennend interessieren«, sage ich laut und deutlich und verschränke die Arme vor der Brust.

Konstanze grinst Paul an.

»Und ich möchte jetzt echt gerne frühstücken«, sagt der und geht einfach darüber hinweg.

»Wieso, das war doch schön«, sagt Konstanze schmunzelnd. »Ich habe es sehr genossen.«

»Wenn ihr zwei hier etwas ausfechten möchtet. Bitte …«, Paul hebt die Hände in die Luft, » … ohne mich!«

»Feigling!«, sagt Benno.

Ich glaube, der Kleine kapiert schon viel mehr, als alle von ihm denken. Besser, ich stehe jetzt auf und gehe.

»Also, vielen Dank noch mal für das Frühstück, Frau Breitenbach«, sage ich zu Pauls Mutter, die gerade mit einer Kanne Tee aus der Küchentür tritt. »Aber ich muss dann mal …«

»Ich bringe dich noch zur Tür«, sagt Paul höflich.

»Och, willst du denn keinen Tee mehr …?«, fragt Frau Breitenbach erstaunt.

»Es gibt ja leider keinen Honig mehr«, sagt Konstanze und grinst süffisant.

Als Paul mich an der Tür verabschiedet, ist er äußerst reserviert und ich bereue, dass ich überhaupt gekommen bin. Es liegt etwas in der Luft, das plötzlich alles ändert und unwiederbringlich ist.

»Schönen Urlaub«, sage ich kleinlaut.

»Danke noch mal für die CD«, sagt Paul. Dabei leuchten seine Augen Gott sei Dank wieder. »Das war superlieb von dir.«

Wir hauchen uns gegenseitig zwei Küsschen auf die Wangen und dann bin ich auch schon durch die Haustür nach draußen geschlüpft. Dort atme ich tief durch, dann drehe ich mich noch einmal zu der bereits verschlossenen Tür um. »Tschüss, Paul!«

Papa sitzt aufgelöst am Küchentisch.

»Wieso bist du heute Nacht nicht nach Hause gekommen. Wo warst du?«

»Wie? Wo warst du?«, frage ich perplex. »Na, oben in meinem Bett.«

»Das war heute früh aber ganz leer.«

»Na ja, ich war ja auch schon ganz früh aus dem Haus. Ich … ich bin eine Runde gejoggt. Konditionstraining fürs Rudern.«

»Deine Joggingschuhe stehen im Flur!«

»Ich bin einfach losgelaufen. Habe gar nicht auf die Schuhe geachtet. Ehrlich, Papa, mir war nur nach Laufen.«

Papa runzelt die Stirn. »Ich dachte schon, du wärst Brötchen holen«, sagt er enttäuscht.

»War ich ja auch. Eigentlich …«

»Und wo sind sie?«

»Das ist 'ne lange Geschichte!«

»Ich hab Zeit«, sagt Papa und lehnt sich im Stuhl zurück.

»Ich glaube, ich bin gerade ein bisschen durcheinander.«

Pape beugt sich wieder vor, stützt die Arme auf den Tisch und legt die Hände ineinander, dabei sieht er mich ernst an. »Ich glaube, ich weiß warum, und deshalb möchte ich auch gerne mit dir reden.«

Oje! Was kommt jetzt? Ich bin auf alles und nichts vorbereitet. Geht's um Ava oder Paul oder um das Motorradfahren … Ungeduldig wippe ich mit den Beinen. Bringen wir es hinter uns, ich kann ja eh nichts ungeschehen machen, aber Avas Suppe löffle ich nicht aus, das muss sie schon selbst machen.

»Du hast Mamas Brief gelesen, nicht wahr?«, sagt Papa und sieht mich todernst an.

Bevor ich etwas sagen kann, fährt er fort: »Ich glaube, ihre Therapie wird einiges verändern. Nicht nur für sie, sondern für uns alle. Wir müssen lernen, damit umzugehen …«

Scheiße, was ist hier los?

»Papa …«

»Ich möchte nur nicht, dass du dich unnötig sorgst …«, beruhigt er mich.

»Papa …«

»Viele Ehepaare haben von Zeit zu Zeit mal Probleme und vielleicht hat sie ja recht …?«

»Papa, wovon redest du?«

»Oh, du hast den Brief doch nicht gelesen?«

»Nein, habe ich nicht.«

»Ja, aber wo ist er denn? Er lag nicht mehr auf dem Schreibtisch.«

»Ich habe ihn eingesteckt, mit Avas Pass zusammen!«, erkläre ich ihm.

»Wieso mit Avas Pass?«

Ich bin echt zu blöd.

»Sie hatte ihn vergessen«, gestehe ich ehrlich.

»Aber ich habe ihn ihr doch mitgegeben …«

»Nein, er lag noch auf dem Schreibtisch.«

»Okay, aber wo ist der Brief?«

Ich springe auf und durchwühle meine Jacke. Dann fällt es mir plötzlich ein. »Den habe ich *in* den Pass gesteckt.«

»Oje, dann hat sie ihn bestimmt gelesen. Das arme Mädchen.« Papa steht auf und geht zu seinem Jackett. Er zieht sein Handy aus der Tasche. »Ich rufe besser gleich Evas Eltern an, damit sie wissen, was los ist. Denn wenn Ava den Brief gelesen hat, macht sie sich bestimmt Sorgen.«

Ach du Scheiße, wenn er jetzt die Eltern von Eva anruft, erfährt er, dass Ava gar nicht mit denen verreist ist.

»Nein, Papa, tu das nicht …«, schreie ich und bin selbst überrascht über meine Vehemenz, als ich ihm das Handy aus der Hand reiße.

»Vielleicht … vielleicht hat sie ihn ja gar nicht gelesen. Und dann weckst du schlafende Hunde. Es kann sein, dass ich den Brief bei der Übergabe verloren habe … oder er einfach in dem Pass steckt und sie gar nicht reingeschaut hat. Ava wird sich bei mir melden, sie ruft mich immer an, wenn sie Probleme hat, die bespricht sie nämlich immer sofort mit mir.«

»Ach, das wusste ich ja gar nicht.« Papa lächelt zufrieden. »Ich dachte immer, ihr beide wärt euch gar nicht so nah …«

Ich wäre wahrscheinlich auch wirklich die Letzte, mit der Ava etwas besprechen würde, da hat er schon recht. Aber was soll ich denn machen – ihm die Wahrheit auftischen?

»Du meinst also, wir sollten warten, bis sie sich bei dir meldet?« Er krault sich das Kinn und denkt nach. »Okay, wenn du meinst, dann machen wir es so.«

»Papa«, ich lege die Hand auf seinen Arm, »was ist denn eigentlich los?«

Papa schnauft einmal laut auf, dann lässt er den Kopf auf die aufgestützten Hände fallen und starrt ins Leere. »Eure Mutter emanzipiert sich.«

»Was meinst du damit?«, will ich verständnislos wissen.

»Sie hat mir geschrieben, dass sich einiges ändern wird, wenn sie zurückkommt. Sie schreibt, sie braucht Zeit für sich. Aber man weiß ja, worauf das hinausläuft …«

»Worauf?« Jetzt macht er mir doch Angst.

Spontan muss ich an Josies Eltern denken, die sich vor zwei Jahren scheiden ließen. Seitdem hat Josie diesen Knacks, und als Timo sie dann noch sitzen ließ, hat sie meiner Meinung nach überreagiert. Aber wenn man ihre Biografie kennt, ist das eben auch kein Wunder. Irgendwie ist es wohl egal, wie alt man ist, man will einfach, dass die Eltern zusammenbleiben.

»Wollt ihr euch scheiden lassen?«, rutscht es mir heraus.

Papas Kopf schnellt hoch. »Auf keinen Fall.« Er nimmt meine Hände in die seinen und sagt leise: »Ich bin wie vor den Kopf gestoßen, ich habe immer geglaubt, dass das, was ich mache, richtig ist, dass nur einer in der Familie auch die Entscheidungen treffen kann und muss. Mein Vater war auch wahnsinnig streng und meine Mutter hat sich immer gefügt, ja angepasst und untergeordnet …«

»Und, war sie glücklich?«

Er denkt ernsthaft nach und lässt sich Zeit mit seiner Antwort: »Vermutlich nicht.« Papa reibt sich das Gesicht. »Ich habe darüber nachgedacht, zu ihr zu fahren.«

»Und die Firma?«, frage ich prompt, schließlich wurde mir

als Kind schon eingeimpft, dass die immer an erster Stelle steht.

»Vor ein paar Tagen, als Mamas Brief kam, habe ich eine Headhunterin engagiert, um einen Ersatz für Herrn Weber zu finden. Wenigstens für eine Woche.«

»Hat die Locken?«

»Äh, ja! Wieso?«, fragt er und wirkt völlig konfus.

»Ach, nur so«, sage ich und versuche, so belanglos wie möglich zu klingen. »Frauen mit Locken sind innovativ, habe ich mal irgendwo gelesen.«

Er ist jetzt so mit sich selbst beschäftigt, dass er sich noch nicht einmal über diesen skurrilen Gedanken wundert.

Warum müssen Liebesdinge immer so kompliziert sein?

»Ich werde übermorgen fahren. Meinst du, du kommst hier alleine klar?«, will er unsicher wissen.

»Papa, ich bin siebzehn, natürlich komme ich allein klar.«

»Vielleicht kannst du ja so lange bei Feli wohnen, bis ihr in Urlaub fahrt.«

»Vertrau mir doch einfach.«

»Ich gebe mir Mühe«, sagt er leise, »ich gebe mir wirklich Mühe. Aber ich bin nun mal so, wie ich bin.«

Am nächsten Abend hat Papa die Koffer gepackt, er wirkt ganz aufgeregt, als wir zum Abschiedsessen zu Dimitrios fahren.

»Hat Ava dich angerufen?«, will er wissen.

»Nein, immer noch nicht.«

»Oje, na ja, dann warten wir ab.«

Er hakt sich unbeholfen bei mir unter, als wir ins Restaurant gehen. Das macht er sonst nie, wahrscheinlich braucht er Beistand. Wir setzen uns an einen freien Tisch vor dem Fenster.

»Ich fühle mich gerade wie ein kleiner Junge«, gibt er zu, »und etwas orientierungslos.«

Unwillkürlich muss ich an Feli denken, die sich mir als Kompass angeboten hat. Papa hat wahrscheinlich niemand, bei dem er mal das Herz ausschütten könnte, er hat immer nur gearbeitet oder war für die Familie da, Freundschaften sind dabei auf der Strecke geblieben. Selbst im Ruderklub ist er seit Jahren nicht aufgetaucht, dabei bin ich mir sicher, dass er das Rudern sehr vermisst.

»Irgendwie habe ich das Gefühl, dass das Leben vor lauter Arbeit an mir vorbeirauscht«, sinniert er. »Manchmal sehe ich dich und Ava an und bin erstaunt, wie groß, wie erwachsen ihr plötzlich seid.«

Papa reibt sich nachdenklich das Kinn und schlägt dann die Getränkekarte auf. »Was möchtest du trinken?«, fragt er mich.

»Ein Glas Rotwein«, bestelle ich testend, denn er hat ja selbst gerade bestätigt, wie erwachsen ich bin.

Papa winkt Dimitrios heran. »Ein Glas Rotwein und eine Bionade für Lana!«

Okay, Papa, durchgefallen.

Dimitrios notiert die Bestellung auf einem Block. »Und Essen?«

»Wie immer«, antwortet Papa und deutet mit den Händen ungefähr vierzig Zentimeter an, »und eine extra Portion Gyros für mein Mädchen und mich.«

Dimitrios holt tief Luft. »Aber Lana ist doch Vegetarierin!«

Papa schaut ihn perplex an, dann schlägt er sich lachend auf die Schenkel. »Lana, haha, Vegetarierin, haha, ich liebe deinen Humor, Dimitrios«, sagt er verzückt. »Ist er nicht witzig, Lana?!« Dann legt er den Arm um mich. »Ich glaube, ich kenne kaum einen Menschen, der mehr Fleisch futtert, als mein Töchterlein. Wahrscheinlich würde ich sie sonst auch enterben, hahahaha!« Plötzlich macht er ein aufgesetzt ernstes Gesicht. »Ein Veggie als Tochter eines Fleischfabrikanten, ts, unvorstellbar, so was gab's und gibt's in unserer Familie Gott sei Dank nicht.« Er macht eine auffordernde Handbewegung in Dimitrios Richtung. »Wir haben einen Riesenhunger, Dimitrios. Und denk daran: doppelt Fleisch. Nicht wahr, Lana?!«

»Na klar«, sage ich kleinlaut, weil ich es wieder einmal nicht wage, ihm zu widersprechen.

»Verstehe einer die Frauen«, murmelt Dimitrios und geht in die Küche.

»Jetzt aber mal zu dir«, sagt Papa und mustert mich eindringlich. »Freust du dich auf den Urlaub mit Feli?«

»Ja, klar.« Ich klinge betont glücklich, denn ich will nicht, dass er auch noch ein schlechtes Gewissen hat wegen der geplatzten Reise.

»Auch wenn deine Mutter euch beiden die Vornamen von ihren Lieblingsschauspielerinnen gegeben hat, ist nur eine von euch beiden talentiert, du, liebe Lana, bist es leider nicht!«

»Ach, von wem denn?«, will Dimitrios neugierig wissen, der uns soeben einen *Gruß aus der Küche* in Form von Brot und diversen Dips kredenzt.

»Lana Turner und Ava Gardner«, klärt Papa ihn auf, »zwei außergewöhnliche Frauen, fast so außergewöhnlich wie meine Töchter.«

Erst knufft Papa mich neckend in die Seite, dann nimmt er mich überschwänglich in den Arm. Solche Ausbrüche sind völlig untypisch für ihn. Ich schiebe seine Nervosität jetzt mal auf die Tatsache, dass er morgen früh zu Mama fährt und nicht weiß, was ihn erwartet.

»Nächstes Jahr holen wir die Reise dann mit Mama nach!«

Nächstes Jahr? Ich werde ihn nicht daran erinnern, dass wir dann achtzehn sind und bestimmt nicht mehr mit unseren Eltern in den Urlaub fahren, das würde ihn jetzt noch mehr deprimieren.

»Nein, ehrlich, Papa, ich freue mich tatsächlich auf die Auszeit in den Bergen, da kann ich endlich abschalten, habe meine Ruhe …«

… und kann mein Ding machen und brauche mich nicht immer für andere zu verstellen, denke ich.

»Sollen wir Ava mal anrufen? Ich mache mir doch ein wenig Sorgen.« Schon zückt er sein Handy aus der Innentasche seines Jackets.

Während er die Nummer eintippt, stockt mir plötzlich der Atem. Was ist, wenn Jan versehentlich an ihr Handy geht?

»Hi, Papa, schön, dass du anrufst …«, höre ich Avas Stimme. Erleichtert atme ich durch.

»Ist etwas passiert?«, fragt sie alarmiert.

»Lana und ich hatten Sehnsucht nach dir. Wir sitzen gerade bei Dimitrios. Es ist so leer und traurig ohne dich und *eure Mutter*.«

»Das verstehe ich. Ich vermisse euch auch!« Im Gegensatz zu mir ist sie tatsächlich eine geniale Schauspielerin.

Papa hält die Hand über das Handy und flüstert mir zu: »Sie hat ihn nicht gelesen.« Dann telefoniert er weiter: »Und, was macht ihr so den ganzen Tag, du und Eva?«

»Ach, heute haben wir eine Sightseeingtour gemacht und jetzt lesen wir noch etwas, bevor wir dann ins Bett gehen.«

Gleich kriege ich einen Schreikrampf. Diese Ava ist echt clever, die weiß ganz genau, was ihr Vater hören will.

»Und Evas Eltern? Sind die nett zu dir? Habt ihr Spaß?«

»Ja, total nett und lustig sind die auch. Aber wir gehen jetzt auf jeden Fall ins Bett, wir sind ganz schön k. o. von so viel Kultur und Geschichte.«

»Braves Mädchen!«, lobt Papa sie stolz. »Wie ist das Wetter bei euch?«

»Na ja, schon sehr heiß, so dreißig Grad ungefähr.«

»Hier regnet's«, entgegnet Papa und zieht die Nase kraus.

Traurig schaue ich aus dem Fenster. Wenn Feli recht behält, regnet es die ganzen Ferien durch. Zumindest in Deutschland. Arrrgg! Ich beiße mir in die Faust, um nicht laut zu schreien, denn meine liebe Schwester liegt in der Sonne mit ihrem Lover und genießt das Leben.

»Ich gebe dir mal Lana, okay?«

Papa reicht mir das Handy, obwohl der Lautsprecher an ist und ich sowieso jedes Wort hören kann.

»Wieso ruft ihr mich an?«, zischt Ava mir in den Hörer.

»Ja, genau«, sage ich warnend, »Papa hat den Lautsprecher *an*, deswegen können wir dich *beide* so gut hören.«

»Oh, okay!« Ava schaltet schnell.

»Geht's dir gut?«, will ich wissen und versuche nicht allzu besorgt zu klingen.

»Klar, sehr gut. Alles bestens.«

»Sag mal, kann ich denn wirklich dein Mountainbike mitnehmen?« Ich nutze die Gunst der Stunde, um sie noch einmal an ihr Versprechen zu erinnern, das sie mir gegeben hat, weil ich sie nicht verpetzen werde.

»Klar, hab ich doch gesagt.«

»Super!«

»Aber keine Kratzer!«, erinnert sie mich an ihre Drohung.

Papa beugt sich zu mir herüber und spricht in den Hörer: »Erhol dich gut, Kind. Schlaf viel und leg dich nicht so häufig in die Sonne. Ich rufe dich wieder an. Und wenn was ist, melde dich sofort! Ja?«

»Alles klar, mach' ich!«

»Tschüss, viel Spaß noch«, verabschiede ich mich ebenfalls von ihr.

Plötzlich nuschelt Ava ganz leise: »Ruf mich später bitte unbedingt an, ja?! Unbedingt!«

»Wünsch ich dir auch!«, sage ich einfach und drücke sie dann weg.

Als Dimitrios mit den Fleischtellern vor uns steht, wird mir fast schlecht. Während sich Papa hungrig darüber hermacht, stochere ich nur herum. Dann spieße ich ein Stück Gyros auf und drehe es vor mir hin und her. Es will einfach nicht in meinen Mund.

»Was ist? Schmeckt's dir nicht?«

»Doch … schon … aber …« Ich halte mir den Bauch.

»Irgendwas scheint nicht in Ordnung zu sein, du hattest doch schon vor ein paar Tagen so Probleme mit deinem Magen, als du dich in der Firma übergeben musstest.«

Wie viele Tiere dafür wohl sterben mussten?, schießt mir plötzlich durch den Kopf.

Und an Papas Verhalten sehe ich, dass ich es laut gesagt haben muss.

»Ich schätze mal eins!«, sagt er und isst genussvoll weiter.

Ein Tier! Ein ganzes Tier!! Nur weil wir Appetit haben!!! Noch nicht einmal Hunger!!! Wir hätten jetzt auch Salat, Nudeln, Reis, Tofu essen können. Ich werde auf einmal ganz traurig.

»Willst du nicht vor deiner Reise doch besser noch mal zu Doktor Dohna gehen?«, fragt Papa besorgt, als er meinen Gesichtsausdruck sieht.

»Vielleicht?« Ich picke mir den Reis und das Gemüse vom Teller, das Fleisch rühre ich nicht mehr an.

Als ich später im Bett liege, klingelt mein Handy. Es ist Ava.

»Ist Papa schon im Bett?«

»Ja, er will morgen zu Ma…, also er hat ganz früh morgen schon einen Termin.«

Papa und ich haben uns schon verabschiedet, er will bereits um sechs Uhr zu Mama fahren.

»Lana, hör mal, ist alles gut zu Hause?«, fragt Ava fürsorglich.

»Wieso fragst du?«

»In meinem Pass steckte so ein seltsamer Brief von Mama. Ich bin echt verwirrt. Ehrlich gesagt, möchte ich ihn dir gern vorlesen.«

»Okay!« Ich stopfe mir noch ein Kissen unter den Kopf und beiße mir erwartungsvoll auf die Unterlippe.

Sie räuspert sich mehrfach, bevor sie zu lesen beginnt.

Lieber Harald,
momentan steht mein Leben Kopf. Es sind Dinge passiert, die ich nicht beeinflussen konnte, und ich weiß jetzt gar nicht, wie ich dir das erklären soll. Ich habe das Gefühl, als hätte ich den Freischwimmer gemacht, ich fühle mich das erste Mal in meinem Leben unbeschwert. Ich treffe Entscheidungen, die ich verantworte, ich allein … dennoch quält mich mein Gewissen schon seit Tagen.

Ich habe jemanden kennengelernt!

Geschockt schlage ich mir die Hand vor den Mund, aus dem soeben ein schriller Aufschrei dringt: »Oh nein!«

Marie und ich können gut miteinander reden, wir tauschen uns aus und haben ähnliche Gefühle.

Sie hilft mir sehr in dieser Zeit.

Auch sie ist verheiratet und hat zwei Kinder, ihr Mann ist ein bekannter Chirurg. Ähnlich wie ich hat sie immer ihre Bedürfnisse hinten angestellt und sich so sehr reduziert, dass nicht mehr viel von ihr übrig war. Doch hier in der Therapie hat sich für sie eine Wandlung vollzogen und gestärkt fährt sie in einer Woche nach Hause. Mit vielen Vorstellungen im Gepäck. Auch mein Koffer ist gefüllter, wenn ich wieder zurückkomme. Ich spüre langsam wieder, wer die alte Karin ist, welche Sehnsüchte und Träume ich einmal hatte und was davon übrig geblieben ist. Leider nicht sehr viel! Harald, unsere Beziehung wird sich ändern müssen. Dafür brauchen wir Zeit und Geduld.

Ich bin völlig durcheinander und froh, dass du jetzt erst einmal mit den Mädchen nach La Palma fliegst, vielleicht bringt das uns beiden den nötigen Abstand und Klarheit. Es tut mir leid, dass ich dir das schreibe und ehrlich gesagt, weiß ich gar nicht, ob ich diesen Brief auch abschicken werde. Lieber Harald, das ist die schlimmste Situation, die ich jemals in meinem Leben durchgemacht habe. Ich will dir nicht wehtun. Ich hätte das alles nur schon viel früher erkennen müssen … Deine Karin

Avas Stimme verstummt auf einmal. Auch ich kann noch nichts sagen.

»Lana?«, fragt Ava.

»Ja?«

»Müssen wir uns Sorgen machen?«

»Nein!«

»Gut, dass du das sagst, ich hatte doch schon etwas Angst.«

»Brauchst du nicht, das ist normal in einer Ehe«, beruhige ich sie und klinge dabei ziemlich weise. »Mama muss sich nur mal neu sortieren.«

»Gut, dann bin ich ja beruhigt. Schlaf schön!«

»Du auch!«

Was sich bei Papa noch wie eine kleine Krise angehört hat,

klingt bei Mama wie ein Desaster. Dieser Brief zerstört mein Weltbild, meine Familie, mein … schluchzend lasse ich den Kopf auf das Kissen fallen.

Am nächsten Morgen höre ich Papas Autotür zuschlagen und renne zum Fenster. Traurig starre ich ihm hinterher und sehe ihn wegfahren. Feli kann ich noch nicht anrufen, es ist erst Viertel nach fünf, daher beschließe ich, Rudern zu gehen.

So früh am Morgen ist es noch menschenleer am Klubhaus und der Nebel wabert über das dunkle, friedliche Wasser des Sees. Die Stille beruhigt mich auf der Stelle und ich bin jetzt richtig froh, dass ich hierher gegangen bin. Im Schuppen neben dem Klubhaus sind die Boote untergebracht. Mit meinem Schlüssel öffne ich das Holztor und nehme mir mein Ruderboot heraus. Nachdem ich das Boot sanft auf das Wasser gesetzt habe, fängt es an zu nieseln. Der Regen stört mich gar nicht, im Gegenteil, er verleiht der Stimmung etwas Mystisches.

Nach ein paar Schlägen fühle ich mich schon viel besser, ich spüre meine Muskeln, meinen Körper und vor allem mich selbst wieder. Um meine Gedanken zu vertreiben, rudere ich wie eine Wahnsinnige über den See. Es tut so gut, mal an nichts zu denken, und wenn dann doch wieder Gedankenfragmente hochkommen, versuche ich, sie mit jedem Paddelschlag zu vertreiben. Nach einer Stunde bin ich klatschnass. Vom Regen und von der Anstrengung, dennoch fühle ich mich richtig gut und die Angst, dass Papa und Mama ihre Krise nicht regeln können, ist ein wenig gewichen, denn da bei den beiden auf jeden Fall noch Liebe im Spiel ist, wird bestimmt alles gut. »Bestimmt«, sage ich laut, als ich die Holztür des Schuppens wieder verriegele, in dem ich soeben mein Kanu verstaut habe.

BIODYNAMISCH

»Ach, Paul, du bist so kuschelig«, murmle ich verschlafen und presse mich noch näher ran. Als der Druck fester wird und irgendwie auch kratzig, öffne ich unwillig das rechte Auge. Vor lauter Schreck fahre ich zusammen, als ich in die Augen von Jimbob blicke, dessen kalte Hundeschnauze soeben meine Nasenspitze berührt. Vor Freude, dass ich endlich die Augen aufmache und ihn beachte, schleckt mir Felis Hund mit seiner nassen Zunge einmal quer über das Gesicht.

»Äh«, sage ich und wische mich mit dem T-Shirt-Ärmel ab.

»Sorry«, entschuldigt sich Feli für den Liebesbeweis ihres Hundes. »Jimbob, komm her«, fordert sie ihn auf.

»Lass ihn ruhig«, sage ich und lege meinen Arm um ihn, in den er sich jetzt laut seufzend hineinkuschelt.

»Der Hund ist manchmal leider sehr aufdringlich«, entschuldigt sich Frau Meisel, die den Wagen fährt und einen Blick in den Rückspiegel wirft.

»Ich bin nur dieses Geschlecke einfach nicht gewohnt. Wir hatten nie Haustiere. Mein Vater hat eine Tierhaarallergie: Hunde, Katzen, Meerschweinchen. Dabei hätte ich immer gern ein Tier gehabt, am liebsten eben einen Hund«, erkläre ich.

»Wir müssen jetzt gleich auf die Bundesstraße«, verkündet Herr Meisel, der auf dem Beifahrersitz die Straßenkarte studiert.

Verschlafen luge ich durch das Fenster nach draußen, ich muss lange gedöst haben, denn die Landschaft hat sich sichtlich verändert. Die Hügel sind deutlich höher, die Wälder dichter, man sieht einen Wasserfall … »Hach, schön«, seufze ich. Gerade als ich wieder ins Traumland entschwinden will, um weiter von Paul zu träumen, reißt mich Friedas Quäkstimme jäh zurück in die Realität.

»Warum haben wir kein Navi wie andere Leute?«, motzt Felis kleine Schwester.

»Weil wir unser Hirn noch selbst anstrengen!«, erklärt Feli und tippt ihr auf ihre Stirn.

»Wann sind wir endlich da?«, nölt Frieda weiter.

»Noch eine Stunde …«, will Frau Meisel ihre Jüngste beruhigen, doch erreicht damit genau das Gegenteil.

»WAS? Noch EINE STUNDE?«, kreischt Frieda jetzt hysterisch. »Das habt ihr vor einer Stunde schon mal gesagt. Das halte ich nicht aus.«

»Schätzchen …«, mischt sich jetzt auch Herr Meisel ein.

Doch seine kleine Tochter fällt ihm ins Wort: »Ich hab Hunger! Mir ist schlecht! Und Pipi muss ich auch!«

»Wir müssen mal sehen, ob gleich ein Schild kommt, wie weit es bis zur nächsten Raststätte ist!«

»Mit dem Navi wäre das pupsleicht. Jeder hat eins und wir wüssten dann auch, was es da zu futtern gibt.«

»Irgendwas wird's da schon geben«, sagt Feli genervt.

»Ich will aber nur zu McDonald's.«

»Hey, sonst noch was?« Feli stupst ihre Schwester an. »Ist doch wohl total egal.«

»Ist es nicht! Ich hab' Hunger.«

»Eben, wenn man Hunger hat, dann darf man auch nicht wählerisch sein«, stellt Feli streng fest.

»Da«, rufe ich und zeige aus dem Fenster. »Ein Schild. Die nächste Raststätte kommt in fünf Kilometern!«

»Das halte ich nicht aus«, beklagt sich die Göre.

»Jetzt reiß dich mal zusammen, das sind nur drei Minuten, wenn überhaupt«, motzt Feli.

»Wehe, da gibt's keinen Mäckes!«, droht Frieda mit ihrer kleinen Hand, die sie uns zur Faust geballt entgegenstreckt.

Feli funkelt sie an und mit einem Seitenblick entdecken wir das geschwungene M auf einem Schild. »Doch, leider!«

»Da habt ihr aber Glück gehabt«, sagt Frieda halbwegs versöhnt.

»Was möchtest du?«, will Frau Meisel von mir wissen, als wir unsere Bestellungen am Tresen aufgeben.

»Salat, Pommes und 'ne Cola.«

»Ich will Chicken McNuggets. Aber neun Stück und die süß-saure Soße, und Pommes und auch 'ne Cola, und was gibt's für Spielzeug?« Frieda lehnt sich über die Theke und spricht mit der Bedienung.

»Chicken McNuggets«, wiederhole ich. »Ist da überhaupt Huhn drin?«

Frieda schüttelt den Kopf über mich. »Was soll'n da sonst drin sein?«

»Da drin ist …«, Herr Meisel setzt zur Erklärung an.

»Huhn«, sagt Frau Meisel mit strengem Blick, »und jetzt möchte ich nichts mehr hören.«

Herr Meisel schweigt tatsächlich. In dieser Familie hat eindeutig SIE die Hosen an. Für mich ist das ein ungewohntes Bild. Neugierig beäuge ich die beiden.

Wir balancieren unsere vollen Tabletts an den Tisch. Frieda reißt hungrig die Verpackungen auf.

»Was iss'n das genau vom Huhn?«, fragt sie und vertilgt das erste Chicken Nugget.

»Bein, Kopf und Hirn«, sagt Feli.

»Bitte, Felicitas«, sagt Frau Meisel ermahnend.

Doch Frieda scheint abgehärtet: »Gut, dass die da so ein

Zeugs drum haben, da sieht man gar nicht, dass es Fleisch ist.«

Das finde ich auch.

»Obwohl, genau das ist ja irgendwie Beschiss«, stellt Frieda trocken fest. »So wie Bolognese, da denkt man ja auch nicht, dass das aus einem Tier ist. Oder Bratwurst … oder …«

»Jetzt wird gegessen«, sagt Frau Meisel, »und ich möchte nichts mehr hören, das verdirbt einem ja den Appetit.«

Nachdem wir tatsächlich noch exakt eine Stunde gefahren sind, kommen wir endlich an unserem Reiseziel an. Der Bauernhof sieht aus wie aus einer Fernsehserie entsprungen, so niedlich mit Blumen auf den Holzbalkonen. Doch die Schönheit dieses Gebäudes wird geschmälert, als ich feststelle, dass es weit abseits des Dorfes liegt.

»Hier ist ja echt nichts los. Gar nichts. Tote Hose. Wahnsinn. So habe ich mir das doch nicht vorgestellt«, stelle ich enttäuscht fest.

Ava hat's gut, die liegt jetzt am Strand, in meinem Bikini und mit einem Jungen, in den sie verliebt ist.

»Was würde ich dafür geben, jetzt in Kroatien zu sein«, seufze ich.

»Bis dahin ist es aber noch ein ganzes Stück«, vernehme ich plötzlich eine Jungenstimme hinter mir.

»Hey, Nic«, schreit Frieda und fällt dem Typen, dessen Hände in den Hosentaschen seiner olivfarbenen Latzhose stecken, freudig quiekend um den Hals.

»Frieda, du wirst ja von Jahr zu Jahr wilder«, beschwert er sich lachend.

»Nimmst du mich mit auf deinem Trecker?«

»Halt mal, Frieda, wir sind doch gerade erst angekommen!«, ermahnt Frau Meisel ihre Tochter.

»Ja, und?« Frieda rennt mit großen Sprüngen auf den Traktor zu, der in der Einfahrt parkt, und klettert hinauf. »Los, Nic, fahren wir.«

Nic lacht. »Ja, gleich, ich möchte aber noch alle begrüßen und das Gepäck auf die Zimmer bringen.«

»Hallo, Nic«, begrüßt Feli ihn und schlingt die Arme um seinen Hals. »Wir haben leider das schlechte Wetter mitgebracht.«

Schuldbewusst deutet sie in den Himmel, wo sich langsam ein Gewitter zusammenbraut.

»Du weißt doch, wie das in den Bergen ist: Das schlechte Wetter geht genauso schnell, wie es kommt. Es ist unberechenbar, so wie du …«

Dann streckt er Herrn und Frau Meisel die Hand hin.

»Habt ihr eine gute Fahrt gehabt?«, fragt er Felis Eltern.

»Ja. Wir sind ganz wunderbar durchgekommen«, sagt Frau Meisel und reckt ihren Kopf, um in die geöffnete Haustür zu linsen. »Ist deine Mutter da?«

»In der Küche.« Er zwinkert Herrn Meisel verschwörerisch zu. »Sie hat einen Hefezopf gebacken.«

Felis Vater reibt sich daraufhin begeistert die Hände. »Das ist fast wie nach Hause kommen«, stellt er mit glücklichem Gesichtsausdruck fest. »Und wo ist Jens?«

»Der ist noch auf der Weide. Die Rinder haben den Zaun umgerissen.«

»Oh!«

»Der war schon ziemlich morsch.«

»Ich kann ihm ja helfen«, schlägt Herr Meisel hilfsbereit vor und krempelt gleich die Ärmel hoch.

»Lieber nicht!«, rufen die drei Meisel-Frauen einstimmig.

»Beim letzten Mal mussten wir den Arzt holen, weil du dir mit dem Rasenmäher über den Fuß gefahren bist«, sagt Frau Meisel lachend, aber nicht ohne Sorge.

»Ihr glaubt alle, dass ich zwei linke Hände habe«, beschwert sich Herr Meisel beleidigt.

»Und Füße!«, bestätigt Frau Meisel. »Und die Hände brauchen wir jetzt für unser Gepäck.«

Gemeinsam schleppen wir die Koffer ins Haus. Weil es innen so viel dunkler ist, stolpere ich über die Schwelle der Eingangstür. Mein Koffer kracht auf den Steinboden und geht dummerweise dabei auf. Ein Stapel Unterwäsche fällt heraus.

»Hast du ein Glück«, stellt Frieda fest und hebt meinen mauvefarbenen BH in die Luft und schwingt ihn um den Zeigefinger.

Rot anlaufend rupfe ich ihr das Wäschestück aus der Hand. »Glück, wieso?«

»Na, stell dir vor, das wäre dir passiert, wenn der Urlaub vorbei wäre. Dann hätte man ja deine dreckigen Unterhosen gesehen.«

»Du bist echt so was von unmöglich, kleine Schwester«, sagt Feli und hilft mir, den Rest der herumliegenden Stücke wieder zu verstauen.

Nic überhört Friedas Kommentar höflich, allerdings sehe ich ein winziges Zucken in seinen Mundwinkeln, als er mir den verschlossenen Koffer abnimmt, um ihn die Treppe hinaufzutragen. Schwungvoll wird eine Tür aufgerissen und eine schlanke Blondine kommt herausgestürmt, sie wischt sich ihre Hände an einer geblümten Schürze ab und breitet die Arme aus.

»Da seid ihr ja endlich. Kommt rein in die gute Stube. Der Hefezopf steht schon bereit. Ich wollte erst draußen auf der Veranda eindecken, aber ein Gewitter zieht auf.«

Das muss Nics Mutter sein. Sie nimmt jedes Meisel-Mitglied, samt Jimbob, in die Arme. »Ist das schön, dass ihr alle da seid.« Dann bin ich an der Reihe und auch ich werde gedrückt und geherzt. »Und du musst Lana sein. Herzlich willkommen, ich bin Maria.«

Seltsamerweise treibt mir ihre herzliche Begrüßung unvermittelt Tränen in die Augen und ich muss daran denken, dass meine Familie gerade in ziemlichen Problemen steckt, während hier die heile Welt zu sein scheint.

Maria ist groß, sehr schlank, hat den gleichen blonden Lockenkopf wie ihr Sohn und ähnlich viele Sommersprossen, die bei ihrem gebräunten Dekolleté ganz toll aussehen. Ich finde sie unglaublich attraktiv, und als sie ihre Schürze abnimmt, kommt darunter ein wunderschönes Dirndl zum Vorschein, das bei ihr richtig elegant wirkt.

Eine Bäuerin habe ich mir aber ganz anders vorgestellt, denke ich – wohl wieder laut.

»Das musst du mir nachher mal genauer erklären«, sagt sie mit ihrem fröhlichen Lachen und dann ruft sie Nic, der bereits die Gepäckstücke die Treppe hinaufträgt, zu: »Schaffst du das mit den Koffern?«

»Sicher, ich stell sie nur noch schnell in die Zimmer.«

»So, ihr Lieben, dann kommt mal rein«, bittet sie uns mit einer einladenden Handbewegung.

Die gute Stube ist ein riesiger heller Raum, der nur aus Holz und Glas besteht. Ein überdimensionaler Tisch steht in der Mitte des Zimmers, von dessen bodentiefen Fenstern man einen gigantischen Blick auf die Berge hat. Die Einrichtung ist dezent und irrsinnig geschmackvoll, wie aus einer Wohnzeitschrift. Damit habe ich wirklich nicht gerechnet.

»Oah, ist das schön«, entfährt es mir.

»Einen Bauernhof hast du dir sicher *auch* anders vorgestellt«, neckt mich Maria. Dann fügt sie erklärend hinzu: »Jens, mein Mann, hat alles selbst entworfen, er war Architekt, bevor er den Hof übernommen hat.«

»Aha«, sage ich erstaunt. Verwundert frage ich mich, wie man den spannenden Beruf als Architekt aufgeben kann, um als Bauer in der Einöde zu leben.

»Und für die tolle Dekoration ist Maria zuständig. Sie kommt ja ursprünglich aus Hamburg«, erklärt Frau Meisel, »und hat dort ein großes Einrichtungshaus geleitet.«

»Ach, wirklich?!« Ich hatte mich schon gewundert, warum sie so gut Hochdeutsch spricht.

»So, bitte greift doch zu.« Maria lässt die Hand einladend über den Tisch schweifen.

Der Hefezopf liegt auf einem Holzbrett und dampft köstlich riechend vor sich hin.

»Hast du die Marmeladen wieder alle selbst gemacht?«, fragt Frau Meisel und nimmt ein Glas in die Hand, um die Beschriftung auf dem Etikett zu lesen. »Pflaumen-Walnuss-Mus! Oh, wie lecker.«

»Das ist das Köstlichste, was ich jemals gegessen habe«, verkünde ich voller Inbrunst, nachdem ich alle Marmeladen durchgetestet habe.

»Das kann man auch alles hier kaufen«, erklärt Frieda, »im Hofladen, und alles ist bio.«

Feli blickt zur Tür. »Wo bleibt Nic eigentlich?«

Maria schaut auf die Uhr. »Ach, sicher ist er noch im Laden, um der Theres zu öffnen.«

Wie auf Kommando steht Nic plötzlich in der Tür. »So, Frieda, bist du gestärkt?« Die quirlige Frieda springt sofort auf und rennt ihm entgegen.

»Im Laden ist jetzt die Theres. Ich habe die Erdbeerkisten vor die Tür gestellt.«

»Dank dir!«

»Bis später dann!« Nic wendet sich zum Gehen und Frieda hakt sich glücklich strahlend bei ihm unter.

»Ich glaube, sie ist ein bisschen in Nic verliebt«, sagt Feli lächelnd.

»Wer wäre das nicht?«, seufzt Frau Meisel und kneift ein Auge zu.

»Also, mein Typ ist der nicht«, sage ich, als ich mit Feli später aufs Zimmer gehe. »Blonde Locken bei Jungs und Sommersprossen gehen gar nicht.«

»Du bist doch selber voller Sommersprossen.«

»Eben!« Ich verdrehe die Augen. »Stell dir mal vor, mit dem bekäme ich Kinder.«

Feli sieht mich erstaunlich ernst an. »Dein Paul ist auch nicht jedermanns Geschmack.«

»Oh, äh, sorry, ich, also, ich wollte nichts Schlechtes über Nic sagen«, erkläre ich verdutzt.

»Das kann man auch nicht!«, sagt sie barsch.

»Was bist'n so empfindlich?«, frage ich betreten. »Dafür ist der ja bestimmt total nett!«

Ein Verdacht keimt in mir auf, vermutlich ist nicht Frieda, sondern Feli in diesen Nic verliebt. Was für eine Entdeckung! Das fände ich ja ganz großartig, denke ich im ersten Moment, dann aber lässt mich die Vorstellung, dass Feli eines Tages zu ihm ins Allgäu geht, erschaudern.

»Du ziehst aber nicht hierher, oder?«, rutscht es mir heraus.

Feli, die gerade ihre Koffer auspackt, vermutet fälschlicherweise, dass ich eine Anspielung auf ihr Gepäck mache. »So viel ist es auch wieder nicht. Ich glaube, du hast noch viel mehr eingepackt.«

»Ich bin eben immer so unsicher, ob ich das Richtige mitgenommen habe.«

»Ist doch egal«, sagt Feli wieder gut gelaunt und zieht ihren Badeanzug über die Regenjacke, bevor sie beides in den Schrank hängt. »Improvisieren ist das Zauberwort!« Dann verstaut sie den leeren Koffer unter dem Bett und stürmt zur Tür. »Los, komm, frische Landluft schnuppern.«

»Okay«, widerwillig folge ich ihr nach draußen.

»Dass du noch nie in den Bergen warst, ts!«, sagt Feli und starrt auf die Gipfel der Alpen. »Ich liebe das hier.«

Oh Gott, ich hab's geahnt.

»Aber zu Hause ist es doch viel schöner«, dämpfe ich ihre Euphorie.

»Na ja, zu Hause ist zu Hause, aber ob das Ruhrgebiet schöner ist als das Allgäu, wage ich zu bezweifeln.«

»Könntest du dir etwa vorstellen, für immer hier zu wohnen?«, frage ich zaghaft.

»Warum nicht?«, erklärt sie fröhlich und rennt dem Trecker hinterher, auf dem Nic und Frieda sitzen.

Schockiert starre ich ihr nach. Meine beste Freundin will mich verlassen? Das geht nicht! Ohne Feli ist mein Leben nur noch halb so schön, ach was halb so schön, es wäre eine Katastrophe. Gerade jetzt, wo so viele Dinge passieren, wie die Sache mit Paul, und noch schlimmer … das mit Papa und Mama, mein ganzes Leben steht doch momentan Kopf. Ich muss etwas unternehmen, am besten, ich mache ihr diesen Nic richtig madig. Aber das wird schwer, denn da muss ich schon richtig strategisch vorgehen und das ist ja nicht unbedingt eine meiner Stärken.

»Magst du auch welche?«, fragt Nic, als ich zu den anderen komme, die im Erdbeerfeld liegen und sich die roten Früchte in den Mund stopfen.

»Mhm«, Feli verdreht die Augen, »sind die lecker.«

»Nicht gespritzt!«, erklärt Frieda mir stolz, als handle es sich um ihr eigenes Erdbeerfeld.

»Die haben genug Sonne abbekommen und sind richtig süß«, erklärt Nic und im selben Moment grollt der Donner.

»Wir sollten schnell zurückgehen, es geht gleich los«, gebe ich zu bedenken.

Während Frieda und Nic mit dem Traktor zurückfahren, rennen Feli und ich um die Wette, und zum ersten Mal seit ein paar Tagen fühle ich mich wieder richtig frei und unbeschwert – als wären alle Probleme mit einem Mal davongeflogen.

Als wir am Bauernhof ankommen, suchen wir Nic und Frieda und finden sie im Kuhstall.

»Die ist ja süß«, sage ich verzückt, als mich eine Kuh mit riesigen Kulleraugen und unverschämt langen Wimpern anstößt.

»Das ist die Resi!«

Ich gehe in die Knie und streichle Resi. »Haben die alle Namen?«, frage ich erstaunt.

Nic grinst und läuft jetzt von einer Kuh zur anderen. »Das ist die Emma, die Paula, die Vera, die Insa, die Gerda, die Romy, die Betty, die Gertrud, die Helena, die Berta«, dann bleibt er abrupt bei einer Kuh stehen, »das hier ist Mama Muh …«

»Die hab ich so genannt«, verkündet Frieda und ihr Lächeln zieht sich von einem Ohr bis zum anderen. »Die ist im vorletzten Jahr geboren worden, ich war bei der Geburt dabei«, verkündet sie stolz.

»Nic hat ihr auf die Welt geholfen«, sagt Feli und strahlt ihren Helden an.

Tu was, Lana!

Okay! »Gebt ihr euren Kühen immer Namen, bevor ihr sie schlachtet?«

»Äh, wir schlachten unsere Kühe nicht«, stellt Nic verdutzt fest und klärt mich im nächsten Moment auf: »Das sind Milchkühe.«

»Ach so!«

Schade, hätte ihn schön mit einfachen Mitteln ins schlechte Licht rücken können, aber der Schuss geht nach hinten los.

»Lanas Papa lässt Kühe schlachten und Schweine und was weiß ich nicht alles und dann macht er daraus Wurst«, erkärt Frieda in ihrer unverblümten Art.

»Ja, und? Aus denen hier wird ja auch mal irgendwann Wurst«, verteidige ich meine Familienehre.

»Woher bezieht ihr denn euer Fleisch?«, will Nic interessiert wissen.

Ich zucke mit den Schultern und es ist mir irgendwie total unangenehm, als ich mich sagen höre: »Keine Ahnung!«

»Massentierhaltung?«, fragt Nic und man sieht ihm an, was er davon hält.

Feli sagt zu meiner Verteidigung: »Lana ist Vegetarierin.«

»Oh, ehrlich?«

»Ja, aber erst ganz frisch«, erwidere ich, weil es mir unangenehm ist, dass er so etwas, na ja, Persönliches von mir weiß.

»Schade, dann isst du heute also gar keine selbst gemachten Rostbratwürstchen mit uns? Meine Eltern wollen heute Abend grillen.«

Bitte was? Rostbratwürstchen? Ich hör wohl nicht recht. Im ersten Moment werde ich tatsächlich wieder rückfällig. Was hat Frieda gesagt? Würstchen sind Beschiss und ich komme jetzt in die Verlegenheit, mich selbst zu bescheißen. Man sieht ja nicht, dass es Fleisch ist, puh, lieber Gott, ich werfe einen anklagenden Blick gen Himmel, soll das ein Test sein?

»Ich dachte, ihr seid so ein Bio-Bauernhof.« Ich deute abends beim Grillen auf das Zertifikat an der Hauswand. »Da isst man doch keine Tiere«, sage ich und starre dabei sehnsüchtig auf das Würstchen, das sich Frieda gerade in den Mund schiebt.

»Da hast du aber etwas falsch verstanden«, erklärt Nics Vater, der den Grillmeister spielt und wahnsinnig nett zu sein scheint.

Er legt mir einen Maiskolben und ein undefinierbares Etwas auf den Teller.

»Natürlich gibt's bei uns auch Fleisch. Aber niemals aus Massentierhaltung.«

»So wie bei euch«, stellt Frieda wieder einmal anklagend fest und knabbert emsig ihren Maiskolben ab. »Noch nie was von artgerechter Haltung gehört?«, fragt sie neunmalklug.

»Doch, schon.«

Ich fühle mich jetzt regelrecht in die Enge getrieben und irgendwie habe ich mittlerweile ein richtig schlechtes Gewissen. Hätte doch bloß niemand erwähnt, dass mein Vater Wurstfabrikant ist, dann müsste ich hier keine Diskussion führen, von der ich erstens keine Ahnung habe und zweitens auch noch in eine Verteidigungsrolle gepresst werde. Mit der Gabel mache ich mir ein Stück von diesem Ding ab, das auf meinem Teller liegt, doch anstatt es zu essen, schiebe ich es von rechts nach links. Der Appetit ist mir sowieso langsam vergangen.

Maria legt das Besteck beiseite. »Ich weiß, das klingt jetzt pathetisch, Lana, aber Jens und ich haben uns vor circa fünfzehn Jahre dafür entschieden, etwas an dieser Welt wiedergutzumachen.«

Aha, was kommt jetzt?

»Jens und ich hatten damals den Auftrag für den Bau eines Hotels in Kanada. Ich war für die Innenarchitektur zuständig. Die Prämisse für die Ausschreibung war: hauptsächlich nachwachsende Naturprodukte und Materialien zu verwenden. Das heute so modern gewordene Wort ›Nachhaltigkeit‹ war dort bereits schon Thema. Selbst das Essen bestand zu einhundert Prozent aus einheimischen Produkten. Da gab es keine exotischen Früchte, die erst mit dem Flugzeug eingeflogen werden mussten.«

»Das ist Kerosinverschwendung«, stellt Feli fest. »Umweltbelastung hoch zehn.«

»Die Auftraggeber des Projekts waren Mitglieder der First Nation, so nennen die Kanadier ihre Ureinwohner«, erklärt Jens. »Und die haben uns gelehrt, dass es unsere Aufgabe ist, die Natur *und* die Tiere zu schützen.«

»Wir haben circa zwei Jahre dort drüben gelebt, und als wir zurückkamen, war nichts mehr wie vorher!«, stellt Maria fest.

Jens und sie tauschen einvernehmliche Blicke aus.

»In Nordamerika gibt's doch genauso Massentierhaltung wie bei uns«, wende ich ein.

»Klar, natürlich!«, gibt mir Maria recht. »Aber muss es das? Wo fängt man an? Wann übernimmt man Verantwortung für das, was man tut? Die Tiere haben keine Lobby, sie können sich nicht wehren«, sagt sie mit Nachdruck.

Der Satz hängt in der Luft.

»Und was ist nun genau der Unterschied in der Tierhaltung?«, frage ich interessiert, denn mir ist ganz mulmig, wenn ich daran denke, dass ich keine Ahnung habe, woher Papa sein Fleisch bezieht.

»In der biologischen Tierhaltung ist besonders artgerechte Haltung wichtig, sprich: genügend Auslauf«, erklärt Jens.

Jetzt fühlt sich auch Nic berufen, mich aufzuklären: »Die Käfighaltung für Geflügel ist ebenso verboten wie Vollspaltenböden bei der Rinder-, Schaf- und Schweinehaltung. Bio-Tiere leben in einer Umgebung, die diese Standards einhält.«

»Und so erhält der Tierbestand eine Bio-Zertifizierung?«, will Feli wissen und deutet auf das Bio-Siegel an der Hauswand.

»Genau!«, Jens nickt bejahend. »Artgerechte Tierhaltung und Bio-Futter erfüllen wichtige Voraussetzungen zur Erzeugung von hochwertigem Fleisch.«

»Das könnte doch deinen Vater interessieren«, sagt Herr Meisel aufmerksam. »Vielleicht solltest du ihm das mal nahelegen.«

»Außerdem bleibt die hohe Fleischqualität durch kurze Transportwege der Tiere zum Schlachthof erhalten.«

»Aber tot sind sie am Ende alle«, stellt Frieda folgerichtig fest und kommt mir damit ungewollt zu Hilfe.

»Und liegen dann auf euren Tellern«, sage ich vorwurfsvoll.

»Auf deinem bis vor Kurzem auch noch«, erinnert mich Feli mit zusammengezogenen Augenbrauen.

Sie hat natürlich recht, wie kann ich jetzt nur so anklagend sein? Und dass mich der Geruch von Fleisch immer noch einlullen kann, habe ich ja gerade an den Würstchen gemerkt. Ich lehne mich hier aus dem Fenster, als wäre ich ein Langzeit-Veggie, dabei bin ich gerade mal auf dem Weg dahin … Jetzt muss ich aber erst einmal das Gehörte *verdauen*. Denn eins ist mir klar geworden: Veggie hin oder her, ich habe immer sprichwörtlich alles brav geschluckt, was man mir vorgesetzt hat, einfach so, kritiklos, ohne viele Dinge zu hinterfragen. Das betrifft natürlich nicht nur das Essen, sondern steht symbolisch für eine Art … ja, was? Lebensanschauung? Charaktereigenschaft? Zu Hause, beim Rudern, in der Schule, das umfasst einfach alle Lebensbereiche, stelle ich erschrocken fest. Feli ist im Gegensatz zu mir deutlich kritischer und weniger angepasst, sie geht den Dingen viel mehr auf den Grund.

Nic nimmt plötzlich die Gabel von meinem Teller, pikst in das undefinierbare Ding, das ich die ganze Zeit hin- und herschiebe, und hält es mir vor den Mund.

»Probier mal«, fordert er mich auf.

Anstatt wie sonst artig den Mund zu öffnen, presse ich die Lippen fest aufeinander. Nein, ich schlucke ab jetzt nicht mehr, was man mir vorsetzt.

Feli springt ein: »Ich will!«

Meine Feli, die sonst mit Jungs nichts am Hut hat, lässt es sich mit einem »Mhm« und »Oah« genüsslich von diesem Nic in den Mund schieben.

»Was ist das überhaupt?«, frage ich.

»Quorn-Würstchen«, antwortet Nic.

»Quorn-was?«, will Feli jetzt auch interessiert wissen.

»Sieht aus wie eine Wurst, besteht aber hauptsächlich aus Pilzproteinen«, erklärt Nic fachmännisch.

Neugierig probiere ich doch ein Stück.

»Wollen wir morgen Mountainbiken?«, fragt mich Feli laut gähnend, als wir später in unserem Etagenbett liegen.

»Total gerne«, sage ich und stelle fest, dass ich mich immer noch darüber ärgere, dass dieser Bio-Tölpel Nic meinen Vater an den Pranger gestellt hat.

»Sollen wir Nic auch fragen?«, schlägt Feli vor.

»Den findste schon ziemlich nett, was?«, frage ich alarmiert.

»Wen jetzt?«

»Na, diesen Nic!« Die stellt sich doch jetzt extra dumm.

»Nic ist so was wie ein Bruder für mich«, antwortet sie schläfrig. »Guhute Nacht, bin todmüde.«

Kurz darauf höre ich ein rhythmisches Röcheln.

»Na toll, ich hätte das eigentlich gerne noch geklärt«, murmle ich gereizt.

Wie unfair von ihr. Jetzt schläft die einfach und lässt mich hier mit meinen Bedenken, dass sie in Nic verliebt ist, alleine.

Wie rede ich ihr diesen Typen nur aus, vor allem, gibt's sie es ja noch nicht einmal zu. Dabei ist das doch so was von offensichtlich, ich meine, hallo, wer hat Feli jemals füttern dürfen, außer vielleicht ihre Mutter oder ihr Vater. Mich kann sie nicht blenden. Nachdenklich kratze ich mich am Kinn. Wie war das mit der Strategie? So einfach ist das gar nicht, denn wenn ich weiter gegen ihn rede, wird sie nur trotzig und schlägt sich noch mehr auf seine Seite, soweit das überhaupt geht. Ich suche krampfhaft nach einer Lösung. Ich könnte ihn provozieren, damit er sauer wird und Feli auch seine Schattenseiten sieht … oder, abrupt setze ich mich auf und stoße mir den Kopf am Lattenrost über mir. »Autsch«, sage ich und reibe mir die Stelle. Ich hab's! Was ist, wenn ich mich an diesen Nic ranschmeiße und sie sieht, dass der zu jeder Touristin so nett ist und nicht nur zu ihr. Das traue ich mir sogar zu, denn hier auf dem Land ist die Auswahl an Mädels ja sicherlich sehr begrenzt. Da sind die doch dankbar für jede Form von Frischfleisch, das muss dann noch nicht einmal biodynamisch sein, sondern kann auch aus der Massenzucht eines Wurstfabrikanten kommen, denke ich zynisch. Yap, das ist es. Zumindest lenkt mich diese Aktion jetzt erst einmal von Papa und Mama ab, die plötzlich vor meinem inneren Auge auftauchen. Im selben Moment spüre ich, wie jemand zu mir ins Bett steigt.

»Hhhhhhh, wer, wer ist da?«, wispere ich und falle vor Angst in eine Art Schockstarre.

Anstatt einer Antwort erhalte ich einen zufriedenen Grunzer.

»Jimbob!«

Jimbob stupst mich an.

»Was denn?«

Erneut bekomme ich einen Nasenstüber.

»Du musst Pipi, oder?«

Wie auf Kommando rennt der Hund zur Tür.

»Na, dann komm! Ich brauche auch mal frische Luft!«

Wir schleichen leise die Treppe hinunter, ich lehne die Haustür nur leicht an und schlurfe in Pantoffeln über den Hof auf die dahinterliegende Wiese. Dank des Vollmonds ist es relativ hell und man kann sogar die Berggipfel erkennen, die silbrig im Nachthimmel glitzern. Die Luft ist klar, aber auch kühl. Bibbernd ziehe ich mir die Strickjacke noch fester über den Pyjama. Die Feuchtigkeit, die von der nassen Wiese hochsteigt, dringt durch meine Hausschuhe. Auf einmal überkommt mich ein Gefühl von Ruhe, Frieden und innerer Zufriedenheit, die ich sonst nur auf dem See verspüre. Vielleicht gibt es ja Plätze oder Orte, an denen man sich selbst besonders nahkommt. Von hier aus werfe ich einen Blick auf den Bauernhof. In der Küche brennt Licht, ich kann schemenhaft eine Silhouette erkennen, das scheint Maria zu sein, die wahrscheinlich das Frühstück für morgen vorbereitet. Jimbob verrichtet noch sein Geschäft und dann schlüpfen wir zurück ins Haus. Als ich unser Zimmer betreten will, hat jemand auf dem kleinen Holzschemel neben der Tür eine dampfende Tasse Milch abgestellt. Maria ist ein Schatz, mütterliches Betutteln ist jetzt genau das, was ich brauche, stelle ich dankbar fest, als ich vorsichtig einen Schluck daraus nehme.

»Mmh, das tut gut.«

Leise öffne ich die Zimmertür und gehe zurück in mein Bett. Ohne den Blick von den Bergwipfeln zu nehmen, trinke ich die warme Milch in kleinen Schlucken aus. Wie selbstverständlich steigt Jimbob wieder zu mir ins Bett, legt sich neben mich und ich genieße seine Wärme und Nähe.

ERKENNTNISSE

»Hey, du Faulpelz.« Feli rüttelt unsanft an meiner Schulter. »Wann gedenkst du, endlich aufzustehen?«

»Wieso?« Ich schrecke hoch und schüttle verdattert den Kopf. »Wie … wie spät ist es denn?«

»Zehn«, kräht Frieda, die gerade zur Tür reinstapft. »Ich war schon im Hühnerstall.«

»Und was ist mit frühstücken?«, frage ich und reibe mir müde die Augen.

»Wir sind alle satt!«, stellt Frieda klar und streicht sich zufrieden über den gewölbten Bauch.

»Na toll, ihr hättet mich ja wecken können!«, maule ich.

»Haben wir versucht.« Feli grinst breit. »Aber du hast geschlafen wie ein Stein. Los, raus jetzt.« Sie zieht mir die Decke weg. »Ach nee, sieh mal an, hier steckst du also, Jimbob. Nic hat schon nach dir gesucht.«

Nic, Nic, Nic und das auf nüchternen Magen.

»Die ist wohl mit dem rechten Fuß aufgestanden«, stellt Frieda fest, als ich an ihr vorbei ins Badezimmer rausche.

Beim Hinausgehen höre ich, wie Feli sie korrigiert: »Linken!«

Im Bad stütze ich mich müde auf dem Waschbeckenrand ab und werfe einen Blick in den Spiegel. Doch was ist das? Ich bin total verquollen.

Um die Schwellungen genauer inspizieren zu können, presse ich meine Nase näher an den Spiegel. »Wahrscheinlich Quorn-Allergie«, diagnostiziere ich. Gut, dass Paul so weit weg ist und mich so nicht sehen kann! Für Nic reicht's allemal, denke ich schulterzuckend, zur Not besorge ich mir wieder Bleichcreme. Jetzt brauche ich aber erst einmal eine Dusche.

»Wir wollten doch Mountainbiken«, erinnert mich Feli, als ich zurück ins Zimmer schlurfe und gerade nach einem Kleid greifen will.

»Okay, ziehe ich halt was anderes an!«

»Was bist'n so schlecht gelaunt, seit wir hier sind?«, fragt sie.

»Bin ich gar nicht!«

»Doch, bist du wohl!«

Wortlos steige ich in meine Jogginghose und schlüpfe in mein altes verwaschenes Wohlfühl-T-Shirt, das ich immer zum Rudertraining trage.

Dann schnappe ich mir die Milch-Tasse von heute Nacht, um sie mit hinunterzunehmen.

Frieda begutachtet mein Outfit. »Ganz schön uneitel.«

Die Worte hallen mir noch nach, als ich die Treppe zum Frühstücksraum hinuntergehe. Schließlich bekommt man so was nicht oft von einer Zehnjährigen vor den Kopf geknallt.

»Guten Morgen, Lana, unsere Landluft macht müde, gell?«, begrüßt mich Maria fröhlich, als ich den Frühstücksraum betrete.

»Ja. Phhhh«, schnaufe ich, immer noch total platt.

»Hast nicht so gut geschlafen, was?«, fragt sie und mustert mich.

»Na ja, geht so.«

Ich überreiche ihr den leeren Becher. »Danke für die heiße Milch, das war genau das, was ich letzte Nacht gebraucht habe.

»Heiße Milch?«, fragt sie erstaunt.

»Äh, ja. Ach so, ich dachte, du hättest mir die hingestellt …«

»Ich, nein, wahrscheinlich Nic …«

Nic! Arrg, kann denn niemand warten, bis ich etwas im Magen habe, bevor wieder alle von ihm reden.

»Den Honig musst du mal probieren«, sagt Maria im Gehen.

Honig! Konstanze! Ganzkörperpeeling … sofort läuft ein Film vor meinem inneren Auge ab. Anstatt es mir gemütlich zu machen, nehme ich mir ein Brötchen auf die Hand und gehe hinaus zu Feli.

Die lehnt vornübergebeugt hinter der Holzbank vor dem Haus und studiert emsig eine vor ihr ausgebreitete Landkarte. Als sie mich bemerkt, erklärt sie: »Also, die schönste Tour ist die hier.« Mit dem Finger fährt sie eine Strecke entlang. »Die Fahrt dauert ungefähr drei Stunden.«

»Cool.«

Das ist der einzige Lichtblick an diesem scheußlichen Morgen, beim Sport kriege ich wenigstens immer den Kopf frei.

»Danke, dass du die Fahrräder geholt hast.«

»Kein Problem«, entgegnet Feli. »So scheiße hast du echt noch nie ausgesehen, was ist denn mit deinem Gesicht passiert?«

»Eine Allergie«, winke ich ab. »Geht schon wieder weg.« Ich blicke mich um. »Wo sind die anderen?«

»Wandern!«

Freudig schwinge ich mich auf Avas Mountainbike, nehme den Helm vom Lenker und setze ihn auf. »Endlich mal nur wir zwei …«, seufze ich erleichtert.

»Guten Morgen, ausgeschlafen?«, fragt Nic, der uns aus dem Kuhstall entgegenkommt.

»Du hast sicher schon die Kühe gemolken, was?«, frage ich angriffslustig. Was hat der auch mein Schlafverhalten zu kritisieren.

»Ja, aber gestern Abend. Heute Morgen habe ich die Rinder auf eine andere Weide getrieben.«

»Seit wann bist du denn auf?«, fragt Feli mitleidig.

»Seit fünf«, kommt zur Antwort. »Ist mit Jimbob alles okay?«, will er auf einmal von mir wissen.

»Wieso?« Feli sieht erstaunt aus.

»Na, weil Lana mit ihm doch nachts noch draußen war.«

Feli schüttelt lachend den Kopf. »Lana? Bestimmt nicht, wir sind gestern nach dem Abendessen tot ins Bett gefallen.«

»Ich war aber wirklich noch mal mit ihm vor der Tür«, bestätige ich.

»Echt? Hab ich gar nicht gemerkt. Warum denn?«

»Na, weil ich dachte, also, Jimbob kam zu mir und stupste mich an, ich vermutete, dass er noch mal Pipi muss.«

»Wie lieb von dir.« Feli formt ihre Lippen zu einem Kussmund.

»Habt ihr Lust, bis zur Halmach-Klamm zu fahren?«, fragt Nic. »Ich hole eben mein Rad.«

Feli sieht mich begeistert an, stutzt dann aber, als sie meinen düsteren Blick bemerkt. »Äh, ach so, also, ich habe Nic gefragt, ob er mitkommt.«

»Och nö, echt jetzt? Ich dachte, dass wir beide mal was alleine unternehmen«, schmolle ich.

»Das machen wir doch zu Hause ständig.«

»Ja, ja, zu Hause, aber hier ist Urlaub«, beschwere ich mich. »Und wir waren noch nie gemeinsam in den Ferien.«

»Was ist bloß mit dir los?«, will Feli genervt wissen. »Du führst dich ja auf wie ein Kleinkind!«

Nic kommt zurück und schlägt vor: »Wir können auf der Wies'n Hütte eine Rast machen, wenn ihr wollt.«

»Supergerne«, strahlt Feli ihn an. »Das ist da so was von schön, Lana.«

Wieso hat die eigentlich jahrelang gemeckert, dass sie immer in die Berge fahren muss, wenn sie auf einmal so eine überbordende Begeisterung für alles Alpine nebst Bauernsohn an den Tag legt, denke ich skeptisch.

»Von mir aus«, sage ich lustlos und strample einfach drauflos.

»Andere Richtung«, ruft Nic.

Während die beiden auf der ganzen Tour unaufhörlich plappern, halte ich mich dezent zurück. Erstens, weil ich finde, dass es trotz Rudertrainings total beschwerlich ist, die Berge hinaufzuradeln und zweitens, weil ich angestrengt versuche, bei Nics und Felis Konversation zwischen den Zeilen zu lesen.

»Lotte fragt, ob wir Samstagabend zu ihrer Party kommen.«

Anstatt darauf einzugehen, fährt Feli stur geradeaus.

»Feli. Jetzt komm. Ist doch schon so lange her«, sagt er und tätschelt im Vorbeifahren freundschaftlich ihren Arm.

Ich steige in die Pedale, um schneller zu fahren, damit ich auch ja kein Wort verpasse.

»Ich weiß nicht.« Feli wackelt unentschlossen mit dem Kopf.

»Lotte würde sich freuen. Überleg's dir noch mal.« Dann streckt er seinen Finger hoch in Richtung der Hütte, die hinter der nächsten Biegung auftaucht.

»Sind wir da?«, hechle ich vollends außer Puste.

»Nein, das ist die Zwischenstation.«

»Prima, können wir da Rast machen?«

»Von mir aus«, sagt Feli. »Ein kühles Getränk wäre nicht schlecht.«

»Ich hol uns was!«, biete ich an.

Mit drei eisgekühlten Cola komme ich wieder.

»Hatten die keine frische Milch?« fragt Feli enttäuscht.

»Das ist für Feli immer ein Highlight auf der Tour«, erklärt mir Nic.

»Ach so«, sage ich betrübt und starre auf die Limonadenflaschen. Der weiß ja bald mehr über Feli als ich.

Nic nimmt mir eine Flasche aus der Hand und verspricht Feli: »Auf der Wies'n Hütte schmeckt die Milch noch viel besser.« Dabei zwinkert der mir zu, als wären wir Verbündete.

Feli scheint in Gedanken versunken.

»Wir müssen ja nicht dahin, wenn du nicht willst!«

»Wohin?«, frage ich mit unschuldigem Blick und nuckle am Strohalm.

»Ja, ähem, also zur nächsten Hütte«, sagt sie und ich spüre, dass sie lügt. »Ich verschwinde mal eben.«

Nic und ich mal ganz allein, das ist die Gelegenheit für meinen Plan: *Flirten mit Nic.*

»Schön ist's hier!«, beginne ich.

»Ja, das ist es. Bei jedem Wetter, ich kenne keinen schöneren Ort.«

Stille. Mhm, irgendwie wird das nichts, ich reibe nachdenklich meine Schulter und stöhne dabei ein bisschen herum.

»Soll ich mal massieren?«, fragt er hilfsbereit und ahnt gar nicht, dass er mir soeben ins Netz gegangen ist.

»Oh ja, gerne!«, säusle ich.

Als Nic mir sanft über meine Schulter streicht, zucke ich im ersten Moment zusammen.

»Ist das zu fest?«, fragt er besorgt.

»Nein, gar nicht, das tut richtig gut«, sage ich ehrlich und merke, wie sich meine kleinen Nackenhärchen aufstellen.

Verzückt schließe ich die Augen und lasse mich von seinen kräftigen Händen mit sanftem Druck bearbeiten.

»Du bist aber ganz schön verspannt!« Plötzlich lösen sich seine Hände von meinem Nacken. »Warte, ich hole mal was!« Nic läuft zu seinem Fahrrad.

»Na, schon nähergekommen?«, fragt Feli ironisch, als sie zurückkommt.

»Wie meinen?«

»Du und Nic. Körperkontakt und so!«

»Bist du sauer?«

»Nein, bin ich nicht!« Meiner Meinung nach schüttelt sie den Kopf eine Spur zu heftig. »Nur erstaunt über deinen Sinneswandel!«

»Apropos Sinneswandel … du bist auch ganz schön verwandelt, seit wir hier sind.« Angriff ist die beste Verteidigung. »Verbirgst du etwas vor mir?«

Feli wird plötzlich verlegen.

»Nein, du?«, fragt sie ablenkend.

Jetzt werde ich rot und verlegen, schließlich werfe ich mich absichtlich an ihren Typen ran.

»Ich habe ihn nicht gebeten, mich zu massieren, er hat sich ja geradezu aufgedrängt!«

»Nic, sich aufgedrängt?« Felis Gesichtsausdruck verfinstert sich. »Ah ja!«

»Hier«, Nic steht mit einer Salbe in der Hand vor mir, »das ist ein Wundermittel, damit geht es deiner Schulter gleich wieder besser. Soll ich dir die drauftun?«

»Lass mal«, sagt Feli und nimmt ihm die Tube aus der Hand, »das kann ich ja machen.«

»Iiiih, das ist kalt. He, du machst das aber brutal«, beschwere ich mich und sehne mich nach Nics sanften Händen.

Irgendwie werde ich aus Feli nicht schlau und aus der Beziehung der beiden auch nicht.

Wir fahren weiter und mit letzter Kraft komme ich auf der

Wies'n Hütte an. Feli und Nic hocken schon mit einem Glas Milch dort oben, als ich mein Fahrrad das letzte Stück den Berg raufschiebe.

»Rudern ist echt weniger anstrengend!«, verkünde ich hechelnd.

»Du ruderst?«, fragt Nic erstaunt.

»Sie ist richtig gut«, lobt mich Feli und scheint sich wieder eingekriegt zu haben, »unsere Favoritin für die Deutschen Meisterschaften.«

»Wow.« Er nickt anerkennend. »Dann musst du unbedingt mal mit mir zum Eissee kommen.«

Prüfend blicke ich zu Feli, die lächelt mir aufmunternd zu. »Ja, klar, kann ich ja mal.«

»Das ist ein Gletschersee.« Er schwärmt und seine blauen Augen strahlen mit dem Himmel um die Wette. »Wahnsinnig schön. Dort oben verleiht ein Freund von mir Ruderboote, man muss aber erst mal vier Stunden dort hochwandern.«

Feli stößt ihm mit dem Ellenbogen in die Seite. »Jetzt schock sie doch nicht so.«

Nic grinst breit. »Okay, es gibt dort eine Gondel und nach einem kurzen Spaziergang ist man auch schon da.«

»Sollen wir mal was essen?«, frage ich hungrig, schließlich habe ich nur ein trockenes Brötchen intus.

»Na ja, wir sind ja jetzt erst die Hälfte gefahren«, sagt Nic, »aber wenn du schon Hunger hast. Wie sieht's bei dir aus, Feli?«

»Mir ist's noch zu früh.«

»Wir sollten auch weiter, denn das Wetter ist unbeständig«, gibt Nic zu bedenken.

»Na, einen Schluck kann ich aber wohl noch trinken.« Durstig nehme ich Feli das Glas Milch aus der Hand.

»Milch trinkst du?«, wundert sich Nic.

»Ja, klar«, entgegne ich erstaunlich schlagfertig, »die ist ja auch von glücklichen Kühen!«

»Ich dachte, das wäre mehr so eine Einstellungssache, also entweder man trinkt Milch oder nicht.«

»Boah«, genervt stelle ich das Glas wieder ab. »Paul hat echt recht, kaum ist man Vegetarier, muss sich jeder Hansfranz einmischen, als wäre man plötzlich …«, ich suche nach dem passenden Wort, »öffentlich. Ja, ich trinke Milch«, sage ich, »und ja, ich esse kein Fleisch. Ich geh' dann mal rein und hol mir auch ein Glas.«

»Die ist aber ganz schön empfindlich«, höre ich Nic noch sagen, als ich die Hüte betrete.

»Was magst denn?«, fragt mich die Hüttenwirtin.

Während sie in der Pfanne gerade etwas umdreht, riskiere ich einen Blick aus dem Fenster.

Nic und Feli stecken die Köpfe zusammen und in mir kriecht so ein fieses Gefühl von Eifersucht hoch. Seit wir hier sind, bin ich für Feli regelrecht abgeschrieben. Dabei brauche ich sie jetzt mehr denn je. Ich beschließe, mich ihr in den nächsten Tagen anzuvertrauen. Geteiltes Leid ist schließlich halbes Leid.

»Das riecht aber gut«, sage ich schnüffelnd. »Was ist denn das?«

»Krautkrapfen, a typisches Allgäuer Rezept, hoab i grad frisch g'macht!«

Kraut und Krapfen, hört sich gut an. »Ich nehm' einen!«

Die Wirtin legt ihn mir auf den Teller und drückt mir eine Gabel in die Hand. Gierig teile ich den Krapfen in kleine Stücke und esse drauf los.

»Hoast du an g'sunden Appetit!«, stellt sie begeistert fest.

»Die Dinger sind aber auch extremst lecker«, sage ich ehrlich begeistert und frage interessiert: »Ist das Sauerkraut?«

»Ja«, bestätigt sie, und während ich den Rest verputze, ergänzt sie: »Und Wammerl!«

»Wahnsinn!« Ich bin versucht, noch einen zweiten zu nehmen. »Und Wammerl sind so was wie Schwammerl, also Pilze, oder?«, vermute ich.

»Na«, lacht sie, »des san ka Pilze, des is Speck!«

»Nä«, sage ich geschockt und starre auf meinen leeren Teller.

»Moagst noch oanen?«

»Danke«, murmle ich, halte mir die Hand vor den Mund und wiederhole ungläubig: »Speck?!«

»Joa genau, durchwachsener Speck, der gibt den richtigen G'schmack.«

»Ich, ähem, möchte dann gerne zahlen«, hektisch krame ich in meiner Hosentasche herum. »Mist, ich hab gar kein Geld eingesteckt.«

»Na, dann fragst halt den Nic«, schlägt die Wirtin vor und zeigt durchs Fenster nach draußen.

»Nein, das möchte ich nicht«, sage ich schnell und stecke den Kopf aus der Tür. »Feli, kommst du bitte mal?«

Erstaunt dreht die sich um. »Was ist denn?«

»Komm doch mal eben«, sage ich nachdrücklich und winke sie heran.

»Alles in Ordnung?«, will jetzt auch Nic wissen.

»Ja, ja, alles gut, nur so 'n Frauending«, sage ich abwiegelnd.

»Oh, okay!«

»Kannst du mal eben für mich bezahlen?«, frage ich Feli, als sie in die Hütte kommt.

»Wie jetzt?«

»A Krautkrapfen, des moacht zweifünfzig«, erklärt die Wirtin.

»Phhh«, prustet Feli los, »das ist jetzt nicht dein Ernst, du hältst draußen Vorträge über Vegetarier und schleichst dich hier rein, um heimlich Fleisch zu essen?«

»Ich habe mich nicht hier reingeschlichen … ich wollte das gar nicht bestellen. Ich wusste ja nicht, was da drin ist.«

Feli nickt verständnisvoll.

»Ich habe aber auch keinen Cent eingesteckt«, stellt sie fest, nachdem sie ihre Taschen durchwühlt hat. »Ich frage Nic!«

»Aber sag bloß nicht, wofür«, raune ich ihr zu.

»Ts.« Sie schnalzt mit der Zunge und schüttelt über mich den Kopf. »Nee, mach ich nicht.«

Nach ein paar Minuten kommt sie wieder und begleicht die Rechnung.

»Alles klar, Lana, komm, wir gehen raus«, schlägt sie vor. »Es ist zu schade, drinnen zu hocken. Man weiß nie, wie lange das Wetter hält.«

»Wir können los«, ruft Feli Nic zu und wir beide schlendern zu unseren Fahrrädern.

»Ich sag Betty noch schnell Tschüss«, ruft Nic.

Feli und ich sehen uns verschwörerisch an. »Klar, mach das!«

»Wäre schon ziemlich peinlich gewesen, wenn er mitbekommen hätte, dass ich mich mit Schweinespeck vollstopfe. Heimlich«, sage ich grinsend.

»Schöne Grüße von Betty«, sagt Nic, als er zurückkommt. »Sie meinte, sie hat noch niemand gesehen, der ihre Krautkrapfen so schnell verputzt hat.«

Vor lauter Schreck rutscht mir das Fahrrad aus der Hand und knallt mit voller Wucht auf einen Felsen.

»Wenn Ava das sieht!«, jammere ich aufgelöst, als ich die Delle betrachte. »Die killt mich.«

»Quatsch«, sagt Feli.

»Hätte ich das Scheiß-Fahrrad doch besser gar nicht erst mitgenommen.«

»Jetzt reg dich nicht so auf. Das kann doch passieren«, will Feli mich beruhigen.

»Aber nicht mit Avas Fahrrad. Die hat sich eh schon so angestellt.«

»Ich habe einen Freund, der kann das …«, will Nic gerade sagen.

»Du hast wohl auch überall einen Freund, was?!«, frage ich wütend.

»Was soll das, Lana, Nic kann doch gar nichts dafür.«

»Ach, lasst mich doch alle in Ruhe!« Ich steige auf mein Fahrrad und radle den Berg wieder hinunter.

»Lanaaaa!«, ruft Feli mir hinterher. »Es kommt ein Gewitter, bleib hier!«

Das war eine Überreaktion, ich weiß, aber mir ist einfach alles zu viel: Feli und Nic, und Paul und Konstanze, und Papa und Mama … Ich weiß doch auch nicht. Klar ist das mit Avas Fahrrad schlimm, aber sie wird mir schon nicht den Kopf abreißen, wo ich ihren ja sozusagen gerettet habe. Intuitiv greife ich nach meinem Handy, das habe ich wenigstens eingesteckt. Nachdem ich es eingeschaltet habe und es endlich Empfang hat, sehe ich vier neue WhatsApp-Eingänge. Die erste Nachricht ist von Papa:

Mach dir keine Sorgen, Lana. Mama und ich sind auf einem guten Weg. Wir reden viel! Genieße deinen Urlaub. Ich melde mich am Samstag bei dir, wenn ich wieder zurück bin.

Papa

Nummer zwei ist von Josie:
Ohne euch ist das Leben trostlos! Josie

Dazu gibt es noch ein Foto, auf dem Josie zu sehen ist: Sie steht auf einer Landstraße, die ins Niemandsland zu führen scheint.

Nummer drei ist von, oh Gott: »Paul!« Ich reiße den Mund sperrangelweit auf und versuche, mich durch Handauflegen zu beruhigen. Eine Nachricht von PAUL!

Schöne Grüße aus Kroatien. Paul!

Was hat das zu bedeuten? Ist das eine Rund-SMS an alle? Oder will er mir damit etwas sagen? Ist die so kurz und knapp, weil er nicht will, dass Konstanze etwas mitbekommt? Fragen über Fragen und keine Antwort. Aber was schreibe ich nur zurück? Am besten irgendwas Witziges!

Alles wird gut, jubiliere ich, Paul denkt an mich, obwohl Konstanze an seiner Seite ist. Vor lauter Aufregung und Freude explodiere ich förmlich und schreie glücklich seinen Namen in die Berge, den mir ein Echo als *Aul* zurückträgt. Plötzlich kommt Wind auf, wahrscheinlich der Vorbote des Gewitters. Hoffentlich haben Feli und Nic die nächste Hütte erreicht, denke ich sorgenvoll, denn ich bin ja in zehn Minuten wieder unten im Dorf. Ich versuche, Feli auf dem Handy zu erreichen.

»Hallo, hier ist Frieda Meisel.«

»Frieda?«, frage ich erstaunt.

»Ja, wer ist denn da?«, fragt sie altklug zurück.

»Was machst du denn an Felis Handy?«

»Das lag hier und klingelte, und dann bin ich ran.«

»Okay, gut, also, ich bin gleich unten, sind deine Eltern auch da?«

»Du stellst aber viele Fragen!«

Es donnert.

»Bis gleich«, rufe ich in den Hörer. »Alles wird gut.«

Als ich zurück zum Hof komme, erwarten mich schon Maria und die Meisels.

»Feli und Nic«, stottere ich atemlos. »Sie sind noch unterwegs.« Mittlerweile gießt es wie aus Eimern und ich bin klatschnass.

»Ja, das sind sie«, ernst sieht Maria mich an, »und sie haben sich wahnsinnige Sorgen um dich gemacht.«

»Um mich?«

»Du bist das erste Mal in den Bergen und warst auf einmal verschwunden. Das ist gefährlich, Lana!«, ermahnt sie mich.

»Ja«, sage ich kleinlaut.

»Sie haben von einer Hütte aus angerufen und werden dort oben auch übernachten«, erklärt Maria.

»Übernachten?«

»Das ist das Sicherste!«

»Mhm!«

»Jens wird sie dort morgen früh mit dem Jeep abholen.«

Frieda nimmt mich an die Hand. »Wenn du wieder trocken bist, spielen wir dann Kniffel?«

»Ja, ja, klar!«, sage ich verwirrt und könnte mir für meine Blödheit in den Hintern treten. Warum bin ich nur einfach abgehauen, ich dumme Kuh, jetzt ist ausgerechnet das eingetreten, was ich unbedingt vermeiden wollte. Feli und Nic alleine auf einer Hütte, na, dann ist ja bald alles klar.

Am nächsten Morgen werde ich von einem Motorengeräusch wach, hektisch springe ich aus dem Bett und reiße das Fenster auf. »Warte!«, brülle ich Jens zu, der gerade den Hof verlassen will.

»Ich muss schnell noch zur Rinderweide und nachsehen, ob der Zaun gehalten hat.«

Keine fünf Minuten später steige ich zu ihm in den Jeep.

»Da werden sich Feli und Nic aber freuen, dass du sie mit abholst.«

»Da bin ich mir nicht so sicher«, sage ich mit schlechtem Gewissen.

»Gab's Streit?«

»Nicht direkt!«

Netterweise hakt er nicht weiter nach. Als wir an der Rinderweide ankommen, springt Jens raus und überprüft den Zaun.

»Gott sei Dank, hat alles gehalten.«

»Das ist also mit artgerechter Haltung gemeint«, stelle ich fest und staune über das riesige Areal, auf dem die Rinder grasen.

»So viel Platz muss mindestens sein«, stellt er fest und startet den Wagen.

»Kennst du das Buch *Tiere essen?*«, frage ich.

»Hab davon gehört, leider noch nicht gelesen. Du?«

»Ja, aber ich bin noch nicht durch. Nur eins hab ich nicht wirklich verstanden«, ich schlucke schwer, denn schon beim Lesen ist mir der Gedanke absurd vorgekommen, »wie kann man ein Tier respektvoll töten. Das widerspricht sich doch.«

»Der Mensch muss sich in das Tier einfühlen können, um seinen unvermeidbaren Stress vor dem Schlachten nicht weiter zu erhöhen.«

»Am besten ist, es hat gar keinen Stress«, befinde ich und wir fahren schweigend weiter.

Ich bin wirklich froh, dass mich Paul zum Nachdenken angeregt hat.

»Ah, da sind die beiden ja«, stellt Jens erleichtert fest.

Feli und Nic stehen winkend vor der Hütte.

»Ja, da sind die beiden ja«, wiederhole ich leise.

Jens wendet den Kopf zu mir. »Lana, wenn du mal über etwas reden willst, ich bin ein guter Zuhörer.«

»Äh, ja. Danke!«

Nic und Feli sind ein wenig zurückhaltend, als ich sie begrüße, und ich merke, sie warten auf eine Entschuldigung.

»Tut mir leid, dass ich einfach abgehauen bin.«

»Ich verstehe dich nicht, Lana, seit wir hier sind, bist du so … so anders.«

»Hauptsache, dir ist nichts passiert«, sagt Nic. »Wir haben uns ziemliche Sorgen um dich gemacht.«

»Ja, Nic ist dir sogar noch ein Stück hinterhergefahren, aber es war zu gefährlich, und wir wussten ja auch nicht, in welche Richtung du abgebogen bist.«

»Das … das ist echt nett von dir, Nic«, stammle ich schuldbewusst.

Jens und Nic laden die Fahrräder auf und Feli und ich hocken uns auf die Rückbank.

»Paul hat geschrieben«, platzt es aus mir heraus.

»Aha.«

»Soll ich mal vorlesen?!« Ohne ihre Antwort abzuwarten, lese ich die Nachricht vor. »Und, was sagst du?«

»Toll!«, kommt es monoton von der Seite.

»Du bist echt fies. Du freust dich ja gar nicht für mich.«

»Doch. Ich freue mich.«

»Was soll ich denn antworten? Gib mir doch mal einen Tipp!«

»Weißt du was, Lana? Ganz ehrlich, ich finde, du solltest dir mal selbst etwas ausdenken. Wenn das immer nur andere für dich machen, bist du nicht authentisch. Paul soll dich doch so lieben, wie du bist. Ich habe dir mit der CD geholfen, ich könnte dir auch mit dem Text helfen, aber ich finde das nicht gut!«

»Och!« Ich schiebe die Unterlippe etwas vor.

»Ja, wirklich. Überleg dir mal selber was!«

Jens und Nic steigen ein und wir fahren zurück zum Hof. Nachdem wir angekommen sind, verabschiedet sich Nic für die nächsten Tage von uns. Er muss beruflich zu seinem Onkel nach München.

»Och, das ist ja schön«, sage ich und relativiere das natürlich sofort, als ich Felis genervten Stöhner höre, »schön blöd.«

»Was macht er denn da?«, frage ich semi-interessiert, als wir ins Haus gehen.

»Werbung, PR, Marketing«, sagt Feli.

»Hätte ich gar nicht gedacht.«

»Du hättest so einiges nicht gedacht.«

Boah, ist die sauer!

»Ich nehme ein Bad«, verkündet Feli und verschwindet.

Ich schnappe mir Jimbob und gehe eine Runde spazieren, dabei grüble ich über Felis Worte nach.

Vielleicht hat sie ja recht, ich sollte aufhören, mir in Bezug auf Paul immer irgendwelche Tipps abzuholen. Authentizität ist wichtig in einer Beziehung, aber bei Paul kann ich einfach nicht so sein, wie ich bin. Bei Nic zum Beispiel fällt es mir superleicht – da bin ich schlagfertig, nicht so gehemmt und kann reden, wie mir der Schnabel gewachsen ist. Das liegt natürlich auch daran, dass ich in ihn nicht verliebt bin. Aber Paul ist eben eine ganz andere Nummer, bei dem muss man sich schon was einfallen lassen, um aus der Masse herauszustechen. Besonders bei der Konkurrenz, aber vielleicht sollte ich trotzdem nicht vorgeben, jemand anders zu sein. Ich versuch's mal. Ich tippe in mein Handy eine Art Test-Text ein.

Lieber Paul

Hallo, Paul

Ciao, Paul

Paul

Okay, es bleibt beim *Hallo, Paul. Liebe Grüße aus dem Land der furzenden Kühe.*

Haha, wie bin ich doch lustig.

Hallo, Paul. Geht dir Konstanze schon auf die Nerven?

Das ist gut, ich grinse zufrieden. Lösche es dann aber natürlich doch, weil es so eifersüchtig klingt.

Hallo, Paul. Danke für den Gruß. Erste Mountainbike-Tour überstanden.

Das klingt so angeberisch.

Ich füge noch ein »lebend« hinzu, also:

Hallo, Paul. Danke für den Gruß. Erste Mountainbike-Tour lebend überstanden.

Das wiederum hat Selbstironie. Gefällt mir.

Was machst du so? Lana

Ja, das würde ich, Lana, schreiben! Na also, dann mache ich das jetzt gefälligst auch so. Okay, ich gehe auf *Senden.* Nachdem ich die Nachricht verschickt habe, lese ich sie noch gefühlte einhundertvierzig Mal durch, mit dem Fazit: Das klingt doch irgendwie total hohl, irrsinnig belanglos, superdoof. Hätte ich lieber doch noch gewartet, bis mir was Besseres einfällt. Manchmal bin ich einfach zu spontan. Darauf wird der sowieso nicht antworten. *Lebend* … hahaha, wie ungeheuer lustig. Was hat mich denn da geritten? Mist, kann man die nicht noch stoppen? Die braucht doch bestimmt länger, bis nach Kroatien. Hastig prüfe ich den Sendebericht. *Nachricht gesendet.*

Feli hätte mir ruhig mal helfen können, denke ich betrübt und starre immer noch auf den Vermerk: *Nachricht gesendet.*

Die nächsten Tage vergehen wie im Flug und endlich habe ich Feli fast für mich allein. Seitdem Nic weg ist, hat sich unser Verhältnis wieder normalisiert, dennoch ist er ein Tabuthema zwischen uns. Einige Ausflüge machen wir mit Felis Eltern gemeinsam, aber das ist ganz witzig, weil die so was von bequem sind, dass das Wandern sozusagen per Gondeln absolviert wird und wir meistens nur in Biergärten herumsitzen. Paul antwortet nicht auf meine spektakuläre Nachricht und ich beschließe, mir doch noch etwas Spritziges auszudenken, und Samstag noch eine SMS hinterherzuschicken. Dann ist genug Zeit vergangen, um nicht so klettig zu wirken.

BEKENNTNISSE

Am Samstag hat das Herumlungern seinen Höhepunkt erreicht. Es ist elf Uhr am Morgen und ich habe mich nach dem Frühstück wieder faul ins Bett gelegt. Mit einem »Herrlich« verschränke ich die Arme hinter dem Kopf und genieße das süße Nichtstun.

»Hast du Lust zu fliegen?«, fragt Feli, die gerade zur Tür hereinstürmt.

»Wie jetzt?«, frage ich verständnislos und nehme die Arme unter dem Kopf weg, um mich aufzusetzen.

»Nic hat gerade angerufen. Er ist auf dem Rückweg aus München.«

Na toll, vorbei ist's mit der trauten Zweisamkeit.

»Er hat uns angeboten, einen Tandemflug zu machen!«, verkündet sie schnalzend. »Paragliding!«

»Ich weiß nicht!«

»Komm schon, das wird bestimmt cool«, sie breitet die Arme aus und fliegt wie ein Kreisel durch unser Zimmer.

»So 'n Flug kostet doch auch 'ne Menge!«, gebe ich zu bedenken, denn trotz Papas Wurstfabrik hält er uns ganz schön kurz.

»Joa, normalerweise schon«, sie grinst breit, »aber … wir kriegen den Flug umsonst.«

»Umsonst? Wieso?«

»Das ist für einen Werbespot.«

»Erzähl!« Ich hocke mich auf den Holzschemel vor dem Fenster.

»Nic meinte, du hättest bestimmt total Bock darauf.«

Was weiß der schon, worauf ich Bock hab?

»Wenn der zurück ist, schwirrt der wieder um dich herum wie eine Schmeißfliege«, entfährt es mir.

»Jetzt hör aber mal auf damit. Ich verstehe gar nicht, was du gegen ihn hast.«

»Gar nichts!«

»Du lügst!«

»Ja!«

Feli setzt sich aufs Bett, faltet die Hände, schlägt die Beine übereinander und sieht mich erwartungsvoll an. »Schieß los!«

»Wenn er dabei ist, fühle ich mich wie das fünfte Rad am Wagen. Ihr habt so eine besondere Beziehung, seid so vertraut miteinander und ich erkenne dich, seit wir hier sind, gar nicht wieder.«

Sie reißt erstaunt die Augenbrauen hoch. »Du bist ja richtig eifersüchtig!«

»Kann schon sein«, bestätige ich und mopse mir mal wieder etwas von Friedas Schokolade, die sie – in dem Glauben, niemand würde ihr Versteck finden – unter ihrem Kopfkissen gebunkert hat.

»Komm schon, Lana. *Du bist meine beste Freundin!*«, sagt Feli versöhnlich.

»Ja, *und Nic ist dein bester Freund.*«

»Ja, das ist er. Deshalb bin ich so traurig, dass du ihn ablehnst. Ich verstehe dein Verhalten gar nicht, Lana. Du bist so was von kratzbürstig zu ihm«, sagt sie betrübt.

»Er weiß einfach so viel von dir. Dinge, die ich nicht weiß.«

»Das ist doch normal. Du weißt doch auch Sachen von mir, von denen er nicht mal was ahnt.«

»Ja, kann sein«, schmolle ich. »Also, was hat es jetzt mit diesem Werbespot auf sich?«

»Lenk nicht ab«, fordert sie, »irgendwas stimmt doch auch

sonst nicht mit dir. Du bist gerade so seltsam. Auf der Fahrt hierher warst du auch schon so …«, sie sucht nach dem passenden Wort, »so in dich gekehrt.«

Ich gehe noch einmal an Friedas Schokoladenvorrat, meine Nerven sind stark strapaziert, deshalb finde ich, habe ich eine Berechtigung dazu.

»Das habe ich ganz genau gesehen!« Die Tür wird aufgerissen und Frieda steht wie ein Racheengel im Türrahmen. »Du warst das also!«

Schuldbewusst schlecke ich mir die geschmolzenen Schokoladenreste von den Fingern.

»Du kannst mir gleich neue kaufen!«, fordert sie breitbeinig, mit den Händen in den Hüften. »Aber dann zwei.«

»Zwei, wieso? Ich habe doch nur eine gegessen.«

»Zinsen!«

Was für eine Geschäftsfrau, denke ich anerkennend.

»Nic kommt gleich«, verkündet Frieda, »ich muss mich umziehen.«

Feli und ich grinsen uns an.

»Und, musst du dich auch umziehen?«, frage ich Feli augenzwinkernd.

»Nein, aber du vielleicht«, schlägt sie vor und deutet mit dem Finger auf mein T-Shirt.

»Oh!« Es ist voller Schokoladenschmiere. »Stimmt!«

Während Frieda und ich unsere Klamotten wechseln, legt Feli unsere Bettdecken und Kissen zum Lüften über die Fensterbank. Plötzlich winkt sie hektisch und rennt aus dem Zimmer. Mein Blick aus dem Fenster bestätigt meine Vermutung: der verlorene Bauernsohn ist zurück. Erschrocken über meine eigene Biestigkeit beschließe ich, dann doch einmal nett zu ihm zu sein. Überwinde ich mich halt, wenn es Feli so viel bedeutet.

»Hallo, Lana!« Er strahlt mich mit diesem Zahnpastalächeln an, als müsste er der Welt beweisen, dass Karies für ihn ein Fremdwort sei. Kopfschüttelnd ermahne ich mich: »Reiß dich zusammen.«

»Okay!« Nic tippt sich mit dem Finger an den Kopf. »Mach ich.«

Ungläubig über meinen Ausspruch zieht Feli die Augenbrauen hoch.

»Ich … ich habe mit mir gesprochen«, versuche ich zu erklären.

»Schon klar!«, entgegnet Feli.

Sie müsste doch meine alberne Angewohnheit, Selbstgespräche zu führen, kennen.

Feli wendet sich Nic zu und bittet ihn: »Los, komm schon, erzähl mal, wie ist das jetzt mit dem Werbespot?«

Gebannt hängt sie an seinen Lippen.

»Also, ich war in München, Papas Bruder hat da eine große Werbeagentur und die haben sich auf biologisch-nachhaltige Produkte und Kampagnen spezialisiert. Momentan drehen die hier in der Nähe einen Werbespot für die *Pro-Veggie-Organisation*. Blöderweise ist ihnen gestern die Protagonistin abgesprungen. Die hat sich den Arm gebrochen. Jetzt suchen sie dringend eine junge Frau, die *wirklich* Vegetarierin ist, also niemanden, der das nur vorgibt. Er meint nämlich, dass der Zuschauer das merken würde, wenn es nur gespielt ist. Da habe ich gleich von Lana erzählt, dass sie gerade bei uns auf dem Hof Urlaub macht.«

Er dreht sich zu mir und sagt: »Die haben dann dein Bild auf Facebook gesehen und finden, dass du ein wahnsinnig interessanter Typ bist.«

Interessanter Typ? Ich?

»Mit deinen roten Haaren, den grünen Augen und den

Sommersprossen. Ich konnte da nur zustimmen«, sagt er lächelnd. »Du gibst bestimmt 'ne super Außerirdische ab.«

Getrocknete-Tomaten-Typ, 'ne super Außerirdische, ich sollte ein Buch über die außergewöhnlichsten Komplimente schreiben, wird bestimmt 'n Bestseller.

»Ja, und wann genau komm ich dann ins Spiel?«, fragt Feli neugierig.

»Mhm, na ja, ehrlich gesagt, eigentlich gar nicht, aber du darfst auch einmal springen, dafür habe ich gesorgt. Ansonsten ist Lana die Hauptperson.«

Feli schiebt die Unterlippe enttäuscht vor.

»Aber wir brauchen noch jede Menge Komparsen«, besänftigt er sie sofort und legt tröstend den Arm um sie.

»Ach so«, sagt Feli sichtlich betrübt und kuschelt sich an ihn. »Dann schieß mal los, wie ist die Story?«

»Also, Lana ist eine Außerirdische im Anflug auf die Erde. Sie landet auf einem Hof mit Massentierhaltung. Im Stall stehen aber wider Erwarten keine Kühe, sondern Menschen, eng aneinandergepresst. Im Hühnerstall sind keine pickenden Hühner, sondern: Menschen! Im viel zu kleinen Hasenkäfig: Menschen, im Matsch vor dem Schweinestall auf kleinstem Raum: Menschen.«

»Boah, ist ja total gruselig!«, sage ich und schüttle mich richtig.

»Ja, aber leider ist es doch so, nur indem man die Menschen schockt, rüttelt man sie wach.«

»Ich find's genial«, sagt Feli überzeugt.

»Was meinst du, wenn Paul mich dann im Fernsehen sieht«, kichere ich, »oder Konstanze, ha, die wird der Schlag treffen.«

»Also machst du's?«, fragt Nic erwartungsfreudig. »Onkel Piet wartet auf meinen Anruf. Die wollen nämlich schon morgen mit dem Dreh anfangen, sonst verlieren sie zu viel Zeit.«

Kurzfristig wird mir doch mulmig, aber anderseits möchte ich es irgendwie auch mal allen beweisen: mir, Paul, Konstanze, Ava, Papa, Mama, Nic …

»Das macht die im Leben nicht«, behauptet Feli da auf einmal steif und fest und unterbricht meine Gedankengänge.

… und Feli!

Daraufhin strecke ich Nic die Hand entgegen. »Ich mach's!«

Erleichtert schüttelt er sie. »Ich ruf gleich meinen Onkel an.«

»Ja, tu das!«

Nic steht auf, um wegen des Funklochs auf den kleinen Hügel hinter dem Haus zu klettern.

»Hätte ich nicht von dir gedacht!«, sagt Feli überrascht.

»Paul wird ausflippen«, erwidere ich grinsend. »Ich werde ein Star.«

»Jetzt flipp' du mal bloß nicht aus«, erdet mich Feli, doch dann schubst sie mich aufgeregt Richtung Hauseingang. »Los, komm, das müssen wir sofort meinen Eltern erzählen.«

Die Meisels sind von dem Vorhaben so beeindruckt, dass sie mich behandeln, als würde ich den Weltfrieden retten, in Friedas Ranking bin ich an die Spitze geklettert und Nic ist jetzt noch einmal doppelt so nett zu mir. Kaum auszuhalten ist das.

»Du solltest dann heute Abend besser früh schlafen gehen«, schlägt er vor.

»Aber wir wollten doch auf Lottes Party!«, wendet Feli plötzlich ein.

»Party?«, staune ich. »Davon wusste ich ja gar nichts!«

»Aber du wolltest doch nicht!«, wundert sich Nic.

»Hab's mir anders überlegt.«

»Okay, dann rufe ich Lotte an und gebe Bescheid, dass wir kommen.« Skeptisch beäugt Nic Feli, während er telefoniert.

»Es geht schon um sechs Uhr los«, erklärt er, »dann brauchen wir ja nicht ganz so spät nach Hause.«

Ich spaziere jetzt auch auf den Telefon-Hügel, um Ava anzurufen, ich muss ihr unbedingt die Neuigkeit mit dem Werbespot erzählen. Als ich auf der höchsten Stelle stehe, sehe ich, dass eine neue Mitteilung eingegangen ist. Die Telefonnummer kenne ich gar nicht. Mhm, mal lesen. Oh, ein Video, wie cool, von wem das wohl ist? Das Herunterladen dauert ewig, ungeduldig beiße ich mir auf die Unterlippe. Dann starte ich den Film. Die Gitarre von Jimmy Page ertönt. Oh wie süß, die Nachricht ist von Paul. Mit zittrigen Fingern versuche ich, den Ausschnitt zu vergrößern. Leider ist das Bild sehr dunkel, doch dann fällt mir die Kinnlade herunter, man kann ein Pärchen erkennen, das sich knutschend herumwälzt. »Oh Paul«, stöhnt eine weibliche Stimme. Dann ist das Video zu Ende. Wie in Trance spiele ich den Film erneut ab. Die ... die Stimme kenne ich doch. »Das ist Konstanze!«, schreie ich entsetzt. Erneut sehe ich mir das Video an. Und der Typ ist Paul. Getroffen sinke ich auf den Waldboden. Das darf nicht wahr sein. Den Kopf in den Nacken gelegt, starre ich minutenlang in den Himmel, dann schnürt es mir die Kehle zu und ich würge die Tränen, die sich aufgestaut haben, hinunter. Die haben Sex zu meiner CD. Die haben Sex. Er betrügt mich ... ich fühle mich, oooah, ich hätte auch nach Kroatien fahren müssen, ich hätte die beiden niemals allein fahren lassen dürfen ... Dieses Miststück. Diese hinterlistige ...

Ich balle die Hände zu Fäusten. Das Blut, das mir aus der Lippe in den Mund rinnt, weil ich vor Schreck zu fest draufgebissen habe, hat einen fiesen metallenen Geschmack. Als ich mich wieder etwas beruhigt habe, sehe ich mir den

Film noch einmal an. Plötzlich kommen mir Zweifel. Ist das überhaupt Paul? Man kann ihn gar nicht richtig erkennen. Ich drehe das Handy in alle Richtungen, immer noch nichts Eindeutiges. Ich versuche erneut, den Bildausschnitt zu vergrößern. Da geht mir auf einmal ein Licht auf: Das ist doch Konstanzes Werk und niemals das von Paul! Der würde sich für so etwas gar nicht hergeben. Ich muss das sofort Feli zeigen, vielleicht erkennt sie ja mehr als ich. Schnell renne ich hoch in unser Zimmer.

»Mhm, ja, also Konstanze ist das auf jeden Fall«, bestätigt sie mir, nachdem ich ihr den Film zum x-ten Mal vorgespielt habe. »Aber …«, sie legt den Finger nachdenklich an die Lippen, »ob das wirklich Paul ist?«

»Wahrscheinlich hat die einen für seine Liebesdienste bezahlt«, sage ich gehässig, »wer sollte die sonst freiwillig anfassen.«

»Geht das denn?«, fragt Frieda aus ihrem Bett.

»Oh«, sage ich verlegen. »Frieda, hi. Ähem, wusste gar nicht, dass du da bist.«

Feli dreht und wendet mein Handy.

»Ich weiß nicht … wie Paul sieht der nicht aus. Der hat doch viel dunklere Haare.«

»Ja, nicht wahr?« Erleichtert reiße ich ihr das Handy aus der Hand. »Genau das dachte ich auch. Vielleicht ist es Jonah … oder so ein Typ aus der Band.«

»Kann gut sein«, sagt Feli.

»Wart's nur ab, Konstanze Brandel, dir werde ich's zeigen!« Ich kneife die Augen zu kleinen Schlitzen zusammen. »Mir wird schon was Schönes für sie einfallen.«

Dann starre ich Feli mit aufgerissenen Augen an.

»Was?«, fragt Feli zögerlich. »Was ist?«

»Du siehst wahnsinnig toll aus.«

»Findest du?«, will sie unsicher wissen.

»Ja! So, so …«, stammle ich herum, »hast du ja noch nie ausgesehen.«

»Hab' mich geschminkt.« Dann sieht sie kritisch an sich hinunter. »Die Hose ist neu und das T-Shirt auch. Gefällt es dir?«

»Ich finde, sie sieht ganz anders aus als sonst«, kommt es von Friedas Bett. »Aber schön.«

»Danke«, sagt Feli und seufzt.

»Es sieht großartig aus«, bewerte ich ihre neuen Klamotten.

Frieda schlägt mir vor: »Dann kannst du dich ja ausnahmsweise auch mal in was Nettes werfen.«

Das scheint eine größere Sache heute Abend zu werden, deshalb, und auch vornehmlich wegen Friedas Kritik, entscheide ich mich für ein braunes Sommerkleid mit einem Ledergürtel.

»Wer ist denn diese Lotte?«, frage ich, als wir zehn Minuten später das Haus verlassen.

»Ein Mädchen. Hier aus dem Ort.«

»Nett?«

»Ja«, antwortet Feli kurz und knapp und ist sichtlich froh, dass Nic uns von seinem Traktor aus zuwinkt.

»Wir fahren jetzt nicht mit dem Trecker zur Party, oder?«, frage ich ungläubig.

»Warum denn nicht?«, sagt Feli und nimmt bereits Nics Hand, der uns zu sich auf den Sitz hochziehen will.

»Zwei so schöne Frauen, da werden mich ja heute Abend alle beneiden!«

Holpernd geht die Fahrt los. Feli und ich müssen uns festhalten, um nicht herunterzufallen. Auf einmal bekommen wir beide einen hysterischen Lachanfall. Es ist so komisch, wie wir hier über die Wiesen hoppeln, dass wir gar nicht mehr aufhören können zu kichern, und für einen kurzen Moment vergesse ich sogar das Video mit Paul und Konstanze.

Nach einer Viertelstunde kommen wir auf einem traditionellen Bauernhof an. Holzbalkone mit Geranien, etwas spießig – so hatte ich mir ursprünglich den Hof von Nics Eltern vorgestellt.

Nachdem Nic den Traktor ausgestellt hat und wir abgestiegen sind, folgen wir dem Schild an der Hauswand. »Party im Kuhstall.«

Es fängt an zu tröpfeln, und bevor es jetzt richtig zu regnen beginnt, rennen wir schleunigst ins Trockene.

»Wow«, sage ich erstaunt. »Das ist ja noch cooler als bei uns im Ruderklub.«

Der Kuhstall wurde zu einer Party-Scheune umfunktioniert und hinter den Strohballen verbirgt sich eine Bar. Das Licht kommt von kleinen bunten Lampion-Ketten und ist eher schummrig. Die aktuellen Charts dröhnen uns aus den Boxen entgegen. Feli wirkt etwas nervös und blickt sich ständig um, plötzlich kommt ein Mädchen mit einem spitzen Aufschrei auf sie zugestürmt.

»Feli, so schön, dass du gekommen bist, und du musst Lana sein. Nic hat schon von dir erzählt.«

»Ah ja?«

Sie streckt mir die Hand entgegen. »Hallo, ich bin Lotte, das Geburtstagskind. Ich hoffe, es gefällt dir hier bei uns im Allgäu.«

»Ja, klar, auf jeden Fall. Nur das Wetter …«, ich deute mit dem Daumen hinter mich, dort prasselt es jetzt richtig herunter, »… könnte etwas besser sein.«

»Lana wäre jetzt eigentlich auf La Palma«, erklärt Nic. Und mit den Worten: »Ich besorge uns was zu trinken« ist er auf und davon.

Lotte hat Feli jetzt so richtig in Beschlag genommen und ich beobachte aus der Entfernung, wie sich eine Mädchenclique in Bewegung setzt und zu Nic an die Bar gesellt. Die meisten von ihnen lauschen gespannt seinen Worten. Sie lachen, tuscheln und stupsen sich gegenseitig an. Wenn mich nicht alles täuscht, ist Nic hier so was wie der Dorfcasanova. Als ich Feli darauf aufmerksam machen will, sehe ich, dass sich ihr ein Junge von hinten nähert und die Augen zuhält. Er flüstert ihr etwas ins Ohr und sie zuckt kurz zusammen. Stocksteif steht sie da und dreht sich nicht einmal um. Der Junge läuft um sie herum, und als er vor ihr steht, nimmt er sie an beiden Unterarmen und redet auf sie ein.

Als ich mich Hilfe suchend nach Nic umdrehe, sehe ich, dass er die beiden auch beobachtet. Ob dieser fremde Junge, der vor Feli steht, wohl sein Nebenbuhler ist?, frage ich mich.

Irgendwann halte ich es nicht mehr aus und gehe zu den beiden hinüber.

»Hi, ich bin Lana«, stelle ich mich selbst vor.

»Lana, hallo, schön, dich kennenzulernen«, sagt der Typ und wendet sich dann aber gleich wieder an Feli. »Kann ich draußen mit dir reden?«

»Ich wüsste nicht, worüber«, entgegnet Feli und schüttelt seine Hände ab.

»Ich habe dir aber eine Menge zu sagen!«

»Schön für dich«, erwidert Feli und zieht mich hinüber zu Nic.

»Alles in Ordnung?«, fragt der mit skeptischem Gesichtsausdruck.

»Bestens!«, kommt es aus Felis Mund und keiner von uns beiden glaubt ihr.

»Hier, das ist Bärentrunk«, erklärt Nic und reicht Feli und mir ein Glas.

Vorsichtig halte ich meine Nase über das Gebräu. »Kann man das wirklich trinken?«

»Klar«, sagt Feli und setzt das Glas an, um es zu leeren. »Das schmeckt saugut!«

»Okay.« Ich nippe vorsichtig daran. »Tatsächlich ... saugut!«, sage ich anerkennend und wische mir den Schaum von den Lippen. »Was is 'n da drin?«

»Bier, Cola und ein Schuss Sprite!«, erklärt Nic die Zusammensetzung.

»Total erfrischend«, sage ich begeistert und besorge uns direkt Nachschub.

Als ich neben der Mädchenclique stehe, höre ich sie tuscheln. »Also, die Wette gilt, wer Nic heute Abend knackt, hat gewonnen.«

»Das ist doch aussichtslos. Der hat nur Augen für Feli!«

»Da hat er eh keine Chance, die ist anderweitig vergeben«, tratscht eine andere.

Gerade als es spannend wird, ruft irgendjemand zur Damenwahl auf.

Witzig, so was habe ich das letzte Mal in der Tanzschule gemacht. Die Hälfte der Gruppe stürzt sich auf Nic, doch der hat sich bereits Feli geschnappt, die sich im Vorbeitanzen gerade ein neues Glas Bärentrunk grapscht und gierig daraus trinkt.

Als das Lied vorbei ist, wird Nic abgeklatscht.

Feli steuert schwankend auf mich zu. »Komm, ich geb' einen aus.«

»Jetzt mach erst mal 'ne Pause«, schlage ich vor, »sonst fallen wir auf der Rückfahrt noch vom Trecker.«

Feli zückt ihr Portemonnaie. »Trink aus«, fordert sie mich auf, nimmt mir das Glas aus der Hand und geht an die Theke, um nachzuordern.

Als sie zurückkommt, drücke ich sie in eine ruhige Ecke, um ungestört mit ihr zu reden. »Wenn du mir nicht sofort sagst, was hier los ist, wer der Typ gerade war und was hier gespielt wird, dann … dann …«

»Was dann?«, fragt sie.

»Bin ich stinksauer.«

»Damit muss ich leben.«

»Musst du nicht.«

Mit ihren Händen umschließt sie das Glas und starrt apathisch auf das Getränk.

»Das war Leonhard.«

»Kenn ich nicht!«, sage ich und mache eine fragende Handbewegung.

»Der Bruder von Lotte.«

»Und mit dem warst du mal zusammen, oder was?«, hake ich nach.

»Ja, letzten Sommer.«

»Nicht dein Ernst!«, pruste ich los. »Du hattest einen Freund?« Dann lasse ich mich enttäuscht auf einen Heuballen fallen. »Davon wusste ich ja gar nichts.«

»Ist ja auch wieder vorbei!«

»Das sehe ich.«

»Ja, schnell und heftig.«

»Felicitas«, sage ich und blicke sie ernst an, »ich kenne dich überhaupt nicht.«

»Tu nicht so, als hättest du keine Geheimnisse«, kontert sie.

»Ja, habe ich, aber die sind nicht so gravierend.«

»Das lass mich mal entscheiden.«

»Meine Eltern wollen sich vielleicht trennen«, bricht es aus mir heraus.

»Du spinnst«, erschrocken lässt sie sich neben mich auf den Heuballen sinken.

»Meine Mutter emanzipiert sich. Sie hat wohl in der Kur festgestellt, dass sie ganz gut ohne unseren Vater klarkommt.«

»Ach du Scheiße!«, sagt Feli und beißt sich auf die Unterlippe.

Schweigend sitzen wir nebeneinander und starren auf unsere Fußspitzen.

»Also, was ist mit Leonhard?«

»Wir waren letzten Sommer zusammen und …«

Ich merke, wie mein Hals austrocknet. Schwer schluckend beende ich den Satz für sie: »… habt miteinander geschlafen. So wie Konstanze und Paul. Ihr hintergeht mich alle! Ihr …«

Wie paralysiert stehe ich auf, stelle mein Glas ab und verlasse die Party-Scheune.

»Lana!«, ruft Feli mir hinterher.

Anstatt zu antworten, mache ich eine wegwerfende Handbewegung und renne, ohne mich noch einmal umzusehen, fort.

Irgendwann weiß ich gar nicht mehr, wo ich bin, und in der Dunkelheit kriechen fiese Ängste in mir hoch.

Ich bin richtig erleichtert, als mich die Scheinwerfer von Nics Traktor im Fokus haben.

»Warum haust du eigentlich immer ab?«, fragt Nic aufgebracht und springt hektisch vom Bock herunter. »Ich hab dich schon überall gesucht!«

Ach ja, er sucht mich, und meine beste Freundin hält es noch nicht einmal für nötig, nach mir Ausschau zu halten.

»Feli wartet auf unserem Hof auf dich. Sie ist total in Sorge. Warum bist du denn einfach weggelaufen? Warte kurz«, er zückt ein Handy aus seiner Hosentasche, »ich soll sie sofort anrufen, wenn ich dich gefunden habe.«

Nachdem er Feli informiert hat und ich keine Anstalten

mache, aufzustehen und mit ihm mitzufahren, hockt er sich neben mich auf den Boden.

»Ich hätte gar nicht hierherkommen sollen. Der ganze Urlaub ist die reinste Katastrophe!«, schluchze ich.

»So schlimm?«, fragt er mitfühlend.

»Schlimmer als schlimm!«

»Gibt es denn gar nichts, was dir hier gefällt?«, will er wissen.

»Nein, nichts. Ich will nur noch nach Hause.«

»Und der Werbespot morgen?«

»Den mache ich noch, hab' ich ja versprochen, und Paul zuliebe muss ich das tun.«

»Ist das dein Freund?«

»Ja. Nein. Keine Ahnung. Danach fahre ich.«

»Aber …«

»Kein Aber. Dann habt ihr hier alle eure Feli wieder für euch allein.«

»Das ist doch kindisch, Lana!«

»Kindisch?« Ich lache süffisant auf. »Ganz ehrlich, Nic, ich habe mich in meiner besten Freundin so was von getäuscht, aber das verstehst du nicht. Männer ticken da einfach anders. Feli und ich erzählen uns immer alles, das sind Vertrauensbeweise … aber sie hat kein Vertrauen zu mir, das ist mir jetzt klar.« Ich stehe vom Boden auf und klettere auf den Trecker. »Von mir aus können wir fahren.«

Zitternd vor Kälte warte ich darauf, dass er den Traktor startet.

»Du frierst ja«, sagt Nic und legt seinen Arm um mich. Ich bin überrascht, wie angenehm seine Körperwärme ist, ich bin nämlich tatsächlich total durchgefroren. »Feli wird immer deine beste Freundin sein. Sie ist ein total wertvoller Mensch. Zerstreitet euch nicht.«

»Das sagst du jetzt nur, weil du in sie verliebt bist!«, sage ich geradeheraus.

»Wie kommst du darauf?«

»Es fühlt sich so an!«

»Die Dinge sind nicht immer so, wie sie sich anfühlen«, flüstert Nic.

»Aber du fühlst dich gerade gut an«, gestehe ich.

»Danke, du aber auch«, sagt Nic und wir verharren beide noch für einen Moment in dieser Position.

»Komisch, irgendwie ist es bei dir so leicht, zu sagen, was man denkt.«

»Möchtest du, dass ich fahre?«, will Nic mit rauer Stimme wissen.

»Ja«, räuspere ich mich, »glaub schon.«

Feli wartet an der Haustür auf mich, als sie mich in den Arm nehmen will, gehe ich wortlos an ihr vorbei ins Haus.

»Um sechs müssen wir morgen früh los«, ruft Nic mir hinterher.

»Alles klar«, bestätige ich und rausche hinauf ins Zimmer.

Frieda schläft wohl schon und Feli kommt zu mir ans Bett. »Lana«, flüstert sie leise.

»Ich schlafe«, murmle ich unfreundlich und drehe ihr den Rücken zu.

REINIGUNG

»Also, das ist ein sogenannter Tandemsprung. Du bist dabei vor den Paraglidinglehrer geschnallt. Im Film werden wir es dann so aussehen lassen, als ob du alleine fliegen würdest«, erklärt der Regisseur mir auf zweitausend Metern Höhe.

»Alles klar. Können wir starten?«, frage ich, als ich sehe, dass Feli plötzlich am Set auftaucht.

»Wenn du bereit bist?«

»Bin ich!«

»Okay, dann lauf los.«

Meine verdammte Enttäuschung über Felis Verhalten kanalisiere ich in den Start und renne wie eine Geisteskranke. Erst als ich an den Rand des Abgrunds komme, wird mir klar, dass ich auf einem über zweitausend Meter hohen Berg stehe und jeden Moment fliegen werde. Panisch reiße ich die Augen auf und hebe ab.

»Ja, gut so«, brüllt der Kameramann begeistert.

Es ist ein Wahnsinnsgefühl so losgelöst von der Erde, plötzlich frei in der Luft zu schweben. Das ist fast so, als würde ich alles hinter mir lassen, die Sorgen werden auf einmal so klein wie die Häuser aus der Vogelperspektive. Völlig überrascht über meinen Mut und gleichzeitig unglaublich stolz, fliege ich und genieße diesen Moment. Ich habe es damit nicht den anderen bewiesen, sondern nur mir selbst, und das *Loslassen* hat zum ersten Mal eine richtig positive Bedeutung bekommen. So was wie: Ich schaffe das, ich schaffe es ganz allein. Dass ich auch noch den Zeitpunkt des Absprungs selbst entschieden habe, stärkt mich zusätzlich. Völlig angstfrei hänge ich vor dem Tandemlehrer und spüre erst jetzt, dass er überhaupt da ist.

Im Tal steht ein weiteres Team, das meine Ankunft filmt und uns heranwinkt. Die Landung ist sanft und das Brodeln in meinem Bauch hat nichts mit Angst, sondern nur mit Vorfreude zu tun.

Ich hab auf einmal das Gefühl, dass ab jetzt ganz viel in meinem Leben passieren wird. Dinge, die ich mit beeinflusse und nicht Dinge, die auf mich einstürzen und die ich mit mir geschehen lasse.

»Okay, das war spitze«, sagt der Regisseur begeistert und hält den Daumen hoch.

In der Ferne ist ein weiteres Paragliding-Team im Anflug.

»Sieh mal, da ist Feli!« Nic deutet mit ausgestrecktem Arm auf die Tandemspringer.

»So, wie geht's jetzt weiter?«, frage ich Hände reibend.

»Hey, wir haben drei Tage für den Dreh.« Der Regisseur lacht und legt den Arm um mich. »Das nenne ich mal Arbeitsmoral. Für heute haben wir aber schon alles im Kasten. Morgen drehen wir auf dem Hof und in den Ställen.«

»Das war alles?«, frage ich ungläubig.

»Ja, du bist ein Naturtalent«, witzelt Nic und bringt mir einen Becher Wasser. »Du hast ja gar keine Angst vorm Fliegen gehabt«, sagt er bewundernd.

»Ich hab mir vor Angst fast in die Hose gemacht«, gebe ich zu und wir müssen beide lachen.

»Wo landet denn Feli?«, frage ich und stelle mich auf die Zehenspitzen, um nach ihr Ausschau zu halten.

»Dahinten auf dem Feld. Sollen wir hingehen?«

»Du kannst ja gehen, ich werde dann schon mal vorfahren.«

»Komm schon, Lana, jetzt sei doch nicht so … Es wird sich schon wieder einrenken.«

»Tschüss, bis später!« Ich winke im Gehen und bitte die Fahrerin des Teams, mich zurück zum Hof zu bringen.

»Bist du schon geflogen?«, will Frieda wissen, als sie mich bei meiner Ankunft abfängt.

»Ja, es war toll«, sage ich ehrlich begeistert.

»Und sind die Menschen, die die Tiere spielen, eigentlich alle nackig?«

»Gute Frage«, ich zucke mit den Schultern, »keine Ahnung.«

»Wirst du jetzt berühmt?«

»Lass Lana doch erst einmal rein«, bittet Maria, die soeben aus der Haustür tritt. »Es gibt Maultaschensuppe.«

Als sie meine gerunzelte Stirn sieht, sagt sie: »Die Füllung besteht aus Spinat, Ricotta und Zwiebeln.«

Felis Eltern sitzen schon erwartungsvoll am Tisch, vor ihnen stehen die Teller mit der dampfenden Suppe. Maria schöpft Frieda und mir auch etwas raus.

»Wo ist Felicitas?« Frau Meisel wirft einen fragenden Blick zur Tür.

»Die wollte noch bleiben«, antworte ich kurz.

»Habt ihr euch wieder vertragen?«, fragt Frieda mich.

Die hat ihre Lauscher auch überall.

»Wieso, habt ihr euch gestritten?«, will Frau Meisel wissen.

»Feli und Lana streiten sich nie«, stellt Herr Meisel zu meiner Überraschung fest. Eigentlich dachte ich immer, dass er von der Welt außerhalb der Uni gar nichts mitbekommt.

»Genau«, sage ich und führe den Löffel zum Mund. »Mhm, Maria, das ist ganz köstlich.«

»Ach, bevor ich es vergesse«, sagt sie auf einmal. »Dein Vater hat angerufen. Du sollst dich bitte dringend bei ihm melden.«

Mir bleibt der Bissen im Halse stecken. Abrupt holt mich die Realität wieder ein.

»Du kannst das Festnetz benutzen«, schlägt Maria vor, »dann brauchst du nicht draußen auf dem Hügel zu telefonieren.

»Ja, danke«, schnurstracks laufe ich in den Flur.

Nachdem ich die Nummer getippt habe, lausche ich nervös dem Tuten. »Richart?«

»Papa, hier ist Lana.«

»Lana, meine Kleine, ich wollte dir nur Bescheid geben, ich bin jetzt wieder zu Hause.«

»Und Mama?«, frage ich ängstlich nach.

»Die kommt in drei Wochen. Wie geplant.«

»Und … trennt ihr euch?«, platzt es aus mir heraus.

»Um Gottes willen, Lana, das hat Ava auch gerade gefragt, die hatte ich nämlich vor ein paar Minuten an der Strippe.« Doch dann beruhigt er mich: »Eure Mutter und ich, wir haben ein paar Pläne, in die werden wir euch einweihen, wenn wir wieder alle zusammen sind.«

»Also keine Scheidung?«, will ich noch einmal bestätigend wissen.

»Nein, keine Scheidung!«

Mir fällt ein riesiger Felsbrocken vom Herzen. Eine Baustelle ist zumindest schon mal aufgelöst.

»Ich komme übrigens schon früher zurück«, verkünde ich. »Mir gefällt es hier nicht so wirklich.«

»Klar, wenn man ans Meer wollte, sind die Alpen natürlich keine richtige Alternative …«, sagt er verständnisvoll.

Als ich eingehängt habe, sehe ich, wie Nic soeben in die Küche geht. Ob er wohl etwas von dem Telefonat mitbekommen hat? Zumindest kann ich jetzt davon ausgehen, dass Feli auch wieder da ist, und daher beschließe ich, nicht mehr zurück ins Esszimmer zu gehen.

Wie gut, dass ich Friedas Schokoladenvorrat aufgestockt habe. Hungrig mache ich mich über eine Tafel her. Und als die Tür aufgeht, werfe ich mich schnell aufs Bett. Allerdings taucht nur Frieda auf, die mir wohlwollend zugesteht: »Du darfst ruhig noch mehr Schokolade nehmen, wenn du traurig bist.«

»Wo ist denn deine Schwester?«

»Die ist von einem Jungen abgeholt worden.«

Ich schieße so schnell hoch, dass ich mir den Kopf wieder einmal an dem darüber liegenden Lattenrost anhaue.

»Wann?«

»Direkt als sie ankam. Die hat noch nicht mal die Maultaschen gegessen.« Frieda reibt sich den Bauch. »Deshalb ist mir auch so schlecht. Schließlich musste ich eure Portionen mitessen.«

»Ist Nic noch da?«

»Ja, der ist gerade in sein Zimmer gegangen, glaube ich.«

Vorsichtig klopfe ich an Nics Tür.

»Komm ruhig rein, Süße!«

Als er mein erstauntes Gesicht sieht, grinst er. »Ich dachte, es wäre Frieda.«

»Nic«, sage ich ernst und laufe aufgeregt in dem Raum hin und her. »Was genau ist mit Feli und diesem Leonhard gewesen?«

»Hat sie dir nichts erzählt?«

»Nein, deshalb frage ich dich ja.«

»Tut mir leid, Lana, ich halte mich da raus. Das ist nicht meine Angelegenheit, das musst du verstehen. Wenn sie dir nie etwas von ihm erzählt hat, dann wollte sie wohl auch nicht, dass irgendjemand von ihm erfährt.«

»Ich bin nicht irgendjemand. Und im Übrigen hat sie von dir auch nichts erzählt«, füge ich provozierend hinzu.

»Vielleicht sollte von mir ja auch keiner erfahren?«

»Das ist ja wie ein Doppelleben! Und mir hat sie immer vorgeworfen, ich sei zu oft verliebt, würde mich ständig ändern und den Jungs anpassen, und dann hat sie mit diesem Leonhard Sex gehabt, ohne mir etwas davon zu sagen. Mir, ihrer besten Freundin«, echauffiere ich mich. »Und ich dumme Nuss habe ihr immer alles erzählt. Ich bin ja so dämlich, so naiv, so gutgläubig. Ich könnte mir in den Hintern beißen, dass ich ihr das alles mit Paul anvertraut habe.«

»Was denn?«

»Das ich für ihn die Mathe…«, ich stocke jäh, »äh, Moment mal, ich hatte eigentlich nicht vor, vor dir mein Beziehungsleben auszubreiten.«

»Worauf genau bist du eigentlich so wütend?«, fragt Nic und hockt sich im Schneidersitz aufs Bett.

»Über diese … diese Unehrlichkeit«, stottere ich aufgebracht, »und diese Scheinheiligkeit.«

»Sprich mit ihr!«, fordert er mich auf.

»Nein.«

»Dann willst du wirklich in drei Tagen fahren?«

»Das ist beschlossene Sache!«, sage ich überzeugt.

»Schade, dass es dir hier so gar nicht gefällt.« Er klingt ehrlich betrübt und ich bin mir sicher, dass er mich vorhin am Telefon gehört hat. Das ist mir echt unangenehm, vor allem, weil seine Familie mich ja äußerst nett aufgenommen hat.

»Doch, es ist schon schön bei euch in den Bergen. Sogar sehr schön, erstaunlicherweise, aber der Streit mit Feli überschattet leider alles.«

»Du kannst ja auch mal mit mir was unternehmen«, schlägt Nic vor und steht vom Bett auf. Jetzt ist er direkt vor mir und wirkt ziemlich verlegen.

Huch.

»Wir wollten doch auf dem Eissee rudern«, erinnert er mich.

»Richtig«, sage ich, wieder etwas milder gestimmt. »Das würde ich wirklich noch zu gerne machen. Okay, dann fahre ich in vier Tagen.«

Nic drückt mir einen kaum merkbaren Kuss aufs Haar und sagt mit rauer Stimme: »Schön, dass du noch bleibst.«

Seltsam, nun habe ich ihn beinah so weit, dass er sich tatsächlich in mich verliebt, und jetzt ist das gar nicht mehr nötig, weil Feli und er wirklich nur gute Freunde sind.

Leise schließe ich die Tür hinter mir und bin froh, als ich Jimbob davor entdecke.

»Komm, mein Lieber, wir gehen noch eine Runde.«

Schwanzwedelnd folgt er mir.

»Du bist doch mein bester Freund«, sage ich laut seufzend.

Die Drehs in den nächsten Tagen werden etwas schwieriger und auch anstrengender. Die Szenen auf der Wiese und im Stall müssen mehrfach nachgedreht werden. Die Menschen sind nicht nackt und auch nicht mit Tierkostümen verkleidet, sondern tragen normale Straßenkleidung, was das Ganze noch kurioser macht.

Nic ist beim Dreh die ganze Zeit anwesend und ich bin froh, dass er wenigstens da ist, während Feli es anscheinend noch nicht einmal mehr für nötig befindet, das Gespräch zu suchen. Ach, soll sie machen, was sie will, mir doch egal.

»Das war's!«, ruft der Regisseur am Nachmittag des dritten Tages. »Wir haben alles im Kasten.« Er klatscht begeistert in die Hände. »Danke, ihr wart ein super Team.«

Jetzt klatschen alle, ein tolles Gefühl, dass man in drei Tagen zu einer Art Familie zusammenwachsen kann. Das war schon eine geniale Erfahrung. Die Stimmung ist ausgelassen und herzlich, das tut mir richtig gut und lenkt mich von meinen Problemen ab. Ich bin Nic richtig dankbar.

»Wir werden dir dann am besten über Nic eine DVD zukommen lassen. Du müsstest uns noch deine Kontodaten mailen, wegen der Überweisung«, erklärt mir der Regieassistent, der mich abfängt, bevor ich zu Nic auf den Trecker steige, und drückt mir seine Visitenkarte in die Hand.

»Klar, wie viel bekomme ich denn eigentlich?«

»Dreitausendsechshundert.«

»Was?« Mir klappt die Kinnlade runter.

»Bei deinem nächsten Shooting kannst du natürlich schon eine höhere Summe veranschlagen«, beeilt er sich zu sagen. »Aber jetzt warst du ja quasi noch Anfänger.«

»Schon gut«, winke ich ab. »Ich bin eigentlich eher darüber überrascht, dass es so viel ist.«

»Ach so!«, antwortet er grinsend. »Bevor ich es vergesse, heute Abend gibt's 'ne kleine Abschiedsparty bei uns im Hotel. Wenn du Lust hast, kannst du ja deinen Freund auch mitbringen«, schlägt er vor und deutet auf Nic, der auf dem Fahrersitz hockt.

Sofort habe ich ein Déjà-vu und muss an Paul und unser Zusammentreffen mit der Politesse am Flughafen denken, die ebenfalls fälschlicherweise vermutet hatte, dass wir ein Paar wären.

Da der Traktor so laut ist, brülle ich Nic ins Ohr: »Ich brauche jetzt absolute Ruhe, einen See und ein Ruderboot.«

»Wahnsinn«, sage ich und schüttle ungläubig den Kopf, als ich auf den kristallklaren Eissee blicke. »Ihr habt wirklich nicht übertrieben, das ist ein ganz besonderer Ort.«

»Freut mich, dass du das auch so siehst«, sagt Nic, nachdem wir mit der Gondel hier raufgekommen sind.

»Und wo ist jetzt dein Freund, bei dem man die Boote leihen kann?«, frage ich und blicke mich suchend um.

»Da vorne ist die Hütte.« Er nimmt meine Hand. Die Hand lässt er auf dem Weg zur Hütte aber nicht mehr los und ich finde es peinlich, ihn darum zu bitten.

An der Hütte ist niemand zu sehen.

»Keiner da?«, frage ich und linse durch ein Fenster.

Nic öffnet die unverschlossene Tür. »Ausgeflogen«, stellt er fest. Auf dem Tisch liegt ein Zettel: *Ruderboote können gerne ausgeliehen werden. Geld bitte in die Schatulle legen. Leihgebühr: zwei Euro pro Stunde.*

»Der hat ja ein Urvertrauen«, sage ich überrascht. »Hier kann ja jeder rein oder ein Ruderboot klauen.«

»Meinst du nicht, es fällt auf, wenn einer vom Berg mit dem Ruderboot auf dem Kopf heruntersteigt?« Nic grinst schelmisch.

»Legt da auch wirklich jemand Geld rein?«, zweifle ich.

Nic hebt den Deckel, die Kiste ist mit Geldstücken gefüllt. »Siehst du, es gibt noch ehrliche Menschen!«

Nachdem wir unsere Boote zu Wasser gelassen haben, empfinde ich seltsamerweise so etwas wie Lampenfieber, es kribbelt in meinem Bauch, als würde ich heute zum ersten Mal rudern.

Die Boote gleiten leise über den See, und die Höhe sowie die Nähe der Wolken vermitteln einem das Gefühl, dem Himmel ganz nah zu sein. Wir rudern über eine Stunde und keiner von uns beiden spricht ein Wort.

»Ich habe noch nie so etwas Friedliches gesehen«, sage ich ehrlich beeindruckt.

»Hier gehe ich immer hin, wenn …« Er schluckt.

»Wenn was?«, hake ich nach.

»Ach nichts.«

»Komm, sag schon!«

»Du erzählst mir doch auch nichts«, wirft er mir vor.

»Ich kenne dich doch auch gar nicht richtig.«

»Und willst mich auch nicht kennenlernen«, behauptet er.

»Das stimmt jetzt aber nicht«, wende ich ein.

»Seit deiner Ankunft hast du ein Problem mit mir!«

»Aber nur, weil ich dachte, dass du und Feli, also, dass ihr zwei ein Paar seid.«

»Das dachtest du?« Er klingt erstaunt.

»Ja, und ich hatte Angst, dass Feli hierherziehen könnte, zu dir, weg von mir. Ich meine, sie war so anders und so fremd und ich hab dir dafür die Schuld gegeben.«

»Aha!«

»Tut mir leid. Ich habe die Situation völlig falsch eingeschätzt.«

»Deshalb warst du also so abweisend.«

»Na ja, abweisend …« Ich schnalze mit der Zunge, als würde er damit übertreiben.

»Abweisend, unfreundlich und unnahbar.«

»Findest du?«, frage ich erstaunt. »Das ist eigentlich gar nicht meine Art. Ich habe immer alles unter Kontrolle und versuche, besonders nett zu sein. Eine blöde und total anstrengende Angewohnheit.«

»Na, davon habe ich aber bisher wenig bemerkt.«

»Sorry«, sage ich kleinlaut.

Nic streckt mir die Hand zur Versöhnung hin und lachend versuche ich, sie von meinem Boot aus zu erreichen. Als er sie zu fassen bekommt, zieht er mich ruckartig zu sich herüber und wir blicken uns in die Augen.

»Äh, also, wann kommst du immer hierher?«, frage ich, um die Spannung aus dem Moment zu nehmen.

»Wenn ich Sorgen habe oder wenn ich verliebt bin.«

»Das tut mir leid. Ich verstehe auch nicht, warum Feli diesen Leonhard dir vorzieht. Ich an ihrer Stelle hätte dich genommen«, sage ich und nicke überzeugt.

»Und würdest du mich auch diesem Paul vorziehen?«, fragt er ernst.

Lachend lasse ich seine Hand los. »Paul ist meine große Liebe.«

Mit weiten Schlägen rudere ich an Land. Nic folgt mir langsam. Sein Gesicht wirkt plötzlich ganz verschlossen und es tut mir richtig weh, ihn so zu sehen. Ich hätte das mit der großen Liebe besser nicht sagen sollen, schließlich leckt er sich die Wunden wegen Feli.

»Oh, ist ja schon spät«, sage ich mit Blick auf die Uhr.

»Willst du denn noch auf die Party?«, fragt Nic.

»Nein, ehrlich gesagt bin ich nicht in der Stimmung, und außerdem muss ich ja auch noch Koffer packen. Morgen geht's schließlich nach Hause.«

»Wie kommst du denn eigentlich zurück?«, fragt er, scheinbar belanglos, als er die Boote wieder im Schuppen verstaut.

»Ich fahre mit dem Zug. Hab schon gecheckt, einer geht um elf Uhr fünfzehn ab Oberstaufen und ich muss nur einmal kurz in Sonthofen umsteigen.«

»Ich bringe dich zum Bahnhof«, sagt er und duldet keinen Widerspruch.

Die Meisels stehen vor dem Haus, als ich am nächsten Tag abfahren will. Jimbob weicht kaum von meiner Seite und Frieda steckt mir ihre Schokoladenreste in die Tasche. »Hier, für die Fahrt.«

Maria kommt mit einem Fresspaket hinterher. »Schade, dass du schon gehst. Es war schön, dich kennengelernt zu haben. Wer weiß, vielleicht kommst du ja mal wieder …«

»Ich fand's auch sehr schön«, gestehe ich. Auf einmal wird mir ganz schwer ums Herz und ich bekomme riesige Zweifel, ob ich hier gerade das Richtige mache. Nic verstaut meinen Koffer und das Fahrrad im Jeep, und dann folgt ein trauriger Abschied. Feli steht neben dem Haus, sie hat den Mund fest zusammengekniffen, dreht sich um und geht.

»Ihr hättet reden sollen«, sagt Nic traurig, als er mir den Koffer in den Zug hievt.

»Hätten wir … haben wir aber nicht«, sage ich verkniffen, als ich hinter ihm in den Zug steige.

»Wo ist denn dein Platz?«, fragt er und will mir den Koffer netterweise dorthin tragen.

»Lass mal«, wiegle ich ab. »Ich mach das schon.«

Der Gang ist eng und er muss sich an mir vorbeidrücken, dabei berühren sich unsere Körper. Es durchfährt mich auf einmal wie ein Blitzschlag.

Wir hören die Trillerpfeife des Schaffners.

»Du musst aussteigen«, sage ich schluckend, denn ich hasse Abschiede.

Nic steigt die Stufen zurück auf dem Bahnsteig. Die Türen sind noch geöffnet und wir stehen uns gegenüber.

»Schön, dich kennengelernt zu haben, Lana«, sagt er und reicht mir die Hand.

»Ja, gleichfalls, ich fand es …«, da zieht er mich auf einmal zu sich herunter. Ich halte ihm meine Wange zum Abschied hin, doch da kommt Nic mir die Treppenstufen wieder etwas entgegen und legt mir völlig unerwartet seine Hand unters Kinn.

»… auch schön!«, stottere ich verunsichert.

»Wir im Allgäu sind hier etwas altmodisch«, erklärt Nic. »Wenn wir jemanden lieb gewonnen haben, dann küssen wir ihn richtig.«

»Aha!«, sage ich erstaunt.

Der Zug fährt langsam an.

Vorsichtig nähert er sich meinem Gesicht und küsst mich sanft auf den Mund.

»Schöne Gebräuche, hier bei euch im Allgäu«, stelle ich atemlos fest, als er aussteigt und die Tür zufällt.

Lange starre ich noch aus dem Fenster und beobachte, wie er am Bahnsteig steht und gegen ein Geländer gelehnt dem Zug nachsieht.

Erst als der Zug den Bahnhof verlassen hat, gehe ich zu meinem Platz.

Während der ganzen Fahrt spüre ich noch seine Lippen auf meinem Mund und ich habe acht Stunden Zeit, mir darüber Gedanken zu machen, was ich davon halten soll. Ein Anruf von Papa reißt mich aus den Gedanken.

»Lana, wann kommst du an?«

Die Verbindung im Zug ist wahnsinnig schlecht.

»Gegen elf.«

»Wann?«, fragt er erneut.

»Fünf nach elf!«

»Okay«, brüllt er, »wir holen dich ab.«

»Wer ist wir?«, frage ich noch, aber die Leitung ist unterbrochen. Schnell versuche ich, Ava zu erreichen. Ach du Scheiße, denke ich, das fehlt mir gerade noch zu meinem Glück, jetzt ist alles ist aufgeflogen. Panisch wähle ich immer und immer wieder Avas Nummer. Irgendwann gebe ich auf, ich kann eh nichts mehr tun … ich wünschte, ich könnte die Uhr noch einmal zurückdrehen. Bis zum Ferienanfang, da war die Welt noch halbwegs in Ordnung. Jetzt kann ich noch nicht einmal mehr Feli anrufen, um ihr von Avas Auffliegen zu erzählen. Angestrengt schluckte ich die Tränen runter, die soeben in einer Wahnsinns-Wucht heraufschießen.

GESTÄNDNISSE

Als ich Papa am Bahnsteig stehen sehe, wird mir ganz flau in der Magengegend, er ist allein gekommen. Das ist sicher kein gutes Zeichen.

»Wo ist denn Ava?«, frage ich zaghaft, nachdem ich ihn begrüßt habe und dabei jede seiner Regungen zu analysieren versuche.

»Na, wo soll die schon sein?«, sagt er kopfschüttelnd und schnappt sich meinen Koffer. Wir steigen in einen Fahrstuhl und umständlich versuche ich, noch das Fahrrad zwischen uns beide zu quetschen. Als die Tür zugeht, zieht sich mein Hals zu und ich halte die Anspannung kaum noch aus. Doch dann denke ich daran, dass ich auch wahnsinnig mutig sein kann.

»Papa, du musst das verstehen, Ava ist verliebt und du behandelst uns noch wie kleine Kinder«, sage ich und warte mit angehaltenem Atem auf seine Reaktion. Aber er sieht mich nur mit zusammengekniffenen Augen an. »Ist doch kein Wunder, wenn man dann etwas heimlich macht«, fahre ich fort.

»Findest du?«, fragt er ernst.

»Ja, ich verstehe ja, dass du uns beschützen willst, aber die Art und Weise, also dieses ständige Kontrollieren, die Verbote und wie du die Anrufer am Telefon verschreckst … das ist bestimmt nicht der richtige Weg.«

Was für ein befreiendes Gefühl.

»Aha!«

»Okay, was Ava gemacht hat, ist schlimm und total verkehrt, aber ich kann sie verstehen.«

»Du kannst sie verstehen, ja?«

Der verhält sich so seltsam, dass man gar nicht richtig mit ihm reden kann. Den Rest der Fahrt über schweigen wir.

Als wir auf das Haus zugehen, halte ich Papa am Ärmel fest. »Wie bist du eigentlich dahintergekommen, dass Ava mit Jan anstatt mit Eva gefahren ist?«

»Gar nicht«, sagt Papa.

Plötzlich wird die Haustür aufgerissen.

»Ich habe die Kur abgebrochen!«, ruft Mama strahlend und ich falle ihr laut schluchzend in die Arme.

Papa und Mama sitzen neben meinem Bett und ich lasse mich kaum beruhigen. Was wird jetzt kommen? Wird meine Schwester nie wieder ein Wort mit mir wechseln? Ich bin so eine Idiotin, da wollte ich einmal mutig sein und richte damit die absolute Katastrophe an.

»Wenn du dich beruhigt hast«, sagt Mama und streichelt mir dabei den Kopf, »dann müssen wir miteinander reden.«

»Ja«, schluchze ich, »ich versuche ja, mich zu beruhigen, aber es geht nicht.«

»Wusstest du davon, dass Ava mit ihrem Freund in Urlaub gefahren ist, Karin?«

Ich höre auf zu schluchzen und lausche jedem ihrer Worte.

»Nein, das wusste ich nicht.«

»Lana hat es mir gerade erzählt. Sie hat angenommen, Ava sei vorzeitig zurück, wahrscheinlich, weil ich gesagt habe: *Wir* holen dich vom Bahnhof ab. Mit dir hat sie wohl nicht gerechnet.«

Ich bohre mein Gesicht noch tiefer in das Kissen und bekomme mittlerweile kaum noch Luft.

»Was sollen wir jetzt machen?«, fragt Papa und bittet damit Mama um Rat, anstatt wie immer einfach im Alleingang zu entscheiden.

»Wir machen gar nichts! Wir warten ab, bis sie zurückkommt und hoffen, dass sie sich uns anvertraut.«

»Wenn sie so etwas heimlich macht, ist es wohl ein Zeichen dafür, dass sie uns nicht vertraut«, stellt Papa fest.

»Du vertraust uns ja auch nicht«, murmle ich aus den Untiefen des Kissens.

»Anscheinend habe ich alles falsch gemacht«, sagt Papa schwer gekränkt.

»Nicht alles«, tröstet Mama ihn.

Das hört sich versöhnlich an, denke ich erleichtert.

»Was wolltet ihr uns eigentlich erzählen?«

»Dass wir eine Ehe-Therapie machen werden«, beantwortet Mama die Frage.

Ich setze mich auf und starre die beiden ungläubig an.

»Ja, eure Mutter hatte die Idee, und ich finde sie gut.«

Der Seufzer, der aus meinem Mund kommt, erschüttert meinen ganzen Körper.

»Ich bin ja so froh«, wimmere ich und lege die Arme um beide.

»Du bist ganz schön fertig, Kind«, stellt Papa fest. »Versuch zu schlafen. Wenn du magst, kannst du uns ja danach erzählen, was im Urlaub vorgefallen ist.«

War das Papa, der das eben gesagt hat? Der nicht sofort Meisels angerufen und nachgeforscht hat, warum ich den Urlaub abgebrochen habe?

»Und was ist jetzt mit Ava?«, frage ich betreten. Schließlich habe ich ein megaschlechtes Gewissen, weil ich sie aus Versehen verraten habe.

»Machen wir es so, wie Mama es vorgeschlagen hat.«

»Ehrlich?«, frage ich skeptisch.

»Ich versuch's«, entgegnet Papa und er bemüht sich zu lächeln, um mich aufzumuntern.

»Schlaf gut, Lana!« Mama beugt sich zu mir herunter und gibt mir einen Kuss. »Wir sind alle erschöpft, und wenn du magst, kannst du uns morgen alles erzählen, und wenn nicht, dann sprichst du mit deinen Freundinnen darüber, einverstanden?«

»Ja, ist gut«, sage ich und lasse mir von Papa auch noch einen Gutenachtkuss geben.

Glücklich beobachte ich, wie die beiden Händchen haltend aus dem Zimmer gehen und vor lauter Erschöpfung schlafe ich auf der Stelle ein.

Die Tage bis zu Avas und Felis Ankunft ziehen sich wie Kaugummi. Papa und Mama wirken teilweise noch etwas verkrampft in ihren neuen Rollen, aber sie versuchen, an ihrer Ehe zu arbeiten, das ist spürbar. Niedlich, Papa fragt Mama jetzt andauernd nach ihrer Meinung und sie wirkt manchmal etwas überfordert damit.

Ich vermisse meine Schwester mehr, als ich es gedacht hätte, genauso vermisse ich Feli und ich wünschte, wir hätten uns nie gestritten. So langsam kommt mir das Ganze wie eine Lappalie vor, aus jetziger Sicht betrachtet, habe ich total überreagiert. Aber manchmal bin ich einfach zu spontan.

»Sollen wir dich bei Eva abholen?«, fragt Papa scheinheilig, als Ava am Tag ihrer Rückkehr anruft, um mitzuteilen, dass sie wieder heil angekommen ist. »Okay, dann nicht, bis später also!«

»Duhu ...« Mama schlägt ihm mit der flachen Hand auf den Arm.

»Was denn? Ich bin auch nur ein Vater«, sagt er und grinst schelmisch.

Als Ava eine Viertelstunde später nach Hause kommt, bin ich wahnsinnig nervös. Hoffentlich hält Papa sein Versprechen.

Ava wirkt unter ihrer Bräune wenig erholt und ist offensichtlich ziemlich angespannt.

»Wie war der Urlaub?«, fragt Papa, als er sie zur Begrüßung in die Arme schließt.

Mama und ich werfen uns ängstliche Blicke zu.

»Ja, schön. Aber nicht so erholsam wie gehofft.«

Man sieht Papa förmlich an, dass ihm jetzt etwas auf der Zunge liegt, aber ich drücke fest beide Daumen, dass er es runterschluckt.

Bevor er überhaupt irgendetwas sagen kann, schluchzt meine Zwillingsschwester genauso bitterlich drauflos wie ich bei meiner Ankunft.

»Ich habe so eine Angst gehabt, hhhhhh, dass …«

Oh, das Geständnis kommt ja früher als erwartet, aber wahrscheinlich ist es gut, dass sie ihr Gewissen so schnell wie möglich erleichtert.

»… ihr euch scheiden lasst!« Sie zieht einen zerknitterten Papierfetzen aus ihrer Hosentasche und reibt sich mit der anderen Hand die herunterlaufenden Tränen von der Nasenspitze. »Als ich das hier gelesen habe«, sie faltet den Brief auseinander, »war mein Urlaub vorbei. Ich, ich«, stammelt sie, »habe keinen Moment mehr genossen.«

Mama nimmt die weinende Ava in den Arm und Papa murmelt leise: »Da hat sie ihre Strafe ja schon bekommen.«

»Was?«, fragt Ava schniefend.

»Ach, ich dachte gerade laut, wir könnten ja heute zu Dimitrios gehen.«

»Schön, dass wir wieder alle zusammen sind«, sagt Papa, als er uns die Tür vom *Alexis Sorbas* aufhält und wir einzeln eintreten.

»Ja, das ist wirklich schön«, sagt Ava mit feuchten Augen

und lässt Mama die ganze Zeit nicht los. »Ich habe so eine Angst gehabt, dass ich den ganzen Urlaub an nichts anderes denken konnte.«

Als Dimitrios an den Tisch kommt, um die Bestellung aufzunehmen, blickt er Papa erwartungsvoll an und zückt den Stift. Der will auch in alter Manier gleich für alle drauflos bestellen. »Also, wir nehmen dreimal Gyros mit Extra-Fleisch …« Dann besinnt er sich plötzlich. »Einmal Gyros mit Extra-Fleisch, für mich bitte.« Er macht eine ausschweifende Handbewegung. »Und jetzt die Damen … Eigentlich heißt es ja Ladys first«, sagt Papa schulmeisterlich zu Dimitrios.

Nicht nur der sieht Papa erstaunt an, auch Ava kommt aus dem Staunen nicht mehr heraus.

»Okay, also, ich hätte gerne die Veggie-Platte«, sage ich.

Dimitrios bleibt abwartend vor mir stehen, anstatt die Bestellung zu notieren.

»Die Veggie-Platte«, wiederhole ich.

Dimtrios ist jetzt vollends irritiert.

»Sicher? Willst du es dir nicht noch mal überlegen?«

»Ich bleib dabei«, sage ich überzeugt und schließe die Speisekarte.

Nachdem auch Ava und Mama ihre Bestellungen aufgegeben haben, möchte Mama wissen: »Was ist denn drauf, auf dieser Veggie-Platte?«

»Na, vor allem *kein* Fleisch«, feixt Papa. »Was das nun soll, verstehe einer.«

»Irgendwie habe ich das Gefühl, das Veggie-Platten-Thema sollte ein anderes Mal besprochen werden, jetzt wollen wir alle erst einmal den Abend genießen, ohne Einschränkungen«, bestimme ich.

Ava starrt mich mit offenem Mund an. »Ich glaube, ich habe jede Menge verpasst.«

Grinsend werfe ich ihr eine Kusshand zu.

»Was haltet ihr davon, wenn Mama und ich in den Herbstferien mal allein wegfahren?«, sagt Papa plötzlich.

»Wie jetzt?«, will Ava verdutzt wissen.

»Na ja, nur sie und ich.«

»Und wir?«, kommt es ausgerechnet aus ihrem Mund. Irritiert sieht sie Mama an. »Wollt ihr uns loswerden?«

»Nein, aber vielleicht wollt ihr uns ja loswerden ...« Sie zwinkert ihr verschwörerisch zu.

Ava wird jetzt ein bisschen nervös. »Also, ich habe nichts gegen Familienferien. Ich würde mitkommen.«

Was ist denn plötzlich in die gefahren. Zu viel Sonne?

»Ich nicht«, verkünde ich, »ich würde gerne mal alleine wegfahren. Vielleicht wieder in die Berge«, sage ich verträumt und muss an den Eissee denken. Plötzlich taucht auch Nics Gesicht vor meinen Augen auf. Ich verspüre auf einmal den unbändigen Wunsch, ihn anzurufen, um mich bei ihm anständig zu entschuldigen. Schließlich habe ich ihn mit meiner blöden Art doch ganz schön traktiert und als Ventil benutzt. So kannte ich mich gar nicht. Im nächsten Moment geht die Tür auf und ich kann von nun an keinen klaren Gedanken mehr fassen. Paul und Konstanze betreten soeben das Restaurant. Als sie an unserem Tisch vorbeikommen, merke ich, wie sich Avas Hand in meine schiebt. Während Konstanze sich setzt, steuert Paul auf unseren Tisch zu.

»Hallo, Lana«, sagt Paul erstaunt, »du bist ja schon wieder da!«

»Ja, seit ein paar Tagen.«

Konstanze starrt herüber und ich interpretiere das nervöse Zucken in ihren Mundwinkeln als schlechtes Gewissen.

Paul begrüßt meine Eltern mit einem kurzen Nicken.

»Das ist Paul, mein ... Nachhilfeschüler«, presse ich hervor.

»So, so«, sagt Papa. »Sie sind also die Nachhilfeschülerin.«

Paul sieht ihn verdutzt an. »Nein, ich bin ihr Schüler«, klärt er ihn auf.

»Ja, ja«, sagt Papa und krault nachdenklich sein Kinn.

»Kannst du morgen vielleicht?«, will Paul wissen.

»Mhm, morgen ist schlecht.« Ich lasse Avas Hand los und zücke in Zeitlupe mein Handy, dabei beobachte ich Konstanze aus den Augenwinkeln, die jetzt aufgeschreckt auf ihrem Sitz hin- und herrutscht. Triumphierend denke ich, dass ich erreicht habe, was ich wollte: Sie soll glauben, dass ich Paul jetzt das Video zeige. Deshalb halte ich ihm mein Kalender-App unter die Nase. »Sorry, leider erst Dienstag wieder. Dann so gegen vier.«

»Okay, klar«, sagt Paul gedehnt. »Aber du weißt ja, ich muss unbedingt von der Fünf runter.«

»Ich weiß.«

»Na, dann noch einen schönen Abend!«, wünscht Paul und geht hinüber zu seiner gestressten Begleitung.

»Euch auch«, sage ich betont großherzig und wringe dabei die Serviette, als handle es ich um Konstanzes Hals.

»Ich dachte immer, du gibst einem Mädchen Nachhilfe«, kommt Papa noch einmal zurück aufs Thema.

»Ich habe nur so getan, weil ich dachte, dass du sonst meckerst«, höre ich mich sagen und bin richtig froh, dass ich endlich zu den Gedanken stehen kann, die immer so ungefiltert meinen Mund verlassen.

FAMILIENBANDE

Ava kuschelt sich nachts zu mir ins Bett, wie wir es früher immer als kleine Mädchen gemacht haben.

»Ich habe dich vermisst, große Schwester«, flüstert sie.

»Ich dich auch«, sage ich.

»Wie war dein Urlaub?«, will sie von mir wissen, und als hätte sie den Bann gebrochen, sprudelt jetzt alles aus mir heraus. Zuerst zeige ich ihr den Film, den ich von Konstanze bekommen habe, und nachdem sie diesen auch eingehend untersucht hat, ob es sich bei dem männlichen Part um Paul handelt oder nicht, schlägt sie mir vor, dass ich ihn damit konfrontieren soll, um die Wahrheit zu erfahren. Die Sache mit Feli und mir ist komplizierter und ich bin froh, dass Ava da noch einmal aus einer anderen Perspektive draufsieht.

»Du bist manchmal ganz schön spontan«, stellt sie fest.

»Ich weiß …« Schuldbewusst stiere ich auf meine Fußspitzen.

»Na ja, aber irgendwie ist das auch gut, sonst würdest du alles noch mehr in dich hineinfressen. Wahrscheinlich ist das deine Art, dich zu schützen, wenn dir alles über den Kopf wächst. Du sagst ja auch sonst nie was.«

»Das hat sich in mir alles so aufgestaut«, sage ich traurig, »ich dachte, wenigstens mit Feli und mir ist alles gut, wenn schon um mich herum mein Leben zusammenbricht. Wir halten zusammen, wir sagen uns alles … wir sind …«, da bricht meine Stimme ab. »Ich war so eifersüchtig und enttäuscht. Das mit Leonhard hätte sie mir doch sagen müssen!«

»Vielleicht ist irgendwas vorgefallen und sie musste erst einmal selbst damit fertig werden. Hör mal, Lana, Feli ist nicht der Typ, der absichtlich mit etwas hinter dem Berg hält. Ihr zwei seid ganz tolle Freundinnen und es muss schon einen triftigen Grund gegeben haben, warum sie dir nichts erzählt hat.«

»Ach komm, was soll das schon gewesen sein?«

»Keine Ahnung, aber du solltest das Gespräch mit ihr suchen. Lass sie jetzt nicht hängen.«

»Ich sie?«, rufe ich verständnislos aus. »Sie hat mich in dem Glauben gelassen, dass wir beide noch nicht … also, keinen Sex hatten. Ich weiß, das klingt albern mit siebzehn, aber ich dachte, sie wäre genauso wie ich und will sich für jemanden aufsparen, also für den Richtigen eben …«

Ava kneift mich plötzlich in die Seite und raunt mir zu: »*Ich* bin genau wie du!«

»Hä?«, sage ich verständnislos.

»Ich sehe nicht nur aus wie du, sondern wenn du es genau wissen willst, ich bin selbst immer noch Jungfrau.«

»Ist ja lieb von dir, dass du mich aufbauen willst, aber echt nicht nötig. Habe mich an den Exoten-Status längst gewöhnt«, erkläre ich zynisch.

»Lana, das ist wahr! Jan und ich haben noch nicht miteinander geschlafen. Wir wollten … also im Urlaub … Ich habe mir vorher die Pille geholt. Dann haben wir uns aber jeden Tag nur noch gestritten, wegen Kleinigkeiten, es wurde immer schlimmer. Ich war mit meinen Gedanken sowieso nur noch bei Papa und Mama, der Urlaub war die Hölle.«

»Aber du hast doch vorher gesagt, *wir haben wilden Sex miteinander …*«

»Ja«, kommt es kleinmütig. »Das war gelogen.«

»Wahnsinn, wie hier alle so rumlügen«, stelle ich traurig und entsetzt fest.

»Wir sind alle nur Menschen, Lana, vergiss das nicht.«

»Ja, sind wir, dennoch könnte ich damit nicht gut leben.«

»Und das macht dich so besonders«, sagt Ava ehrlich und voller Anerkennung. »Ich werde weiterlügen. Vielleicht erzähle ich Papa und Mama in ein paar Jahren mal davon, dass ich heimlich mit Jan in den Urlaub geflogen bin. Gott sei Dank sind die jetzt so mit sich selbst beschäftigt, dass ich da kein schlechtes Gewissen haben muss.«

Das ist ihre Entscheidung, denke ich und bin ganz entspannt, weil ich ja weiß, dass Papa und Mama das akzeptieren werden.

»Ich habe Angst, dass Paul mir sagt, dass er tatsächlich mit Konstanze zusammen ist«, gestehe ich ihr.

»Glaubst du das?«

»Du magst Paul nicht, oder?«

»Um mich geht es hier nicht.«

Das stimmt und eigentlich sollte es mir, wenn ich hundertprozentig sicher wäre, dass er der Richtige ist, doch völlig egal sein, was sie, Feli oder Josie von ihm halten. Nur wäre es natürlich schöner, wenn sie ihn mögen würden.

»Hast du mit Jan Schluss gemacht?«, frage ich, als ich sie mehrfach hintereinander schwer schlucken höre.

»Nein, wir haben uns eine Pause verordnet«, sagt sie ironisch. »Vier Wochen lang wollen wir uns nicht sehen, damit wir feststellen, ob wir einander vermissen.«

»Ich habe Paul auch wahnsinnig vermisst …« Aber noch mehr vermisse ich Feli, denke ich traurig.

Am Dienstag, bevor ich zu Paul fahren will, kommt mir der Briefträger an der Haustür entgegen und drückt mir einen wattierten braunen Umschlag in die Hand.

»Hier, für dich«, er zuckt mit den Schultern, »oder deine

Schwester. Kann euch eh nicht auseinanderhalten. Schönen Tag noch.«

Ob der Brief von Feli ist? In Windeseile reiße ich den Umschlag auf, er ist von Nic. Erstaunlicherweise schlägt mein Herz schneller, das liegt bestimmt daran, dass darin eine DVD ist.

»Das Demotape«, juble ich.

Was für ein Timing, besser hätte es doch gar nicht sein könne. Als größten Liebesbeweis wird Paul den Werbespot jetzt als Erster sehen. Konstanze wird platzen vor Wut, wenn sie davon erfährt.

Aufgeregt fahre ich zu Paul, und um nicht zu überdreht zu wirken, schlendere ich angestrengt relaxt auf die Tür zu. Benno öffnet wieder einmal.

»Paul ist oben«, er deutet auf das Geschenk in meiner Hand. »Haste dem etwa schon wieder 'ne CD mitgebracht?«

»Dieses Mal ist es eine DVD«, verrate ich ihm.

Leise klopfe ich an Pauls Zimmertür. Als niemand antwortet, klopfe ich etwas lauter.

»Komm rein!«, ruft Paul und zieht die Kopfhörer von den Ohren, als ich eintrete. Er sitzt auf dem Bett und ist an die weiße Wand gelehnt, was seine Urlaubsbräune noch mehr hervorhebt. Paul sieht unschlagbar aus.

»Hast du Lust, einen Film zu sehen?«, frage ich hintergründig und beobachte jede seiner Regungen, um zu erkennen, ob er etwas von dem Film weiß, den Konstanze geschickt hat.

»Ja, äh klar. Wollen wir nicht erst Mathe machen? Hast du die Aufgaben alle geschafft?«, fragt er konspirativ und steckt die Nase zur Tür hinaus, bevor er sie schließt.

Dann starrt er freudig auf die DVD-Hülle in meinen Händen.

»Sag nicht, du hast noch so eine geniale CD für mich. Wahnsinn.«

Neckisch verstecke ich die DVD hinter meinem Rücken und frage erwartungsvoll: »Du wolltest mir doch auch etwas mitbringen?«

»Oh, äh, ja, äh, warte.« Er zieht einen Aufkleber mit »I love Croatia« aus seiner Schreibtischschublade.

»Wie nett. Und so persönlich«, sage ich maßlos enttäuscht.

»Ja, irgendwie gab's da nicht so was Richtiges.«

»Ich dachte, die hätten so tolle Märkte mit Lederarmbändern und so, hat Josie mal erzählt. Danke übrigens für die SMS!«

»Ja, äh, klar.«

»Konstanze hat mir übrigens auch einen Gruß geschickt.«

»Ach nee, ich dachte, die könnte dich nicht ab.«

»Dann weißt du gar nichts davon?«

»Keine Ahnung. Wieso? War's was, das ich wissen sollte?«, fragt er uninteressiert und versucht, die DVD hinter meinem Rücken zu erhaschen.

»Zeig doch mal!«

»Wo ist dein Laptop?«, frage ich.

»Auf dem Schreibtisch. Er ist an, was willste denn machen?«

»Wirst du gleich sehen«, sage ich und drücke ihn auf den Schreibtischstuhl. »Setz dich.«

Erwartungsvoll starren wir beide auf den Bildschirm, als der Film beginnt. Zuerst sieht man einen Schwenk über die Alpen, dann das Dorfschild von Thaldorf, dann den Bauernhof von Nics Eltern und schließlich den Trecker.

Was soll das?, denke ich verwundert, das ist doch nicht der Werbespot. Prüfend werfe ich einen Blick auf die Hülle in meiner Hand. Hier steht aber auch nichts drauf.

»Wie spannend ...« Paul klingt gelangweilt. »'n Urlaubsvideo!«

»Äh, ja, warte mal eben, ich spul kurz vor.«

Da erscheint Nic auf einmal auf dem Bildschirm.

»Hallo, Lana … Du wunderst dich sicher, dass ich dir eine Videobotschaft schicke, aber damit du verstehst, was ich dir sagen will, sieh mal da.« Mit einem Schwenk geht die Kamera über den Eissee. »Als wir hier oben zusammen rudern waren, habe ich dir gesagt, warum ich hierherkomme. Erinnerst du dich?«

»Klar, erinnere ich mich«, sage ich laut.

»Und warum geht der Almöhi da oben hin?«, fragt Paul herablassend.

»Das geht dich gar nichts an«, sage ich auf einmal total sauer, nehme die DVD aus dem Laptop, stecke sie in die Hülle und sehe ihn eindringlich an. Dann zücke ich mein Handy und zeige ihm den Film, den ich von Konstanze erhalten habe.

»Bist du das?«

»Äh, ja!«, sagt er überrumpelt.

Ich verstaue das Handy in meiner Hosentasche und blicke ihm direkt ins Gesicht. »Okay. Ich bin durch mit dem Thema.«

»Wie jetzt?«

»Komm schon, Paul, verarschen kann ich mich allein, aber weißt du, was du nicht alleine kannst?«

»Nein, was?«

»Mathe!« Ich drehe mich um und winke noch einmal mit der DVD. »Und dieser Almöhi hier, der ist dreitausendmal interessanter als du, der hat Stil, ist authentisch und vor allem ehrlich.«

»Reg dich ab, Lana. Du kannst mich jetzt nicht hängen lassen. Sonst krieg ich das neue Motorrad nicht!«

»Was denn für 'n Motorrad?«, frage ich neugierig.

»Ich hab da so 'nen Deal mit meiner Mutter laufen, wenn ich das Abi schaffe, krieg ich die neue BMW.«

»Ach so, darum geht's.« Ich nicke verstehend.

»Ja, klar, nur darum. Das Abi ist mir scheißegal, Hauptsache, ich krieg die Maschine. Wenn ich verkacke, dann prost Mahlzeit.«

»Ja, dann: prost Mahlzeit!«

Als ich die Treppe hinunterstapfe, hält mir Benno unten bereits die Haustür auf. »Dem hast du's aber richtig gegeben!«, lobt er mich ehrfürchtig.

»Yap!«, sage ich befreit.

Draußen atme ich erst einmal tief ein und aus, dann fängt die DVD in meinen Händen richtig zu brennen an. Ich muss nach Hause, ich kann es jetzt nicht mehr abwarten, den Rest der DVD zu sehen. Wie eine Irre radle ich zurück und stürme in mein Zimmer. Ich lasse den Film von Anfang an noch einmal laufen. Als ich an die Stelle komme, an der Nic das Rätsel lüften will, warum er dort oben zum Eissee geht, spreche ich seine Worte laut mit: »Weil ich in dich verliebt bin.«

Dann spule ich immer wieder zurück. »Weil ich in dich verliebt bin.« Immer und immer wieder. Bis es mir endlich klar wird: »Und ich in dich!«

Auf einmal weiß ich, was ich zu tun habe. Wie paralysiert stehe ich auf und packe meinen Koffer. Dann gehe ich die Treppen hinunter zu Mama. Die blickt von ihrem Buch hoch und sieht mich erwartungsvoll an.

»Ich fahre zurück. Ich fahre zu Nic und ich werde mit Feli reden!«

»Ja, dann mach' das«, sagt sie. »Am besten, du gehst gleich packen.«

»Hab ich schon«, sage ich und deute auf den Koffer in der Diele.

»Und Papa?«, frage ich unsicher.

»Ob du *jetzt* fährst oder in den Herbstferien, er wird sich damit abfinden müssen«, sie lächelt hintergründig, »erinnere ihn einfach an Texel«, sagt sie schelmisch, »dann zickt er auch nicht rum.«

»Wie heißt der Kerl?«, fragt Papa streng, der hinter mir auftaucht und wohl das Gespräch mit angehört hat.

»Nic!«, rufe ich.

»Kann sich glücklich schätzen, der junge Mann«, gratuliert Papa, dann sagt er etwas Ungeheuerliches: »Komm, ich fahr dich zum Flughafen, das geht schneller.«

Überglücklich umarme ich ihn: »Danke, Papa!«

»Doch ganz schön zu sehen, wie ihr erwachsen werdet …«

»*Seid*, Papa, erwachsen *seid*«, verbessere ich ihn.

»Na ja«, sagt er lächelnd, »bis dahin ist ja noch ein bisschen hin.«

AUSBLICKE

Der Traktor steht vor dem Haus und ich fühle mich auf einmal doch sehr verunsichert. War mein Plan richtig? Ist es gut, dass ich hierhergekommen bin?

Da werde ich von hinten angesprungen.

»Hey, Jimbob!« Ich gehe in die Knie und der Hund wirft sich freudig auf den Rücken, damit ich ihm den Bauch kraulen kann. »Na, wenigstens einer, der sich freut«, sage ich lachend und gehe in die Hocke.

»Ich freue mich auch«, sagt Feli und hält mir die Hand hin, um mich zu sich hochzuziehen.

Sekundenlang sehen wir uns in die Augen und dann werfen wir uns einander in die Arme.

»Schön, dass du zurückgekommen bist«, flüstert Feli mir ins Ohr. »Du bist und bleibst meine beste Freundin.« Dann nimmt sie meine Hand. »Komm, lass uns spazieren gehen, ich werde dir alles erzählen.«

»Das musst du nicht. Nicht, wenn du nicht willst, Feli, ehrlich …«

»Komm schon!«, sagt sie und wir laufen ein Stück, bis wir zu einem Jägerstand kommen.

Während wir dort hinaufklettern, bellt Jimbob uns hinterher.

»Hier war's!«

»Hier habt ihr miteinander geschlafen?«

»Es war wunderschön, wirklich, so habe ich es mir nie vorgestellt. Einfach perfekt. Er war so liebevoll und einfühlsam.«

Stumm starrt sie vor sich hin.

»Und am nächsten Morgen hat mich dieses Mädchen abgefangen. Sie hat mir erzählt, dass Leo hier mit allen Mädchen hingeht, sie wusste von dem Jägerstand.«

»So ein Schwein!«

»Ich fühlte mich so beschmutzt, so gedemütigt, so … Ich wollte das alles verdrängen und ich dachte, wenn ich nicht darüber rede, dann schaffe ich es auch, ihn zu vergessen.«

»Seitdem hast du Leonhard nicht wiedergesehen?«

»Bis zu Lottes Party!«

Fragend sehe ich sie an. »Aber warum sind wir dann überhaupt dort hingegangen?«

»Es war ein Test für mich. Ich wollte wissen, ob ich wirklich über ihn hinweg bin!«

»Bist du aber nicht«, stelle ich fest, als ich ihren Gesichtsausdruck studiere.

»Stimmt.«

»Aber du hast dich doch nie für einen Jungen auch nur ansatzweise interessiert.«

»Weil ich ihn liebe!«

»Hat Nic davon gewusst?«

»Ich glaube, er hat etwas geahnt. Nic ist mein Beschützer, weißt du, er ist ein wahrer Freund und ich habe ihn unglaublich gern, auch wenn du ihn nicht leiden kannst.«

»Wer sagt das?«

»Komm schon, das ist doch wohl eindeutig.«

»Hey, Feli, nichts ist eindeutig, das müssten wir beide doch wohl am besten wissen.«

»Ich verstehe nicht …«

»In erster Linie bin ich wegen dir zurückgekommen«, erkläre ich ihr, »und in zweiter wegen Nic.«

»Sag jetzt nicht …?«

»Doch. Ich habe mich in ihn verliebt.«

»Weiß er das?«

»Noch nicht.«

»Aber was ist mit Paul?«

»Der ist Vergangenheit«, sage ich und dann beichte ich ihr, was bei uns zu Hause so alles vorgefallen ist.

Bis zur Dämmerung sitzen wir auf dem Hochsitz und irgendwann sagt Feli: »Ich glaube, ich habe mich verschätzt ...«

»Was meinst du?«

»Pubertät war echt easy gegen das Erwachsensein.«

Maria und die Meisels begrüßen mich bei meiner Ankunft ohne Fragen zu stellen, und dafür bin ich dankbar. Frieda presst sich an mich und sagt: »Jetzt ist der Nic aber froh.«

Diese Frieda, woher weiß die immer so genau, was los ist?

»Wo ist er denn eigentlich?«, frage ich mit einem Herzschlag, der mich fast beängstigt.

»Der ist zu dir gefahren«, sagt Frieda plötzlich.

»Nicht dein Ernst.«

»Doch, heute Morgen.«

»Ach du meine Güte!« Ich schlage mir die Hand vor die Stirn.

»Nee, war 'n Scherz. Der ist rauf zu Betty auf die Wies'n Hütte und wollte dort übernachten.«

»Duhu«, sage ich warnend und muss dann doch über sie lachen.

Mit einem Blick auf die Uhr stelle ich fest, dass es schon spät ist. »Fahr doch mit der Gondel hoch«, schlägt Frieda vor.

»Die Kleine hat uns schon längst eingeholt«, stellt Feli lachend fest.

Die letzten Meter werden meine Füße schwer wie Blei. Ich sehe das Dach der Wies'n Hütte bereits. Was soll ich bloß gleich sagen? »Also, Nic, da bin ich wieder!« Ach, das ist doch blöd. »Nic, ich habe deinen Film gesehen und ich empfinde genauso wie du«, auch doof. »Nic, ich habe mich in dich verliebt.« Gute Idee. Als ich um die Biegung komme, sehe ich ihn mit Betty vor der Hütte sitzen, er will gerade das Milchglas ansetzen, stellt es dann aber wieder hin und starrt mich an.

»Du guckst, als wäre ich eine Außerirdische, die auf einem Bauernhof gelandet ist.«

Anstatt über meinen Witz zu lachen, starrt er mich ungläubig an.

»Nic, hallooo!« Ich wedle mit der Hand vor seinen Augen hin und her.

Betty erhebt sich. »I moach dir oamal was Zünftiges. Magst a Krautkrapfen?«

»Ich bin Vegetarierin.«

»Is scho kloar!«, sagt Betty und zwinkert mir zu.

Nic rutscht, damit ich mich neben ihn setzen kann.

»Ich liebe die Berge«, sage ich verträumt.

»Du brauchst dich aber nicht für mich zu verstellen.«

Beleidigt stupse ich ihn an. »Das war jetzt aber nicht charmant. Doch ich sehe mal großzügig über deinen Kommentar hinweg. Denn das Gute ist ja, dass ich mich bei dir wirklich nicht verstellen muss. Bei dir kann ich sein, wie ich bin.«

Nics Mundwinkel zucken.

»Ich habe mich in dich verliebt«, gestehe ich ihm.

Was ist nur mit ihm los? Warum glotzt der so ungläubig, aber auch so unglaublich süß? Dann stemme ich forsch die Hände in die Hüften. »So, wie war das jetzt mit den Allgäuer Gebräuchen?«

»Lana, Lana, Lana«, sagt er kopfschüttelnd, »du bist wirklich unglaublich.« Dann fährt er mir mit den Händen zärtlich durch mein Haar, steckt mir ein paar Strähnen hinter die Ohren und betrachtet mich wie ein Gemälde. Mit dem Finger tupft er auf jede meiner Sommersprossen und zieht meinen Kopf in Zeitlupe zu sich zu sich heran.

»Ich will deine Augen sehen, wenn du mich küsst«, sage ich und frage mich, woher ich auf einmal den Mut nehme, ich selbst zu sein.

Es ist so schön, dass ich gar nicht genug davon bekommen kann. Erst Bettys Stimme holt mich zurück in die Realität.

Sie hat ihren Kopf aus dem Fenster der Hütte gesteckt und ruft: »Kommt's nei, es regnet ja wie aus Kübeln.«

Lachend stellen wir fest, dass wir bereits klatschnass sind. Hand in Hand rennen wir in die Hütte.

»Ich habe noch nie im Heu übernachtet!« Ungläubig sehe ich mich um, als Betty uns das Nachtlager zeigt.

»Es gibt für ois a erstes Mol …«, sagt sie und mir wird ganz schwummrig, weil ich mit Nic hier gleich allein sein werde.

»Ja, genau«, stimme ich nervös zu.

Nic beobachtet mich und reicht mir eine Decke. »Auf welcher Seite möchtest du schlafen?«

Unentschlossen sage ich: »Egal. Und du?«

»Lana, wenn dich das hier stresst, kann ich auch in der Gaststube schlafen.«

»Das ist doch Quatsch!«

»Gut, dann liegst du hier und ich dort.«

»Genau.«

Schnell schlüpfe ich unter die Decke und beobachte, wie Nic sein T-Shirt auszieht. Er hat schöne breite Schultern und eine schmale Taille. »Ah«, ich ziehe die Luft durch die Schneidezähne.

»Was ist? Tut dir die Schulter wieder weh?«

»Ja«, sage ich schnell.

»Soll ich dich massieren?«

»Nein, bloß nicht!«, wiegle ich ab.

Das halte ich nicht aus, wenn der mich gleich anfasst, falle ich ihn an.

»Du solltest sie vielleicht mal röntgen lassen«, schlägt er vor.

»Ja, gute Idee. Wahrscheinlich ist sie aber nur überlastet …«

»Vom Rudern?«

Danke für die Vorlage.

»Vom Rudern, genau!«

»Hoffentlich bist du für die Deutschen Meisterschaften fit?«, sagt er besorgt.

»Ach, bis dahin ist es ja noch ein bisschen.«

»Du solltest deine nassen Sachen auch besser ausziehen, sonst erkältest du dich noch.«

»Ja, stimmt.« Umständlich versuche ich, mich unter der Decke von den klammen Klamotten zu befreien.

»Soll ich das Licht ausmachen, Lana?«, fragt er gentlemanlike.

»Ja, bitte.« Im nächsten Moment ist es stockdunkel. »Kein Kuss mehr?«, frage ich erstaunt.

»Besser nicht!«, sagt Nic überraschenderweise.

Enttäuscht frage ich mich, ob ich etwas falsch gemacht habe.

»Sonst kann ich für nichts mehr garantieren«, sagt er mit rauer Stimme.

Okay, ihm geht's also nicht anders als mir.

»Schlaf schön«, sage ich und strecke die Hand nach ihm aus, im selben Moment muss er im Dunkeln nach meiner gegriffen haben.

Händchen haltend schlafen wir ein.

In den nächsten Tagen sehe ich Feli kaum, denn Nic und ich, wir sind unzertrennlich. Wir gehen wandern, biken, rudern und nebenbei erfahre ich noch so einiges über den Bio-Betrieb.

Zum ersten Mal im Leben fühle ich mich frei und ungezwungen, denn er lässt mich so sein, wie ich bin.

»Wenn ich mir vorstelle, wie mein Vater Ava und mich jahrelang gegängelt hat«, stelle ich irgendwann abends fest, als Feli und ich unsere *Gossip Hour* haben, die Stunde vor dem Einschlafen, in der wir uns vom Tag erzählen.

»Dein Vater war aber auch echt extrem«, sagt Feli mitfühlend. »Und dass ihr immer noch mit in den Urlaub fahren musstet.«

»Aber du fährst doch auch noch mit deinen Eltern!«, sage ich erstaunt.

»Ja, aber aus freien Stücken und weil ich Leonhard sehen wollte.«

»Ich fahre nächstes Jahr mit Klara in den Urlaub«, hören wir auf einmal Friedas verschlafene Stimme. »Aber ohne Eltern. Das ist viel zu anstrengend mit denen.«

Kichernd flüstere ich zu Feli: »Alles klar mit Leonhard?«

»Ja«, kommt es giggelnd zurück. »Bestens.«

»Das war der schönste Sommerurlaub, den ich jemals hatte«, sage ich überzeugt, als ich auf der Rückbank zwischen Feli und Frieda hocke, während Jimbob schläfrig auf meinem Schoß liegt.

Frau Meisel dreht sich um und sagt: »Ich fand es dieses Jahr auch besonders schön. Gut, das Wetter hätte besser sein können!«

»Ja, zeitweise war es recht stürmisch«, sagt Herr Meisel mehrdeutig.

»Feli und Lana haben ja auch ganz schön viel Wind gemacht«, stellt Frieda neunmalklug fest.

Befreit und gut gelaunt müssen wir alle über Friedas Kommentar lachen.

»Aber wenn ich groß bin, Lana«, sagt sie dann, »gibst du mir den Nic, ja? Ich finde, der ist nämlich so richtig zum Anbeißen.«

»Mhm, das wird schwer, Frieda, aber du darfst mal dran knabbern«, schlage ich ihr vor.

»Leonhard hat gesagt, er könnte sich vorstellen, zu mir in die Nähe zu ziehen«, teilt Feli uns mit.

Unverwandt blicke ich sie an. »Wie kann man denn von dort wegziehen wollen?«

Josie ruft auf meinem Handy an und brüllt ins Telefon: »Mädels, wann schwirrt ihr hier endlich ein? Denkt dran, heute Abend steigt die Sommerparty im Ruderklub.«

Feli, die sie gehört hat, brüllt in den Hörer: »Wir sind pünktlich!«

»Ich sag Ava auch Bescheid«, schlage ich vor und schicke meiner Schwester eine Nachricht. »Am besten ziehe ich mich bei euch um, sonst wird's zu spät.«

Während der restlichen Fahrt schmieden Feli und ich Pläne, für die Herbstferien, für unsere Zukunft, einfach für unser ganzes Leben, das noch vor uns liegt.

Frieda hält sich irgendwann die Ohren zu. »Verliebt sein nervt echt.«

Ich sollte ihr mal Benno vorstellen, denke ich grinsend, die beiden würden sich bestimmt prima verstehen.

»Hey, Lana.« Ava kommt allein auf die Party, was für ein ungewohntes Bild, normalerweise klebt Jan an ihrer Seite. Die scheinen das mit der Pause echt durchzuziehen. Witzigerweise hat sie das gleiche braune Kleid mit dem Ledergürtel an wie ich. »Guck mal, Telepathie«, sagt Josie, die gerade auf unser Wiedersehen anstoßen will. Plötzlich zischt sie mir zu: »Dreh dich bloß nicht um, hinter dir ist Paul mit dieser Konstanze!«

»Ich hab' da eine Idee.«

Gut, dass ich Konstanzes Handynummer nicht gelöscht habe. Ich flüstere Ava etwas ins Ohr. Die starrt mich daraufhin eine Sekunde lang ungläubig an.

»Aber *du* musst es machen. Ich will unbedingt ihr Gesicht sehen!«

»Klar! Jan ist ja nicht da.«

Manchmal ist es wirklich ganz praktisch, eine Zwillingsschwester zu haben. »Ich folge ihr«, sage ich, als Konstanze zu den Waschräumen geht.

»Konstanze, alles klar?«, frage ich meine ehemalige Konkurrentin, als sie aus der Toilette kommt.

»Was soll das, verzieh dich.«

»Blöd, dass du deinen Paul teilen musst«, sage ich mitleidig.

»Ach, Lama, du bist echt eine schlechte Verliererin«, entgegnet sie herablassend.

»Ach, Konstanze, vielleicht bist du ja die Verliererin«, sage ich nicht weniger arrogant. »Ich bin übrigens Ava.«

Ihr Handy piepst.

»Du magst doch so gerne Videos«, grinse ich. »Der Film ist noch ganz frisch …«, sage ich freudestrahlend. »Sozusagen ein paar Minuten alt.«

Irritiert öffnet sie die Mitteilung und sieht sich das Video an.

Ava und Paul. Sie küsst ihn soeben und ich bin froh, dass sie wirklich die bessere Schauspielerin von uns beiden ist. Sie macht das großartig und vor allem so überzeugend, dass ich das, was ich sehe, fast selbst noch glaube.

»Wenn du dich beeilst, kannst du noch Augenzeugin werden.«

»Wo … wo ist diese Schlampe?« Wütend schiebt sie mich zur Seite und stürmt hinaus.

Ava hängt immer noch an Pauls Hals.

»Was soll das?«, will Konstanze wissen und bleibt wie angewurzelt stehen. Der Schock scheint ihr regelrecht in die Glieder gefahren zu sein, sie wirkt bewegungsunfähig.

Plötzlich taucht Jan auf, Ava hat ihn auch gesehen. Ich muss ihn schnell ablenken, als ich sehe, dass meine Schwester ganz blass wird vor Schreck. Schließlich hängt sie jetzt immer noch an Pauls Hals.

Jan sieht zu ihr herüber, winkt und steuert dann auf mich zu. »Ava, gut, dass ich dich hier finde.« Jetzt küsst der mich auch noch. »Ich halte das nicht aus mit der Pause. Das war eine Scheißidee.« Er küsst mich erneut.

»Ja, ähem, eine Scheißidee war das wirklich«, bestätige ich. Ich habe gar keine andere Wahl, als mitzuspielen. »Jan, können wir vielleicht morgen darüber reden?«

»Ava, ich … Ich möchte dir nur sagen, ich will dich zu nichts zwingen, wenn du noch nicht bereit dafür bist, dann ist das total in Ordnung. Okay, Hase, okay?«, fragt er mich und seine Stirn ist dabei in viele kleine Falten gelegt.

»Okay, gut, danke. Aber lass uns trotzdem besser morgen darüber reden. In aller Ruhe. Das ist hier jetzt wirklich der falsche Ort.«

Die haben ja tatsächlich noch nicht … Ava hat dieses Mal also wirklich nicht gelogen, sie ist noch Jungfrau, genau wie ich.

»Morgen dann. Kommst du zu mir?«, fragt er hoffnungsvoll.

»Ja, Jan!«

»Dann gib mir doch bitte wenigstens noch einen Abschiedskuss, damit ich bis dahin die Zeit überlebe.«

Einerseits süß, andererseits pervers, jetzt fordert der Freund meiner Schwester einen Zungenkuss von mir. Ich schiebe ihn etwas von mir weg und sehe ihn mit einem aufreizenden Augenaufschlag an. »Findest du es nicht heißer, wenn du es bis morgen nicht mehr erwarten kannst?«

»Okay …« Er klingt zufrieden und dann schwirrt er endlich ab.

Puh.

Ich beruhige Ava, die besorgt zu mir herüberschaut. »Mit Jan war alles in Ordnung. Er erwartet dich morgen bei sich zu Hause. – Wie lief's mit Konstanze und Paul?«

Feli und Ava prusten los: »Das war so …«

»Und das Gesicht von dem …« Die beiden können kaum sprechen vor lauter Lachen.

»Hört auf, ich verstehe ja kein Wort!«, beschwere ich mich.

»Konstanze hatte einen Mega-Auftritt, nicht nur, dass sie deinem Paul eine geknallt hat, sie hat ihn total bloßgestellt. Der liebe Paul ist nämlich gar kein Vegetarier, er ist eine Mogelpackung durch und durch. Hat sich wichtig gemacht, und dass er sich die Matheaufgaben von dir hat machen lassen, das wissen jetzt auch alle … Und studieren wollte der nie, der war scharf auf ein Motorrad, das seine Eltern ihm zum Abi versprochen haben.«

»Na, dann ist ja alles gesagt«, stelle ich zufrieden fest.

Als ich am nächsten Nachmittag vom Rudern zurückkehre, höre ich Papa in den Hörer blöken: »Ihre Anrufe sind hier unerwünscht.«

»Das darf doch wohl nicht wahr sein.« Panisch renne ich ins Haus. »War das Nic?«

»Was, Nic? Welcher Nic? Ach so, dein Freund! Nein, das waren diese Leute von PETA«, erklärt er aufgebracht.

»Wie PETA?«

»Na, die Tierschutz-Organisation.«

»Was wollten die denn?«

»Meine Tochter sprechen, wegen einer … einer Werbekampagne. Das war ein Trick, weil die mich ins Gespräch verwickeln wollten. Das ist ja nicht das erste Mal. Aber darauf falle ich nicht rein, jetzt benutzen die schon meine Töchter, um an mich heranzukommen.«

Mir wird heiß und kalt. Die wollten mich sprechen.

»Papa, sind unsere Tiere wirklich aus der Massentierhaltung?«

»Wir müssen günstig einkaufen und günstig produzieren. Der Endverbraucher will am Ende nur wenig bezahlen für sein Fleisch.«

»Aber was ist mit den Tieren?«

Er steht auf und verlässt laut schnaufend den Raum. »Das muss ich mir nicht anhören.«

»Boah, welche Laus ist dem denn über die Leber gelaufen?«, fragt mich Ava, als ich an ihrem Zimmer vorbeigehe. Sie ist gerade dabei, die kaputte Schublade ihrer Kommode zu kleben.

»Dieses Mal war ich die Laus.«

»Ach, echt?« Sie grinst. »Das hast du übrigens cool gemacht mit Jan«, sagt sie anerkennend. »Der brannte vorhin ja lichterloh. Und war so was von süß.«

Alles klar, Zeit, Nic anzurufen. Ich brauche jetzt auch meine verbalen Streicheleinheiten.

»Halt dich fest, die Werbeagentur schickt dir ein Ticket für das offizielle Screening. Der Spot wird nächste Woche der Öffentlichkeit präsentiert und mein Onkel hat dafür gesorgt, dass du dabei bist«, teilt mir Nic Minuten später am Telefon mit.

»Wow, ehrlich? Das ist ja super!«

»Freitag bis Sonntag. Wir können bei ihm wohnen.«

Mir läuft ein warmer Schauer über den Rücken. »Dann kommst du auch nach München?«

»Natürlich, was dachtest du denn?«

»Oh, Nic, dann brauche ich gar nicht bis zu den Herbstferien zu warten.«

»Nein, nur noch vier Tage, fünf Stunden und achtunddreißig Minuten.«

Ich kann mein Glück kaum fassen, doch anstatt wie sonst auf der Stelle Feli zu informieren, genieße ich die News erst einmal ganz für mich alleine.

Mama, Papa und Ava sind ziemlich erstaunt, als ich ihnen von den Neuigkeiten berichtete und alle reden wild durcheinander, als sie mich mit ihren Fragen bestürmen.

»Du, in einem Werbespot? Für Vegetarier? Und geflogen bist du? Mit einem Fallschirm!«

Sie können sich kaum noch beruhigen, als ich dann alles berichtet habe und Papa sich versichert hat, dass die Werbeagentur von Nics Onkel seriös ist, darf ich auch mit seinem Segen zum Screening nach München fliegen.

Nic holt mich vom Flughafen ab. Ich kann von seinen Küssen gar nicht genug bekommen, und als er mir mit den Händen über den Rücken streichelt, stellen sich meine Nackenhaare in alle vier Himmelsrichtungen gleichzeitig auf.

»Ah, Lana, schön, dass du da bist. Es geht gleich los«, begrüßt der Regieassistent mich, als ich in dem alten Kino eintreffe. Er schiebt mich direkt in den großen Kinosaal. »Die Presse ist auch schon versammelt. Das wird 'n Riesending.«

Er setzt uns auf Plätze in der ersten Reihe, dann kündigt Nics Onkel den Werbespot an.

Gespannt blicken wir alle auf die Leinwand. Als ich mich in Übergröße sehe, wirkt alles auf einmal so irreal. Bin das wirklich ich?! Unglaublich. Nachdem ich also aus dem Weltall auf der Erde lande, laufe ich durch die Gänge des Kuhstalls, stehe vor dem Schweinestall, glotze mit aufgerissenen Augen die Menschenmengen auf der Hühnerstange an und füttere die sich im Matsch suhlenden Menschen vor dem Stall. Dann bekommt das Ganze plötzlich etwas Beklemmendes und wirkt gar nicht mehr so locker wie beim Dreh. Der Schnitt, die Musik und die Kameraeinstellungen unterstützen diese Stimmung, die Enge, die Dramatik. Ich halte den Atem an … Plötzlich fährt ein Tiertransporter vor und hält auf dem Hof! Das ist anscheinend davor oder danach noch gedreht worden, jedenfalls kenne ich diese Szene nicht. Der Tiertransporter hält vor dem Stall, die Musik stoppt, plötzlich ist das Bild schwarz. Man hört keinen Mucks, bis auf das Öffnen der Lastwagentür. Und dann sieht man in blutig-rot unterlaufener Schrift: *Wie würden Sie sich fühlen?*

Damit endet der Spot. Stille.

Mein Vater wird mich enterben, umbringen und dann nie wieder ein Wort mit mir sprechen. Unfassbar geschockt wird mir plötzlich klar, dass diesen Spot die ganze Nation sehen wird.

Dann folgt ein Klatschen. Das Licht geht an. Die Stimmung des Filmes hat sich auf die Menschen hier im Saal übertragen. Alle wirken ergriffen und bewegt. Nics Onkel gibt allen noch etwas Zeit, sich wieder zu fassen, bevor die Presse die Möglichkeit bekommt, Fragen zu stellen. Am Anfang geht es um allgemeine und technische Dinge, wie »Warum hat der Regisseur die oder die Einstellung gewählt?«.

Plötzlich will eine Journalistin wissen: »Ich habe gelesen, dass die junge Frau, die die Außerirdische gespielt hat, selbst auch Vegetariern ist. Stimmt das?«

»Oh«, sagt Nics Onkel und überreicht mir plötzlich das Mikro. »Da fragen Sie sie doch am besten selbst, sie ist nämlich heute Abend hier.«

»Erzählen Sie uns etwas über Ihre Einstellung?«, fordert sie mich auf. »Warum essen Sie keine Tiere?«

»Tja, äh, also«, meine Hände umklammern zitternd das Mikro. »Die Frage wäre doch vielleicht andersrum besser: Warum in aller Welt essen wir sie überhaupt?« Ich halte die Hand vor den Mund, weil ich vor lauter Aufregung husten muss. Dann spreche ich leise in das Mikro.

»Lauter!«, ruft jemand.

Ich erhebe meine Stimme etwas: »Also, wenn sie uns essen, oder angreifen, ist das ein Skandal, aber wir essen sie täglich, stündlich, minütlich, sekündlich ... Irgendwo auf der Welt wird gerade eine Hühnerbouillon verspeist, oder eine Schweinerippe, ein Kalbssteak oder eine Lammschulter ... Und irgendwann dachte ich, ich bin auch ein fieses Monster, weil ich mir noch nie darüber Gedanken gemacht habe, dass das, was ich da esse, ein Lebewesen war. Ich esse Salami, als wäre sie kein Stück von einem Tier, ich esse Chicken McNuggets in Panade verhüllt, verspeise Würste. Aber was ist das alles?« Ich mache eine künstliche Pause. »Getarnte tote Tiere! So habe ich mir selbst lange etwas vorgemacht, aber irgendwann sagte mal jemand zu mir: *Ich esse nichts, was Augen hat!* Damals habe ich den Satz erst gar nicht verstanden, aber mittlerweile hat er eine Bedeutung bekommen. Und ich frage mich jetzt ernsthaft: Ist eine Kuh wirklich etwas anderes als ein Hund? Es sind doch beides Tiere. Wieso stehen Kühe, Schweine, Hühner, kleine Lämmer in der Rangordnung so weit unter uns, mit welcher Berechtigung erheben wir Menschen uns über sie? Und vor allem: Wieso maßen wir uns an, über ihren Tod zu entscheiden?«

Schnell setze ich mich wieder hin. Es folgt tosender Applaus.

»Komm, lass uns schnell abhauen!«, sage ich zu Nic und wir schleichen zum Notausgang.

»Willst du noch irgendwo hin?«

»Och, muss nicht.« Ich schmiege mich verliebt an ihn. »Am liebsten möchte ich mit dir alleine sein.«

»Dann lass uns in die Wohnung meines Onkels gehen«, er grinst, »ich habe den Kühlschrank schon gefüllt.«

»Er kommt doch nachher wieder.«

»Ja, schon, aber wir wohnen in seiner Einliegerwohnung.«

»Das ist ja supergemütlich hier«, stelle ich fest, als ich die Wohnung inspiziere.

»Warte erst mal ab, bis du den Balkon gesehen hast.«

Schnell flitzt Nic hinaus und zündet die Kerzen an, die in bunten Butterbrottüten auf dem Mini-Balkon verteilt sind.

»Du bist ja ein Romantiker«, stelle ich überrascht fest.

»Ja, ich bin selbst erstaunt«, sagt er und grinst das Grinsen, das ich so liebe.

»Weiß oder rot?«, fragt er und hält mir zwei Weinflaschen entgegen.

»Rot. Der betäubt schneller.«

»Wieso musst du betäubt werden?«, will Nic wissen und zieht den Korken aus der Flasche, die jetzt zwischen seinen Beinen klemmt.

»Wenn die Presse rauskriegt, dass ich die Tochter eines Wurstfabrikanten bin, ist mein Vater erledigt.«

»Quatsch, du musst ihn nur mal mit zu uns bringen, dann

wird er sehen, dass es auch andere Wege als die Massentierhaltung gibt: gute Bio-Höfe eben! Vor allem, wenn sich seine eigene Tochter so für den Tierschutz einsetzt. Du musst ihn zum Umdenken bewegen. So wie du dich vorhin eingesetzt hast. Das war so was von großartig.«

Ich hab mich eingesetzt? Was um alles in der Welt passiert hier gerade? Aber Nic hat recht, jetzt gibt es kein Zurück mehr, ich kann nicht mehr weggucken, ich muss etwas tun, damit unser Betrieb keine Tiere mehr aus der Massentierhaltung bezieht. »Ja, wahrscheinlich ist das wirklich mein Weg.«

Nic reicht mir ein Glas Wein, und als er mein immer noch angespanntes Gesicht sieht, sagt er: »Dein Vater wird bestimmt stolz auf dich sein.«

»Wer auf jeden Fall stolz auf mich sein wird, ist Paul.«

»Wer ist Paul?« Nic droht mir spielerisch mit der Faust.

»Ein Pseudo-Vegetarier, den ich mal kannte …«, sage ich lachend. »Dem habe ich eigentlich alles zu verdanken.«

»Ach ja …« Nic zieht mich ganz nah an sich heran.

Mir knicken fast die Beine weg, als mich seine Lippen leicht berühren und ich kann es kaum aushalten, bis er mich endlich richtig küsst.

Doch plötzlich schiebt er mich von sich weg und lässt mich zappeln. »Also, wer ist jetzt dieser Paul?«, fragt er noch einmal, und als ich schulterzuckend antworte: »Noch nie von gehört!«, reißt er mich leidenschaftlich in die Arme und der Kuss ist so heiß, dass ich Nic – von mir selbst überrascht – hinüber ins Schlafzimmer ziehe.

»Bist du sicher?«, fragt Nic, als ich ihm das T-Shirt über den Kopf streife und seine Lippen die Härchen an meinem Ohrläppchen berühren.

Sein warmer Atem raubt mir fast den Verstand. Ich greife in seine Locken und ziehe ihn zu mir heran. »Ich war mir noch nie sicherer!«, flüstere ich und dann kriege ich kaum Luft, als Nic daraufhin mein Kleid aufknöpft.

Als ich morgens in seinen Armen aufwache, denke ich: Ach, Ava, wer hätte das gedacht? Zum ersten Mal im Leben bin ich schneller gewesen als du und auf einmal ist das gar nicht mehr so wichtig. Aber eins weiß ich genau, ich bin froh, dass ich auf den Richtigen gewartet habe. »Es hat sich gelohnt.«

»Was meinst du?«, murmelt Nic verschlafen.

»Nichts, schlaf weiter«, sage ich verliebt und streichle über seinen warmen Rücken, bevor ich jede einzelne seiner Sommersprossen küsse.

Auf einmal verstehe ich, warum Feli mir nichts von ihrer Nacht mit Leonhard verraten wollte, ich möchte diesen Moment ja auch mit niemandem teilen.

Anstatt also meinen Freundinnen bei meiner Rückkehr aus München zu erzählen, dass ich mit Nic geschlafen habe, tische ich ihnen eine andere Neuigkeit auf, zu deren Entschluss ich in den letzten Tagen gekommen bin: »Ich werde doch keine Ausbildung zur Krankenschwester machen.«

»Du machst Karriere als Fernsehstar?«, folgert Josie und ist erstaunlicherweise sogar richtig begeistert.

»Nein!« Ich schüttle belustigt den Kopf. »Wie kommst du denn darauf?«

»Du wirst Bäuerin«, sagt Feli und knufft mich feixend in die Seite. Ich weiß genau, worauf sie anspielt.

»Nee, ich habe aufgehört, meinen Männern gefallen zu wollen«, dann verdrehe ich die Augen, »besonders ein Mann wird die Krise kriegen, wenn er davon erfährt.«

»Nic?«, fragt Feli besorgt.

»Nee, eher mein Vater!«, gestehe ich.

»Los«, fordert Josie, »erzähl schon.«

»Ich werde Oecotrophologie studieren!«

»Ernährungswissenschaften, du?«, fragt Josie verwundert und fügt dann überraschenderweise hinterher: »Find ich super.«

»Ach«, sage ich erstaunt.

»Ja, wirklich.«

»Wie, nix zu meckern?«, ziehe ich sie auf.

»Nö, warum?«, Josie sieht mich lange an. »Du hast zum ersten Mal so geklungen, als würde das wirklich aus dir herauskommen.«

»Wow«, sage ich anerkennend und schlage vor: »Und du solltest Psychologie studieren.«

»Hatte ich vor«, erklärt Josie, dann prusten wir los und können uns kaum noch halten.

»Was ist denn jetzt mit dem Spot?«, fragt Feli, als wir wieder Luft bekommen.

»Der ist großartig, aber auch ganz schön aufwühlend.«

»Zeig doch mal!«, fordert Josie.

»Ich habe zwar eine Kopie mitgebracht, aber ich wollte den Spot erst meinem Vater zeigen, okay? Er sollte das sehen, bevor es überall läuft.«

Als ich nach Hause komme, stoße ich regelrecht mit ihm an der Eingangstür zusammen.

»Wie war's in München?«, fragt er interessiert.

»Du bist ja in Sportklamotten«, stelle ich überrascht fest, bevor ich ihm seine Frage beantworte.

»War beim Rudern.« Er strahlt mich beseelt an.

»Das freut mich aber!«, sage ich ehrlich begeistert.

»Ja, manchmal sind Krisen auch konstruktiv«, erwidert er verschmitzt. »Es waren sogar noch ein paar Jungs aus meiner alten Riege da.«

»Ich weiß, die haben oft nach dir gefragt.«

»Björn hat allerdings auch nach dir gefragt!«

»Ich gehe nächste Woche wieder.«

»Was ist mit den Deutschen Meisterschaften?«, hakt er vorsichtig nach.

»Dafür muss ich demnächst hart trainieren«, erkläre ich.

»Und ich dachte schon, du hörst auf …«, kommt es erleichtert aus seinem Mund.

»Nein, wo denkst du hin!«, sage ich erstaunt.

»Na ja, ich weiß ja, dass der Wettkampfgedanke dir nicht so behagt.«

»Tut er auch nicht«, bestätige ich. »Trotzdem habe ich meistens gewonnen«, stelle ich lächelnd fest.

»Ja, weil du Biss hast.«

»Findest du?«

»Wenn du wirklich etwas willst, dann setzt du dich auch ein.«

»Papa, ich muss dir was zeigen.« Ich halte die DVD mit dem Spot hoch. »Ich glaube, es wird dir nicht gefallen, aber ich denke, wir müssen in Zukunft in der Firma neue Wege gehen.«

»Warum habe ich nur so eine Ahnung, worauf du hinauswillst?« Dann blockt er mit einem Handzeichen ab. »Warte, ich geh schnell duschen und dann sehen wir uns den Spot gemeinsam an. Sagst du Ava und Mama Bescheid, die wollen ihn bestimmt auch anschauen.«

»Ja, aber erst du und ich«, beschließe ich.

»Gut, wie du meinst.« Er läuft leichtfüßig die Treppen hinauf. »Bin gleich wieder da.«

»Ich bereite schon mal alles vor!«

Als der Film läuft, beobachte ich Papa von der Seite, doch keine Regung, kein Zucken ist zu erkennen. Als der Film zu Ende ist, will ich das Gerät ausstellen, doch dann entscheide ich mich dafür, ihn weiterlaufen zu lassen. Piets Onkel hat nämlich noch das Interview mit mir draufkopiert, das ich mit der Presse geführt habe. Als Papa meine Worte hört, verändert sich sein Gesichtsausdruck, er lauscht gespannt und ich sehe ihn schwer schlucken. Als der Film vorbei ist und der Fernseher schwarz, spricht keiner von uns ein Wort.

Beklemmende Stille.

»Ausgerechnet meine eigene Tochter …«

»Papa …«

»Das war schockierend.«

»Papa …«

»Nein, jetzt lass mich mal reden. Das war ganz schön starker Tobak, den du mir da aufgetischt hast. Aber … auch ganz schön mutig. Ich hatte immer gehofft, dass du eines Tages mal die Fabrik leiten würdest … Jetzt bin ich mir sicher, dass ich mich nicht getäuscht habe.«

»Wie? Was?« Ich reiße die Augen weit auf.

»Du traust dich was, Lana. Du willst neue Wege gehen?« Er zuckt mit den Schultern. »Bitte, warum nicht?«

»Ehrlich, Papa?«, sage ich über die Maßen erleichtert. »Dann lass uns im Herbst zu Nic auf den Bauernhof fahren. Ich habe so viele Ideen und du musst unbedingt seine Eltern kennenlernen.«

»Dann machen wir also bald wieder Familienferien«, sagt er und reibt sich zufrieden die Hände.

DANKE

- Volker, dem besten Ehemann, den man sich nur wünschen kann. Gut, ein bisschen weniger Wurst wäre vielleicht noch schön ;-)
- mein lieber Cord, dass du mich mit deinen Fragen immer wieder zum Nachdenken anregst und mir so tolle Milchcafés ans Bett bringst
- meinen Veggie-Eltern, die nur bei Wildlachs schwach werden und mit gutem Beispiel vorangehen, sogar bis nach Kanada
- meiner Soulsister Christina Groth-Lindenberg, dass du mir die Hand gehalten hast, als ich es am nötigsten hatte. Das werde ich dir nie vergessen!
- meiner kleinen Sis, Julie Kubbillun, für deine Hilfsbereitschaft, das Probelesen und unsere gegenseitigen Tritte in den Allerwertesten. Mahalo!
- meiner lieben Freundin und Nachbarin, Kerstin Dallinga, die mich mit ihren leckeren Kaffees und anregenden Gesprächen zu Pausen »zwingt« – und immer für mich/uns da ist!!!
- meinem lieben Freund und Nachbarn, Marko Dallinga, der mich mit seinen Campari-O's und anregenden Gesprächen zu Pausen »zwingt« – und immer für mich/uns da ist!!!
- Hedda Vopel-Beier, für deine goldenen Hände, die mich immer wieder fit machen, wenn der Karpaltunnel sich meldet
- dir, Jörgi, du mein ewiger Computer-Held, auf den im-

mer wieder Verlass ist. Selbst bei dem Supergau im letzten Jahr …

- Antonia Schmuck, die mir Einblicke in das Leben eines »echten« Vegetariers gegeben hat
- liebe Franziska Ullrich, meiner Lektorin, deren Idee das Veggie-Buch war. – Und danke für Ihr Verständnis!

Danke auch liebe Mutter Ingel, Onkel Hasi, Tante Ise, Eva Müller, Rainer Gammel, Jani Nowak-Hendricks, Tom Nowak, Priska Oliva, Barbara Helge Hellwing, Axel Uhlenbruck, Tanja Engers, Sabine Both, Claudiensche Lindow, Martin Lindow, Tina Scherer, Gisa Willweber, Utz Martin, Betina Nüse, Herr Klusemann, ach ja … und natürlich Jimbob, dem treuesten Freund, den man sich wünschen kann!

Jimbob